猫武士

④ 天蚀遮月
Eclipse

［英］艾琳·亨特 ◎ 著
丁科家 ◎ 译

中国少年儿童新闻出版总社
中国少年儿童出版社
北京

特别感谢凯特·卡里

The Sight
Copyright © 2007 by Working Partners Limited
Series created by Working Partners Limited
Simplified Chinese edition Copyright © 2019 by
China Children's Press & Publication Group
All rights reserved.

图书在版编目（CIP）数据

猫武士三部曲. 4，天蚀遮月 /（英）艾琳·亨特著；丁科家译. —北京：中国少年儿童出版社，2019.4
（2022.5重印）
ISBN 978-7-5148-4972-1

Ⅰ. ①猫… Ⅱ. ①艾… ②丁… Ⅲ. ①儿童小说－长篇小说－英国－现代 Ⅳ. ① I561.84

中国版本图书馆 CIP 数据核字（2018）第 211703 号

TIANSHI ZHEYUE
（猫武士三部曲）

出版发行：中国少年儿童新闻出版总社
　　　　　中国少年儿童出版社

出 版 人：孙　柱
执行出版人：马兴民

责任编辑：赵　勇　何强伟		责任校对：夏明媛	
封面绘图：刘　野		美术编辑：缪　惟	
内文插图：李思东		责任印务：厉　静	

社　　址：北京市朝阳区建国门外大街丙 12 号　　邮政编码：100022
编 辑 部：010-57526271　　　　　　　　　　　　总 编 室：010-57526070
发 行 部：010-57526568　　　　　　　　　　　　官方网址：www.ccppg.cn
印　　刷：北京华宇信诺印刷有限公司

开　本：880mm×1230mm　　1/32　　　　　　　印　张：11
版　次：2019 年 4 月第 1 版　　　　　　　　　　印　次：2022 年 5 月北京第 17 次印刷
字　数：165 千字

ISBN 978-7-5148-4972-1　　　　　　　　　　　　定　价：32.00 元

图书出版质量投诉电话 010-57526069，电子邮箱：cbzlts@ccppg.com.cn

目　录

猫视界	2
两脚兽视界	4
猫族成员	8
引子	1
第一章	7
第二章	20
第三章	29
第四章	53
第五章	66
第六章	87
第七章	109
第八章	123
第九章	137
第十章	154
第十一章	162
第十二章	182
第十三章	201
第十四章	212
第十五章	228
第十六章	238
第十七章	244
第十八章	258
第十九章	265
第二十章	278
第二十一章	296
第二十二章	301
第二十三章	312
第二十四章	327
第二十五章	333

两脚兽巢穴

绿叶季两脚兽地

两脚兽小道

两脚兽小道

空地

影族营地

半桥

小雷鬼路

绿叶季两脚兽地盘

半桥

猫视界

湖岛

河族营地

小溪

马场

月亮池
废弃的两脚兽巢穴
旧雷鬼路
雷族营地
老橡树
小溪
风族营地
坏掉的半桥
两脚兽地盘
雷鬼路
族群标志
雷族
河族
影族
风族
星族
北

观兔露营地

圣城农场

赛德勒森林

小松帆船中心

小松路

两脚兽视界

小松岛

阿尔巴河

白教堂路

废弃的工人房

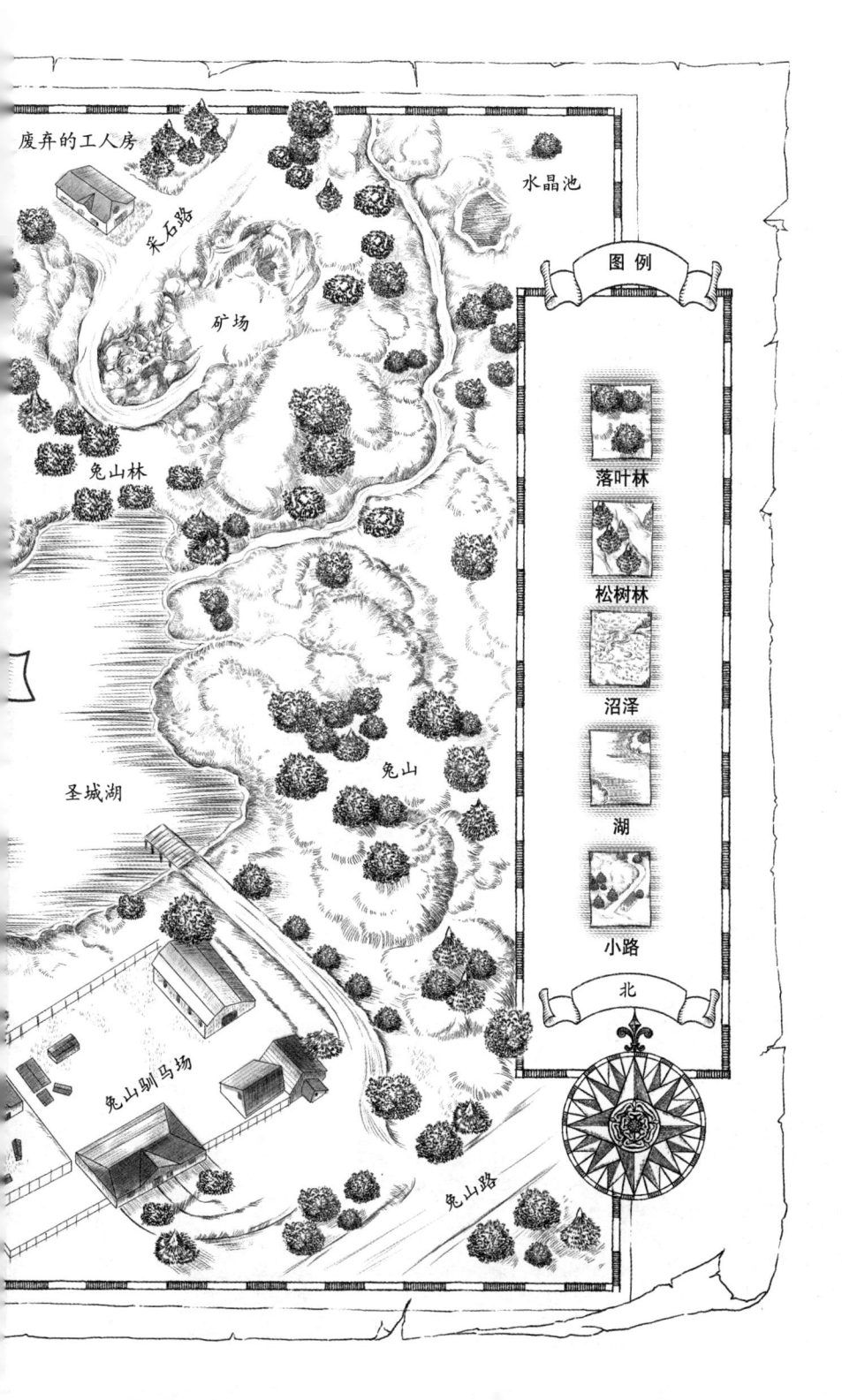

采石路

水晶池

矿场

兔山林

图例

落叶林

松树林

沼泽

湖

圣城湖

兔山

小路

北

兔山驯马场

兔山路

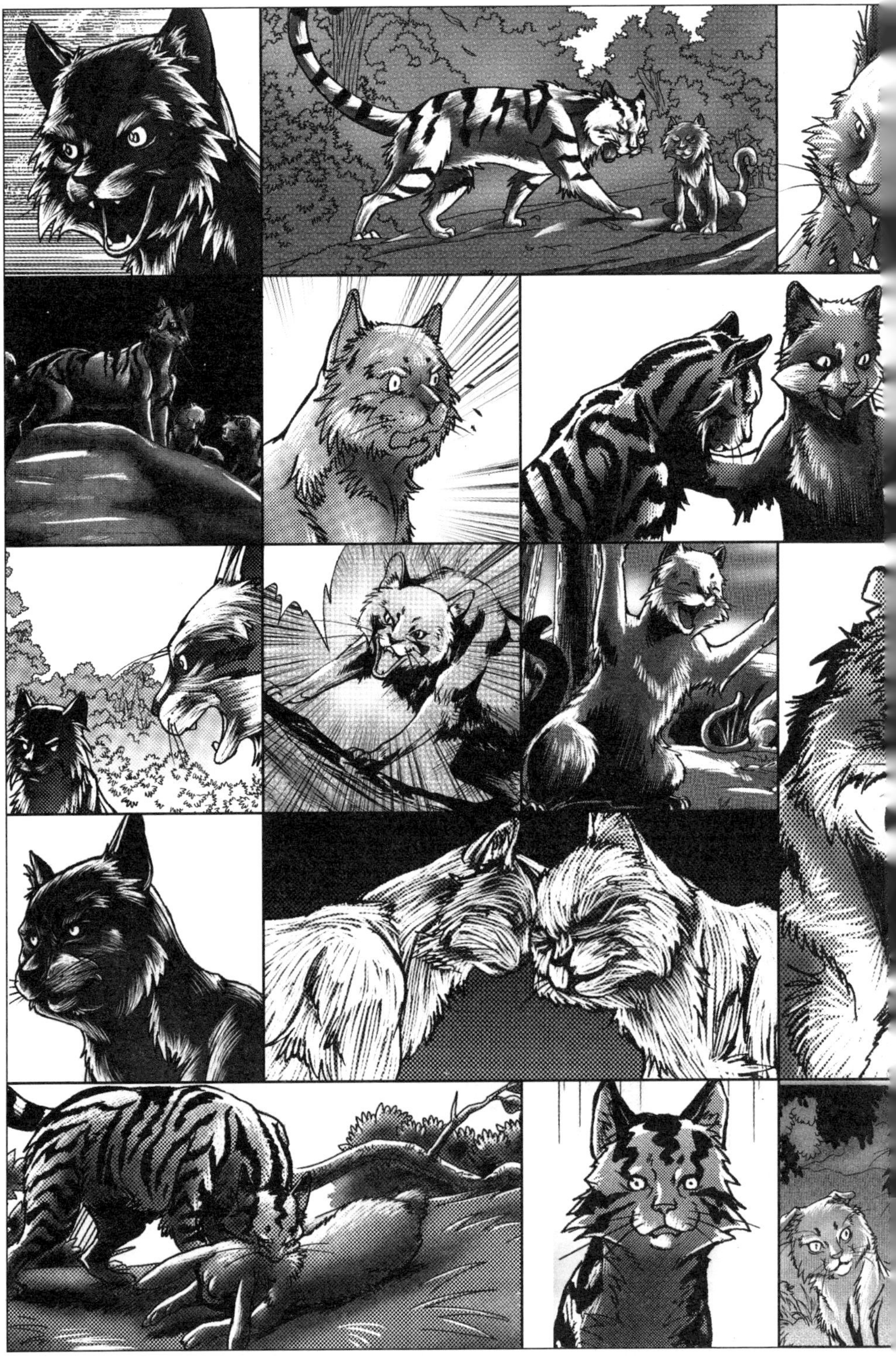

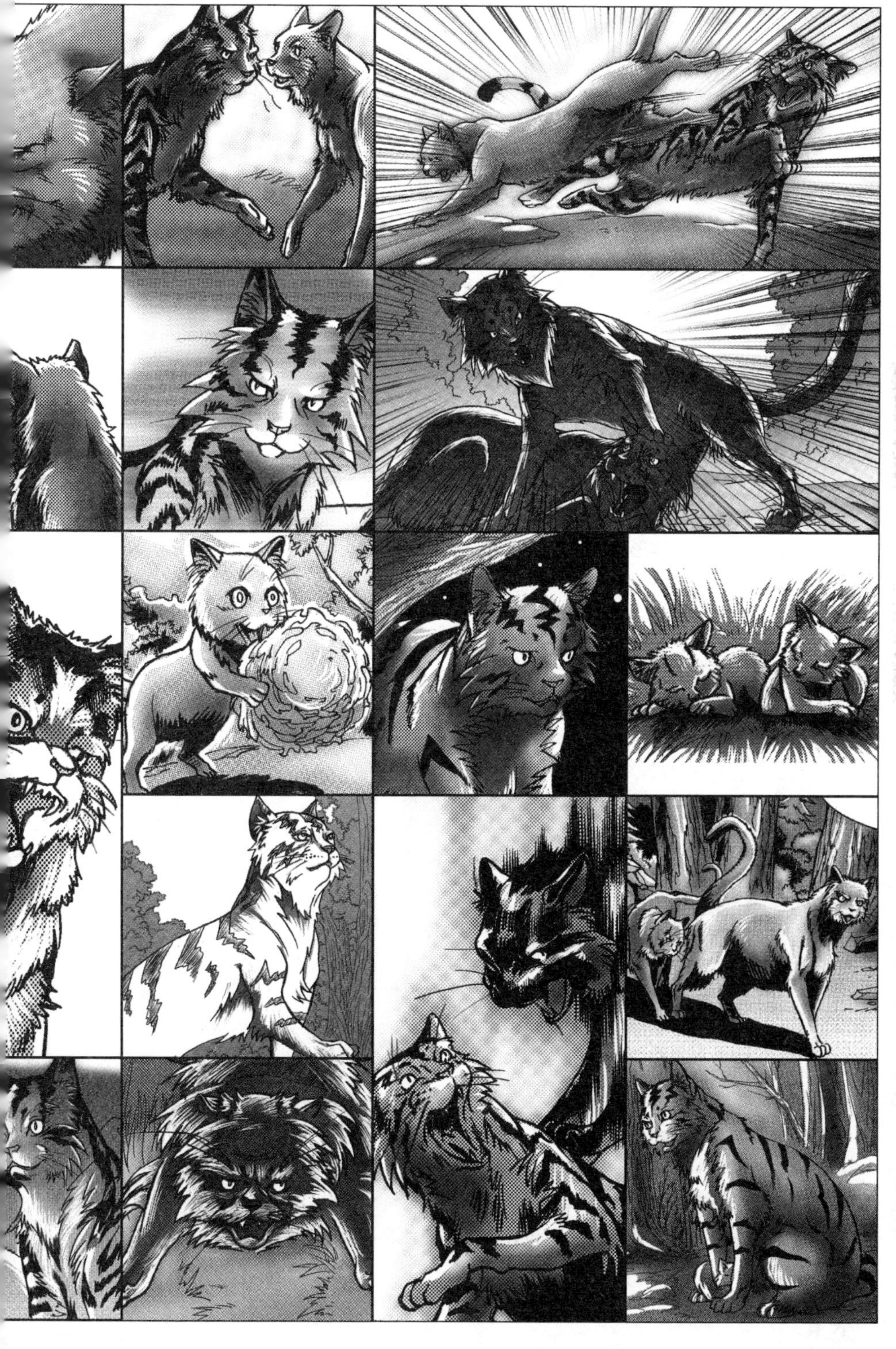

猫族成员

雷 族

族长

火星——姜黄色虎斑短毛公猫,火焰般的皮毛,腹部为浅橙色,眼睛为明亮的翠绿色

副族长

黑莓掌——大个头、琥珀色眼睛的暗棕色虎斑公猫

巫医

叶池——体形娇小的浅褐色虎斑母猫,琥珀色眼睛

　　(所指导的学徒是松鸦爪)

武士(公猫和不在育婴期的母猫)

松鼠飞——暗姜黄色母猫,绿色眼睛

　　(所指导的学徒是狐爪)

尘毛——暗棕色虎斑公猫

沙风——姜黄色母猫,火星的伴侣

　　(所指导的学徒是蜜爪)

云尾——白色长毛公猫,蓝色眼睛

　　(所指导的学徒是炭爪)

蕨毛——金棕色虎斑公猫

　　(所指导的学徒是冬青爪)

栗尾——玳瑁色母猫,琥珀色眼睛

刺掌——金棕色虎斑公猫

　　(所指导的学徒是罂粟爪)

亮心——白色母猫,背上有姜黄色斑块

蜡毛——身上有深色斑点的淡灰色公猫,深蓝色眼睛

　　(所指导的学徒是狮爪)

蛛足——体形修长的黑色公猫,下腹部是棕色,琥珀色眼睛

白翅——白色母猫，绿色眼睛
  （所指导的学徒是冰爪）
桦落——浅棕色虎斑公猫，琥珀色眼睛
灰条——灰色长毛公猫
莓鼻——乳白色公猫
榛尾——浅灰和白色相间的母猫，体形娇小
鼠须——灰白相间的公猫，大个头，绿色眼睛

学徒（六个月以上、正在接受武士训练的猫）
炭爪——灰色虎斑母猫，深蓝色眼睛
蜜爪——浅棕色虎斑蓝眼母猫
罂粟爪——浅玳瑁色和白色相间的母猫
狮爪——金棕色虎斑公猫，琥珀眼睛
冬青爪——黑色母猫，绿色眼睛
松鸦爪——灰色虎斑公猫，蓝色眼睛，目盲
狐爪——棕色虎斑公猫，绿色眼睛
冰爪——雪白色母猫，蓝色眼睛

猫后（怀孕待产或哺乳期的母猫）
香薇云——浅灰色母猫，皮毛上有深色斑点，绿色眼睛
黛西——乳白色长毛母猫，蓝色眼睛，来自马场。她和蛛足的孩子是小玫瑰（暗奶油色母猫）和小蟾蜍（黑白相间的公猫）
米莉——浅灰色虎斑母猫，曾经是宠物猫，正怀着灰条的孩子

长老（年老退休的武士和猫后）
长尾——淡色黑纹虎斑公猫，蓝色眼睛，因视力减退提前退休的前任武士
鼠毛——小个头深棕色母猫

影 族

族长
黑星——大个头白色公猫，脚掌乌黑发亮

副族长
黄毛——暗姜黄色母猫

巫医
小云——体形很小的棕色虎斑公猫

武士
橡毛——小个头棕色公猫
花楸掌——暗姜黄色公猫
烟足——黑色公猫
（所指导的学徒是枭爪）
藤尾——白色与玳瑁色相间的长毛母猫
蟾足——深棕色公猫
乌霜——毛色黑白相间的公猫
（所指导的学徒是橄榄爪）
杂毛——深灰色虎斑母猫，毛发长而杂乱
鼠痕——深棕色公猫，背上有长长的伤痕
（所指导的学徒是鲍鲭爪）
蛇尾——深棕色公猫，尾巴上有虎斑环纹
（所指导的学徒是焦爪）

白水——白色长毛母猫，有一只眼睛是瞎的
（所指导的学徒是红爪）

猫后
褐皮——玳瑁色母猫，绿色眼睛，她和花楸掌的孩子是小虎、小焰、小曙
雪鸟——纯白色母猫

长老
杉心——深灰色公猫
高罂——四肢修长的淡褐色虎斑母猫

风　族

族长
一星——棕色虎斑公猫

副族长
灰脚——灰色母猫

巫医
青面——短尾棕色公猫
（所指导的学徒是隼爪）

武士
裂耳——虎斑公猫

鸦羽——深灰色公猫
　（所指导的学徒是石楠爪）
枭须——浅棕色虎斑公猫
白尾——体形娇小的白色母猫
　（所指导的学徒是风爪）
夜云——黑色母猫
鼬毛——姜黄色公猫，有白色的脚爪
兔泉——棕白相间的公猫
叶尾——暗姜黄色虎斑公猫，琥珀色眼睛
露斑——灰色带斑点的虎斑母猫
柳掌——灰色母猫
蚁皮——棕色公猫，一只耳朵是黑色的
烬足——灰色公猫，有两只黑色的脚掌
　（所指导的学徒是日爪）

猫后

金雀花尾——颜色极浅的灰白相间虎斑母猫，蓝色眼睛，她是小蓟、小莎草、小燕的母亲

长老

晨花——年纪很大的玳瑁色母猫
网脚——暗灰色虎斑公猫

河　族

族长

豹星——金色虎斑母猫，身上有特别的暗金色斑点

副族长

雾脚——灰色母猫,蓝色眼睛

巫医

蛾翅——身上有斑点的金色虎斑母猫,琥珀色眼睛
（所指导的学徒是柳爪）

武士

黑掌——烟黑色公猫
田鼠齿——小个头棕色虎斑公猫
（所指导的学徒是鲦爪）
芦苇须——黑色公猫
薛毛——玳瑁色与白色相间的母猫,蓝色眼睛
（所指导的学徒是卵石爪）
榉毛——浅棕色公猫
涟尾——深灰色虎斑公猫
曙花——淡灰色母猫
斑鼻——灰色有杂乱斑纹的母猫
扑尾——姜黄色与白色相间的公猫
薄荷毛——浅灰色虎斑公猫
（所指导的学徒是荨麻爪）
獭心——深棕色母猫
松毛——毛极短的虎斑母猫
（所指导的学徒是知更爪）
雨暴——蓝灰色有杂乱斑纹的公猫
暮毛——棕色虎斑母猫
（所指导的学徒是铜爪）

猫后

灰雾——浅灰色虎斑母猫，小喷嚏和小锦葵的母亲
冰翅——纯白色母猫，蓝色眼睛，小甲虫、小刺、小花瓣、小草的母亲

长老

燕尾——深棕色虎斑母猫
石流——灰色公猫

急水部落

狩猎者

溪儿——棕色虎斑母猫，灰色眼睛，全名是鱼游之溪
暴毛——深灰色公猫，琥珀色眼睛，曾属于河族

族群以外的猫

日神——棕色与玳瑁色相间的长毛公猫，淡黄色眼睛

引 子

森林在阳光的照耀下闪烁着微光,林下的灌木丛里,有猎物蠢蠢欲动,弄出沙沙的响声。一只黑色公猫在白蜡树下伸了伸懒腰,阳光透过细密的树枝,晒得他的肚子暖洋洋的。他发出一声呼噜,然后舔舔胸脯,心满意足地缩起了爪子。

突然,一只玳瑁色的母猫冲出了灌木丛,从他的身边飞跑过去。公猫翻了个身,朝她高喊着:"是老鼠吗?"

"马上就变成新鲜美味的食物了!"母猫说完,钻进了一片香薇丛里,她雪白的尾巴尖儿急速地挥动着,消失在一片绿叶间。

在香薇丛的另一边,森林的地面逐渐下降,形成了一个绿油油的山坡。一只深灰色的母猫蹲坐在山坡下,正在咬寄居在自己尾巴根的一只肥虱子。她一边抱怨着,一边把那个肥虱子拉出来。这时她听到了动静,立刻停下了动作,朝山坡上方望去。坡顶的香薇丛正剧烈地抖动着。

"抓到啦!"一声胜利的叫声响起。香薇丛又剧烈地抖动起来,玳瑁色的母猫探出头来,嘴里衔着一只老鼠。她向深灰色的母猫眨眨眼,问候道:"你好啊,黄牙!"

猫武士
MAOWUSHI

"早上好，斑叶！"黄牙回应道，"真是个狩猎的好日子。"

"这里的猎物一直很丰富。"斑叶说完甩了一下头，将猎物扔给坡下的黄牙，纵身跳了下来。

黄牙闻了闻猎物，随即向后退了几步。一只跳蚤深色的影子从她的鼻头一掠而过，她赶忙用爪子擦了擦自己又宽又平的口鼻。"我还以为这边狩猎场没有跳蚤呢！"

"也许它们是你带过来的。"斑叶看着黄牙蓬乱的皮毛，眯起了眼睛。"你什么时候才能学会打理自己啊？"她凑上前去，开始舔着黄牙肩膀上打结的毛。

"等到你不再忘我地照顾其他猫的时候，我就能学会了。"黄牙低声嘟囔道。

这时一个声音从山坡上传下来："我认为，那一天永远不会到来。"

斑叶循声望去，看到一只白色公猫正沿着斜坡快步朝她俩奔过来。"白风！"她大叫道，"蓝星跟你在一起吗？"

"刚才她还在呢。"

"我现在也在啊！"蓝星突然从树丛中钻出来，跟在白风后面跑过来，"要不是高星在半路截住我，我会一直跟着你的。"

"他拦你干什么？"斑叶问道。

"他像往常一样忧心忡忡。"蓝星望着黄牙被跳蚤咬过的鼻子，撇了撇嘴。"真不走运！"她同情地说道，"我记得这里原本是没有跳蚤的。"斑叶发出一阵轻柔的叫声，用尾巴尖儿蹭了

天蚀遮月
TIANSHIZHEYUE

蹭黄牙的肩膀。

"高星怎么了?"黄牙一耸肩膀,躲开了斑叶。

"他担忧那些学徒。"蓝星解释道。

黄牙的尾巴抽了抽,问道:"是冬青爪、狮爪和松鸦爪吗?"

"还能有谁!"蓝星叹了口气说,"那个预言像一只藏在皮毛下的虱子,让他寝食难安。"

"可是他们的训练进展很好。"斑叶说道,"他们三个似乎终于明白自己今后要走的路了。"

"的确如此。"黄牙盯着她的爪子,继续平静地说,"可他们还有好多事情不知道呢。"

"他们还很年轻。"蓝星提醒道。

黄牙抬起了头:"这并不意味着我们就可以欺骗他们。"

"你认为他们什么都知道了会有帮助吗?"蓝星反驳道。

黄牙抖了抖肩膀说:"在谎言中出生的猫,一生都会活在谎言的阴影里。"

蓝星坐了下来:"他们还不能知道真相。我们保守着这个秘密并非没有原因——黄牙,我们都是说好了的。我们这么做,完全是为整个族群着想。"

黄牙把脑袋向一边歪了歪说:"可谎言就是谎言,它怎么能变成真实的呢?"

"可是最早对他们说谎的并不是我们。"白风提醒她。

"可是我们一直在隐瞒真相!"黄牙争论道,"我仍然认为,

他们应该知道更多的事情。"

"他们已经知道那个预言了。"斑叶插话道。

黄牙动了动爪子:"预言!我真希望他们从未听过那个预言!我希望自己也是如此!我有时也会想,如果他们没有被赐予现在的力量,会不会过得更好些。"

斑叶用尾巴拂过黄牙的身体,说道:"你知道我们对此无能为力。"她劝慰道,"我们只能希望,他们使用自己的力量时能多动动脑子,能时刻为雷族着想。"

"只是为了雷族吗?"白风若有所思地问道,"如果这种力量足够强大,他们难道不应该帮助所有族群吗?"

蓝星睁大了眼睛:"这几只小猫是在雷族出生的!他们被培养成忠诚的雷族武士。为什么他们要对其他族群负责任呢?"

黄牙眯起眼睛看着这位曾经的雷族族长,但什么都没说。

"有些事情我们应该允许有不同意见,"白风平静地说道,"最重要的是,这几只小猫都很尊重自己的武士祖灵,并且愿意听从教导。"

"是的。"斑叶表示同意,"我们必须保证,他们把我们告诉他们的事情放在心上。"

白风抽动着被一片叶子弄得发痒的耳朵,接着说道:"没有猫天生就聪慧无比,他们都要向年长者学习。所以我们必须竭尽所能来引导他们。"

"说起来容易,做起来难啊。"黄牙嘟哝道。

天蚀遮月

这时，一只蝴蝶迎着风拍打着翅膀，飞过大家的头顶。斑叶的眼睛一亮，突然后腿一蹬跳起来，两只前爪伸过头顶，向蝴蝶抓去。蝴蝶惊慌地飞向高处，躲开了。

"老鼠屎！"斑叶四肢落地，看到蓝星转身要走，问道，"你这就准备走了吗？"

蓝星回头看了黄牙一眼，说道："我如果继续待在这儿，我们还会吵起来的。"

黄牙甩甩尾巴尖儿："这么说，你仍然认为我们不应该让他们知道这个秘密？"

"我明白你在担心什么，黄牙。"蓝星低声说道，"不过到目前为止，我们把这个秘密保守得很好。"

黄牙不再看蓝星，低声咆哮道："你什么都好，就是太固执了。"

"蓝星坚信她做得没错。"白风告诉她，"你难道忘了之前你有多信任她吗？"说完，他向黄牙和斑叶点点头，然后跟在蓝星身后离开了。

"你呢？"黄牙的眼睛无力地看着斑叶，"你也同意保守这个秘密吗？"

"真相是一个强大的武器，"斑叶回答道，"使用它时，我们必须慎而又慎。"

"你根本没有回答我的问题！"黄牙厉声说道。

斑叶探究地望着黄牙焦虑的眼睛，问道："你为什么这么担心呢？"

黄牙脊背上的毛微微动了起来。"我也不知道。"她承认道，"我只是有种感觉。"她的目光瞪着森林，好像要看清楚里面藏着什么，"我总感觉哪儿不对劲，感觉有可怕的事情正在步步逼近，就连星族都无力阻止。当它到来之时，我们不但无力守护族群，甚至无法保护自己。"

天蚀遮月
TIANSHIZHEYUE

第一章

　　冬青爪伏下身子，腹部紧贴在石头上。尽管太阳已经躲到远方的群山后，但是那块石头仍然残留着阳光的暖意。一阵冷风从山中吹来，弄乱了她的皮毛。她从这儿看过去，翠绿的田地一直延伸到远处的森林。森林的更远处有一个湖泊，还有她的家。

　　这些树木上尽管依旧挂满叶子，但是叶片都已经干枯。空气中弥漫着一股新的发霉的味道，此前在前往大山的旅途上，她并没闻到这种气味。她想，落叶季就要来了。

　　冬青爪恨不得马上就回到家，她感觉他们已经在这个部落里待了好几个月。好在走出大山的路上，他们都平安无事。从这儿开始，爪子下的路将变得更加柔软，捕捉猎物也会变得更容易——他们已经离开那片布满岩石、水流和矮树的地方很远，前方的一切正变得越来越熟悉。

　　冬青爪回头看去，只见黑莓掌和松鼠飞正低声地跟暴毛和溪儿说话，褐皮和鸦羽紧靠着站在一旁。他俩这是在道别吗？

　　暴毛和溪儿居然还没走，冬青爪对此感到惊讶。昨天晚上，在瀑布后的山洞里举行的告别会上，暴毛宣布，自己和溪儿只能

猫武士

陪雷族猫走到山脚,之后他俩就不再往前走了。结果松鸦爪只是耸了耸肩,点了点头,好像他早就知道他俩不会再回到雷族一样。冬青爪只能猜测,这些猫明明可以回到湖边的家,为什么最后却选择留在了山里。她想,溪儿一定非常喜欢大山,就像自己喜欢湖边的家一样。暴毛一定是爱她至深,才愿意跟她一起待在那里的吧。

突然,一片棕色的羽毛从空中一闪而过,吸引了冬青爪的注意。原来是一只老鹰掠过她下方那片坑洼不平的斜坡,在老鹰的前方,一只兔子正慌不择路地奔跑着,泥土和草不断地从它长长的后腿下翻卷到空中。老鹰灵活地收起了翅膀,朝兔子俯冲了过去,把兔子摔了个四脚朝天,然后用锋利的爪子牢牢地摁住它。

冬青爪对老鹰迅猛的动作充满了羡慕。我要是能像它那样飞翔该有多好啊!她闭上眼睛,想象着自己飞过草地的画面:爪子几乎贴着地面,轻得就像空气,速度比陆地上最快的猎物还快……

"我希望我们能早点儿出发。"狮爪不耐烦的声音打断了冬青爪的思绪。他缓慢地走到冬青爪身边,循着她的目光望去,看到那只老鹰正在享用自己的战利品。"真希望我也有东西吃。"他说道。

"你想过某一天,我们飞起来的样子吗?"冬青爪低声问。

狮爪转过身,用惊异的目光望着冬青爪,就像看一个疯子。

冬青爪赶忙解释道:"我的意思是,松鸦爪说过,我们掌握

天蚀遮月
TIANSHIZHEYUE

着群星的力量。"不过此刻她依然觉得，大声说出这件事情非常奇怪："我们还不知道这话到底是什么意思。所以我就想，如果……"

"会飞的猫！"狮爪嘲笑道，"不过会飞能有什么用呢？"

冬青爪尴尬得耳朵发烫。"你太没有想象力了！"她大声喊道，"我们的力量比其他任何猫都强大，你怎么会无动于衷呢！我们怎么就不能飞？怎么就不能用它做我们想做的事情呢？别再嘲笑我了！"

"我没有嘲笑你。"狮爪用尾巴弹了一下冬青爪的侧腹，说道，"我只是觉得，我们要是长了翅膀，看上去会很傻。"

冬青爪顿时感到十分懊丧。她突然怒目圆瞪，冲着自己的弟弟大喊道："你根本就没把这件事放在心上，我们一定要知道这个预言到底是什么意思！"

狮爪眨了眨眼，后退了一步："你尽管发脾气吧。你也不是不了解松鸦爪和他的幻视能力。虽然那很神奇，但我们总要活在现实世界里。"

"我们拥有群星的能力，那现实对我们来说意味着什么呢？我们将无所不能！想想看，有了它，我们会为自己族群做多少事情！"

狮爪皱皱眉说："预言没有提到任何帮助族群的事，它只提到了我们三个而已。"

冬青爪盯着他，说道："可武士守则上说，我们必须把保护

族群放在第一位。"

狮爪的视线移向远处的群山，兴奋地大叫道："如果我们拥有比星族还要强大的力量，那我们还会受武士守则的约束吗？"

"你怎么能这么说呢？"冬青爪斥责道，然而一个让她恐惧的预感沿着脊背漫延开来。如果这个预言的意思是他们必须超越武士守则去生活，那她怎么判断自己做的是对还是错？当她必须在自己的安危和族群的利益间做出抉择时，她又怎么知道自己的选择是对的？

这时，松鸦爪跳到他俩的身边，皮毛蹭到了冬青爪的身体。"你俩能再大声点儿说话吗？"松鸦爪低声说道，"好让所有的猫都听到。"他的蓝色眼睛闪着愤怒的光。他的眼睛虽然失明了，但并不影响情感表露。

冬青爪忙转过身，想看看是否有哪只猫在听他们的对话，好在武士们依然忙着说自己的话。"没有猫注意到我们！"她安慰松鸦爪说。

"并不是所有猫的耳朵都像你那么好使。"狮爪插话道。

"我只是警告你们要多加小心，不可以吗？"松鸦爪说道，"我们必须保守这个秘密。"

"我们都知道。"狮爪对他保证道。

"说实话，我认为你们并不知道。"松鸦爪不客气地说道，"你们想想，如果其他猫发现我们生来就有超越星族的力量，他们会有什么反应？"

狮爪看了看松鼠飞和黑莓掌:"他们一定不会相信的。"

"我自己都不敢相信。"冬青爪赞同道。

"他们已经相信了,明白吗?"松鸦爪的语气冷若冰霜,"不过我想,他们对此一点也不喜欢。"

"为什么?"冬青爪感到非常震惊。她从没想过,自己的族猫知道后,会作何反应。他们会很高兴吧?他们一定知道,自己只会用这种力量帮助他们。

狮爪似乎跟冬青爪有相同的想法:"他们难道不希望我们成为最优秀的武士吗?"

"这个预言跟成为优秀的武士没有关系!"松鸦爪提醒道。他沮丧地用爪子抓着石头:"预言只是说我们拥有比星族更大的力量。你们难道不觉得,这会让其他猫感到有些害怕吗?"

"我们又不会用它做坏事。"冬青爪坚持道,"这是星族给整个雷族的礼物,并不只属于我们。"她有些诧异,在松鸦爪看来,他们能用这种力量做什么?

这时松鼠飞朝他们走来。"嘘!"松鸦爪示意冬青爪别说话。

松鼠飞在石头边上停下脚步:"你们在吵什么呢?"

"冬青爪和狮爪正在争论,谁的狩猎技巧更胜一筹。"松鸦爪装作若无其事地说。

冬青爪张了张嘴,最后还是什么也没说。她讨厌撒谎,不过她绝对不能泄露了他们的秘密,至少现在还不能。

"你们不能说个没完。"松鼠飞告诉他们,"难道黑莓掌没

有让你们去狩猎吗？他想准备些猎物让暴毛和溪儿带回部落。"

他们一定是刚才吵得太激烈了，所以谁也没有听到命令。

"你们想让黑莓掌再下一次命令吗？"松鼠飞斥责道。

冬青爪低下了头："对不起。"

松鼠飞迅速伸出尾巴，朝山坡一侧的树丛指了指说："去那边找找看，快点儿！"低矮的灌木丛在山坡上投下一道长长的阴影——太阳很快就要落山了。

狮爪舔了舔嘴唇："那里应该会有很多猎物吧。"

"足够我们大家吃的了。"松鼠飞赞同道。她转向松鸦爪说："你能去看看褐皮的脚垫吗？她不小心踩到了一块锋利的石头上，把爪垫弄伤了。"

在从山里走到这里的漫长旅途中，一路上到处都是锋利的石头，每只猫的脚垫都被石头割伤了很多次。冬青爪想，松鼠飞一定是知道松鸦爪不能狩猎，所以就差遣他做些能做的事。想到这里，她不由得紧张起来，生怕松鸦爪做出过激的反应。然而她的弟弟竟然只是点了点头，就跟着松鼠飞回到武士们中间去了。当他的母亲弯下身子，舔着他的耳朵后一块脏兮兮的皮毛时，他竟然都没有竖起毛来。

这个场景让冬青爪感到不舒服。松鼠飞依然把他们当作没长大的幼崽。如果他们真的只是幼崽的话，事情反倒容易多了——幼崽根本就不会担心拥有比武士祖灵更强大的力量会怎么样这样的事。可问题是，冬青爪知道他们早就不是幼崽了。她转身离

天蚀遮月
TIANSHIZHEYUE

开了，突然焦虑起来。将来会不会有一天，松鼠飞也会因为特别的力量的原因，害怕自己的孩子呢？

"什么事情让你心烦意乱呀？"狮爪问道。

冬青爪舔了舔自己肩膀上凌乱的皮毛。"我没事儿。"她朝灌木丛的方向指了指说，"我们快去狩猎吧！"

冬青爪走到石头的前端，让爪子慢慢滑过石头的边缘。那里的边缘又窄又陡峭，但是幸好下方就是一片草地，跳下去应该很松软。冬青爪纵身朝下跳去，但是刚要落地时，被一个毛茸茸的身体撞得喘不过气来，然后飞了出去。

谁在偷袭我啊？冬青爪翻身爬起，喘着粗气亮出爪子准备自卫。

"你为什么挡住我的路？"

原来是风爪！

这位黑色皮毛的风族学徒站在冬青爪身旁，抖了抖皮毛说道："我差点儿就抓住那只老鼠啦！"

"对不……"冬青爪刚要开口道歉，突然身上的毛竖了起来——为什么这个蠢笨的小毛球会跑到这里来？"我想，我们应该在那边狩猎。"她说着，用尾巴指了指灌木丛的方向。

"我爱在哪里狩猎，就在哪里狩猎！"风爪不客气地说道。他瞥了一眼正站在石头边上瞪着他的狮爪："至少我是在狩猎，没有蹲坐在石头上和同伴们聊天。"

"就算你的同伴在这儿，他们也不愿意跟你坐在一起，和你

聊天！"冬青爪反驳道。刚说完，她就感到有些愧疚。尽管风爪的脾气跟他的父亲鸦羽一样坏，甚至比鸦羽更加孤傲，但冬青爪仍然觉得这样说他有些不合适。正是因为鸦羽对儿子的态度不好，因此风爪才有时显得不太合群，同伴们都离他远远的。

狮爪跳到冬青爪身边问："你还好吧？"

"她当然很好啦！"风爪哼了一声，"要是她遵照黑莓掌的指令去狩猎，而不是挡住我的去路，没准儿会更好呢！我们越早抓到猎物越好，那样我们就能早点儿回家了。"

很明显，风爪一开始就不想到山里来。而且从鸦羽的举动看，他也不喜欢儿子跟着自己。黑莓掌每次赞扬冬青爪的时候，冬青爪都觉得自己是雷族最优秀的武士。但是鸦羽从不这样，他似乎从不会对风爪做的事感到骄傲。冬青爪看着这个命苦的风族学徒，心里顿时充满了同情。她轻声说道："用不了多久，我们就会回到湖边了。"

风爪瞪着她问道："我们为什么要替急水部落狩猎？为什么他们不能自己去呢？"

冬青爪的怜悯顿时烟消云散了。她不知道自己是不是应该提醒风爪，急水部落的猫已经被先前的战斗折腾得筋疲力尽了。一群泼皮猫侵入了他们的领地，逼迫他们把自己的边界撤到了狩猎场附近，因此山里的猎物变得比以往任何时候都少。但是如果风爪对这些事情一无所知，那她再怎么解释也没用，还是让他自己去猜测吧。冬青爪现在只想尽快回家，吃饱肚子之后，回到自己

天蚀遮月
TIANSHIZHEYUE

温暖的窝里,与同伴们一起安静地睡上一觉。想到这里,她看了看自己的弟弟——狮爪会直接告诉风爪原因吗?

但是狮爪只是看了风族学徒一眼。"那就快去抓兔子吧!"他哼了一声,然后使劲踩着草地离开。

风爪撇了撇嘴说:"雷族猫总以为自己很特别!"他讥笑着下了斜坡。

冬青爪赶忙向狮爪追去。她走到他身边的时候,听到他正在轻声嘟哝着。

"我真的希望能有一个办法,让那个毛球永远闭嘴!"

他是在开玩笑吗?冬青爪从侧面看着他,想看看他的眼睛里是不是闪烁着那常有的幽默感。可此时的狮爪眉头紧锁,双眼半闭。她跳到狮爪的前面,挡住了他的去路:"你刚才的话只是说说而已,对吧?"

狮爪轻轻摇着尾巴。"当然不是,"他嘀咕道,"我真的很厌烦风爪。"

"可是你真的认为,这就是我们拥有'星族力量'的意义吗?"冬青爪接着说,"这种力量就是为了让我们控制所有的猫吗?我们想做什么都行?"

狮爪耸了耸肩,但是没有看她的眼睛。"我想……"他回答道,"我还没有真正想过这个。"

"你一定想过了!"

狮爪轻轻地走在冬青爪的身边,走了一会儿他才再次开口说

你为什么挡住我的路?

我差点儿就抓住那只老鼠啦!

对不……

为什么这个蠢笨的小毛球会跑到这里来?

我想,我们应该在那边狩猎。

我爱在哪里狩猎,就在哪里狩猎!

至少我是在狩猎,没有蹲坐在石头上和同伴们聊天。

就算你的同伴们在这儿，他们也不愿意跟你坐在一起，和你聊天！

鸦羽对儿子的态度不好，因此风爪才有时显得不太合群，同伴们都离他远远的。

刚说完，她就感到有些愧疚。

你还好吧？

她当然很好啦！

要是她遵照黑莓掌的指令去狩猎，而不是挡住我的去路，没准儿会更好呢！我们越早抓到猎物越好，那样我们就能早点儿回家了。

用不了多久，我们就会回到湖边了。

我们为什么要替急水部落狩猎？为什么他们不能自己去呢？

猫武士

道:"我希望这种力量能让我比其他所有猫都更强壮,这样的话,我就能屡战屡胜了。"他犹豫一会儿问冬青爪:"你怎么想的?"

"我希望,它能让我知道一些其他猫不知道的事情。"

"比如说,"狮爪顽皮地看着她说,"如何跟两脚兽对话吗?"

"别傻了!"冬青爪烦躁得爪子发痒,"我是说,理解……"她在脑海中搜寻着合适的词语。"理解所有事物的能力。"冬青爪终于说了出来。

狮爪亲昵地推了推冬青爪的肩膀,问道:"就这些吗?"

冬青爪轻轻地将他推开:"你知道我的话是什么意思。"

他们快走到树林时,狮爪又开口了:"或许我们仨的力量是不同的。松鸦爪已经可以解读其他猫的内心世界,是吧?"他盯着冬青爪的眼睛说:"他窥视过你的想法,我说得没错吧?"

冬青爪点点头。

"叶池就没有这种本领。"狮爪接着说道,"所有巫医都没有。松鸦爪还可以预知其他族群的麻烦。这一定就是他的力量——可以看到其他猫看不到的东西。"

"他是我们中间看到的最多的猫。"冬青爪喃喃道。她身上的毛不由自主地竖了起来,当初松鸦爪准确地说出她的想法时,她的反应也是这样的。

森林边缘的植物长得非常茂盛。冬青爪停下来,让狮爪走在前头。"你曾经感觉到什么没有?"看到狮爪俯下身,用鼻子嗅着穿过灌木丛,冬青爪问道。

天蚀遮月

令她惊异的是,狮爪突然转身面向她,双眼闪现出一种奇异的光。狮爪说道:"你还记得吗?在我们的旅程刚开始的时候,我们在山脊上停下来,俯视着那片湖。然后你就走开了,去抓猎物,去休息。可我当时一点都不饿。"他眨着眼睛说道,"我看着领地,开始……呃……有点异样的感觉。"

冬青爪凑过去问道:"异样?怎么异样了?"

"我感觉自己好像无所不能!"狮爪的眼睛闪着光,"我能毫不费力地跑到地平线最远的地方,击败任何敌人,并且勇敢地面对所有的战斗!"

冬青爪动了动爪子,下意识地向后退了几步。狮爪身上的某些东西突然让她感觉很不舒服:是他活动肩膀的样子,好像在说自己比以往更强大了;是他深邃的眼神,好像穿越了自己,穿越了森林,落在了遥远的地方,在那里,他能毫不费力击溃敌人。冬青爪又回忆起了不久前狮爪参加的那场保卫急水部落的战斗,他身上满是敌猫的鲜血,但仍摇摇晃晃站起了身,继续战斗,直到敌人全部躺在地上。

看着狮爪眼里闪烁的火焰,冬青爪感到有一股寒意布满了皮毛。

她怎么会害怕自己的弟弟?

第二章

　　松鸦爪用鼻子碰了碰褐皮的爪垫，它又红又肿。他说道："它肿起来了，外皮被磨破了，不过还没流血。这些你应该已经知道了。"尽管冬青爪和狮爪出去狩猎了，松鸦爪还是能听见他俩微弱的说话声。他们还在谈论预言的事情吗？

　　褐皮把爪子从松鸦爪的鼻子底下抽了出来。"我知道，上面没有血的味道。不过我想知道是不是有石头扎进爪垫里了。"说完她又舔了舔自己的爪垫，"这山里一路走下来，我的爪垫都变得硬邦邦的，这是茧子还是伤口，我都分不清了。"

　　"爪垫里没扎进石头。"松鸦爪让她安心，听到溪水流过岩石的声音，便向溪水的方向点点头说，"这条溪流听起来并不深，你去水里站着，溪水能让你的爪垫迅速消肿。"

　　松鸦爪跟在褐皮的身后，听到她跳进水里时水花四溅的声音。

　　褐皮倒抽着冷气叫道："水好冷啊！"

　　"正好。"松鸦爪说道，"冷水可以更快地消肿。"他竖起了耳朵，冬青爪和狮爪的说话声已经消失在远方。最终，松鸦爪还是将埋藏在心里许久的秘密告诉了他们。这种感觉就像闯进

天蚀遮月
TIANSHIZHEYUE

了一处陌生的领地,说出的每个字,都像爪子踩在未知地面上。听了这个秘密,狮爪似乎已经接受了,好像解开了一个困扰了他很久的谜团。不过冬青爪的反应似乎比较沮丧:她似乎只关心该如何利用这种力量去为雷族服务,而且老担心会违反武士守则。她难道不明白预言的意义远不止这些吗?他们拥有的这种力量,已经远远超出寻常猫的想象!

褐皮的叫声打断了松鸦爪的思绪:"这溪水要冻死我啦!"

"这可是山里的水啊。"

"我知道。"褐皮的叫声显得很急切,"我的爪子都冻麻了!"

"哦,那就出来吧!"

褐皮长舒一口气,爬上岸,站在松鸦爪的身边,开始抖爪子上的水,冰冷的水珠全甩在了松鸦爪的皮毛上。

松鸦爪打了个寒战,连忙闪到一边。这山里的风和冰冷的溪水凑到一起,可真够冷的。"你的爪子还疼吗?"他问道。

"我已经感觉不到它了。"褐皮停顿了一会儿又说,"我是说,我所有的爪子都没有感觉了。"

松鼠飞脚步轻快地走过来问道:"好些了吗?"

"好多了。"褐皮说道。

松鸦爪感觉到母亲的舌头正在舔着自己的耳朵。"小家伙,你还好吧?"她轻柔地问道。

松鸦爪躲开了,生气地叫道:"不好又怎么样?"

"累也很正常。"松鼠飞坐了下来,"这次的旅途真的太艰

苦了！"

"我很好。"松鸦爪高声说道。他母亲的尾巴抽动着，扫过满是砂砾的岩石。他等着自己的母亲说，这次旅行对看不见的他来说更是一场严峻而困难的挑战。或者她还会毫无意义地评述一番，夸赞他在陌生的领地上应对自如，等等。

"自从上次战斗结束后，你们仨好像都变得寡言少语了。"松鼠飞试探着说。

她在担忧我们三个啊！松鸦爪的怒气顷刻消退了。他真希望自己能说些什么让她放心，但他绝不可能将一直以来占据他们三个内心世界的秘密告诉她。"我觉得，我们只是想尽快回家吧！"他回答道。

"我们都这么想！"松鼠飞将下巴放在松鸦爪的头顶。松鸦爪也紧紧地依偎着她，一时间他好像又变成了那只幼崽，满心欢喜地感受着她身体的温暖。

"他们回来了！"

随着褐皮的叫喊，松鼠飞移开了身子。

松鸦爪抬起鼻子，立即闻到了冬青爪和狮爪的气味。他也听到风爪走过来的时候，爪子踩在石头上的声音。狩猎猫回来了。

"我们去看看他们都抓到了什么！"褐皮飞跑过去迎接各位学徒。

松鸦爪已经知道他们抓到什么了。他跟在褐皮身后跑过去的时候，肚子正发出咕噜噜的响声。松鼠、兔子和鸽子的味道钻进

天蚀遮月
TIANSHIZHEYUE

了他的鼻子,让他直流口水。如果这些猎物不是送给急水部落的,那该多好啊!

鸦羽和黑莓掌已经围在这个临时形成的猎物堆旁。暴毛和溪儿看着猎物有些犹豫不定,他们似乎觉得,接受如此贵重的礼物实在有些不好意思。

"这只又肥又香的兔子,够所有预备猫吃啦。"松鼠飞赞赏道。

"干得漂亮,风爪。"褐皮嘴里咕噜了一声。

松鸦爪等着这位风族学徒听到赞扬后,骄傲地抖动皮毛,但相反,他察觉风爪的内心非常焦急——他渴望得到父亲的表扬。

"这只鸽子真不错!"鸦羽对狮爪说道。

风爪气得身子都僵硬了。

"过来看看我抓的松鼠!"冬青爪插嘴道,"你们见过这么肥美的松鼠吗?"

"过来看看吧!"褐皮对暴毛和溪儿喊着。

这两位武士连忙赶了过来。

"急水部落一定会很感激大家的!"暴毛郑重其事地说道。

"急水部落感谢你们。"溪儿有些紧张地说。

松鸦爪明白他们心中为何如此不安。他们接受了猎物,就等于公开承认他们的虚弱。由于两个猫群共享同一片领地,因而山间的猎物紧缺。松鸦爪同时察觉到,一股凛然的傲气从暴毛的心中升起。这山风不只搅乱了他的皮毛,还荡涤了他的心灵。在他

的体内，一股强大的信念正在聚集，这种坚定的信念是松鸦爪从未感受过的。就好像暴毛从未在湖边生活过，而是一直扎根在那片遥远的山谷之间。他真的相信，留在这里就是他与生俱来的命运。现在暴毛已经成为急水部落的一员。尽管他生在河族，长在雷族，但他似乎现在才找到了自己真正的家。

松鸦爪的身体颤抖起来。已临近黄昏，空气中的寒意让风也变得更加刺骨难耐。

一声号叫从远处的山坡上传来。

溪儿的毛竖了起来："狼来了。"

"我们会把这些猎物安全地带回去，"暴毛安慰她说，"狼笨手笨脚的，在山间小路上是追不上我们的。"

"可是在抵达那些小路前，还要经过多处开阔地。"黑莓掌催促道，"你们得赶快出发了。"

"我们也该向湖边进发了。"鸦羽建议道，"猎物的气味会把周围所有的肉食者吸引过来。"

突然，所有猫都警觉地竖起了身上的毛。松鸦爪嗅到风中有一种刺鼻的怪味——这是他第一次闻到狼的气味。这让他想起了两脚兽农场周围的狗，只是这个味道跟狗的味道不完全一样，它们身上有一股狗所没有的血腥味。万幸的是，这种味道非常微弱。

"它们离这里还有很远的一段距离。"他低声说道。

"可是它们的速度非常快。"溪儿提醒道。说完，她叼起那只兔子，兔子的皮毛在地面刷过。

天蚀遮月

"我们会想念你们的。"松鼠飞叫了一声,她的话里充满了悲伤。

溪儿又放下兔子,喉咙里发出一声呼噜。她蹭了蹭松鼠飞的皮毛:"谢谢你们的帮助,我们永远不会忘记你们的好。"

"雷族对你们的忠诚和勇气深表感激。"黑莓掌说道。

"不管怎样,我们还能见到你们,是吗?"冬青爪满怀期望地说道。

松鸦爪不知道自己是否还会回到山中。他还会遇到杀无尽部落吗?他曾走进尖石巫师的梦里,在部落祖灵的指引下到过那个山谷。在那儿,星光闪闪的猫围坐在闪着微光的池塘边。松鸦爪一想到他们对自己说的话——"你终于来了"——就忍不住打了个冷战。这些猫都知道那个预言,而且一直在等着他。然而松鸦爪最想知道的是,这个预言究竟从何而来,杀无尽部落又是怎么与他自己的祖灵联系的。

"我们已经没有时间道别了!"鸦羽有些不耐烦地说。

"小家伙,多保重!"溪儿蹭蹭松鸦爪的脸颊,又转身跟冬青爪道别。

暴毛舔了舔松鸦爪的耳朵,低声说:"照顾好你的哥哥和姐姐啊。"

松鸦爪的喉咙一紧:"再见,暴毛。再见,溪儿。"他想起了溪儿对自己的安慰和鼓励。溪儿似乎一直都很理解,被别的猫区别对待是什么感觉。暴毛也从未把松鸦爪当作特殊的猫,他像

对待其他学徒一样对待他，一样地热情，一样地严格。这些，松鸦爪一直记着。

狮爪挤到了松鸦爪前面："再见，暴毛。你要向那些入侵者证明，族群猫是永远不会被打败的！"

"再见，狮爪！"暴毛说道，"你要记住，无论生活怎么改变，我们都决不放弃！"

一股暖流似乎正在这对武士和学徒之间涌动。松鸦爪惊讶地发现，哥哥居然与暴毛有着某种特殊的联系，他之前从来没意识到。他站在那里有些愣神。这时，他的族猫已经开始向山坡下面走去，暴毛也叼起那只新鲜的猎物，跟着他的伴侣向山上走去。

"别发呆了！"鸦羽用鼻子推了推松鸦爪，把他从光滑的岩石斜坡带到长满草的山腰上。

松鸦爪的毛竖了起来："我不需要你帮忙！"

"随便你。"鸦羽嘶嘶地叫道，"不过你要是掉队了，不要怪我。"说完，他就快步走开了，爪子踏在地上发出重重的响声。

有一位这样刻薄的父亲，真是难以忍受！真该庆幸自己不是风爪。

"快点儿跟上，松鸦爪！"狮爪高喊着。

松鸦爪闻了闻空中的气味。在这个开阔的斜坡上，要跟上其他猫的脚步很容易。黑莓掌带头朝山下走去，风爪紧随其后。鸦羽已经跟了上去，与褐皮并肩走在队伍的外围。松鼠飞自顾自行

走着,冬青爪和狮爪紧跟在她的后面。

松鸦爪追上了队伍。爪子下的草地平顺柔软。"我们就这样把暴毛和溪儿留了下来,感觉有点儿怪怪的。"他喘着气说。

"他们自己选择留下。"鸦羽说道。

"你觉得,我们还会和他俩以及急水部落再见吗?"褐皮问道。

"我希望不会,"鸦羽回答道,"我这辈子都不想再看见那些山了。"

"他们也有可能来湖畔看我们。"冬青爪说道。

这时,一个恐怖的吼声沿着他们身后的岩壁传了过来。

"他们首先得能平安回家!"狮爪低声说道。

"他们会的,"黑莓掌肯定地说,"他们像其他部落猫一样,对自己领地了如指掌。"

松鸦爪走在哥哥姐姐身边,闻到前面的森林传来泥土的气息。很快,爪子下的草就变成了落叶的碎片。树林为他挡住了撕扯着皮毛的风。冬青爪突然加快了速度,似乎已经嗅到前方湖水的气息。但松鸦爪却不同,他开始怀念起山坡的那片开阔地。至少在那里,气味和声音不会因周围丛生的树木而变得模糊不清。他在那里也不会摔跤,因为那里没有大片大片随时会绊倒他的低矮灌木。在这片不熟悉的森林里,松鸦爪感到自己视觉上的缺陷太碍事了。

"小心!"狮爪发出警告的时候已经晚了,松鸦爪的爪子已

经被一丛荆棘缠住了。

"老鼠屎!"松鸦爪想挣脱出来,可荆棘缠住了他的腿,就像是故意跟他作对一样。

"待着别动!"冬青爪跑回来帮忙。松鸦爪身体一僵,强忍着内心的沮丧,让狮爪把缠在自己爪子上的荆棘卷须拽下来,冬青爪这才带他慢慢离开了那片灌木丛。

"讨厌的荆棘!"松鸦爪抬高下巴,向前走去。前方的地形更加陌生,可他依然装出镇定的样子。

冬青爪和狮爪分别走在松鸦爪的两边,与他默默并肩而行。冬青爪用胡须轻轻地碰着松鸦爪,指引他绕过一丛荨麻。前方的小路上出现了一棵倒伏的树,狮爪用尾巴碰碰松鸦爪发出提醒,示意他停下来等一会儿。狮爪先跃过树干,再给松鸦爪带路。

当松鸦爪爬上那满是碎屑的树干时,忍不住想,那个预言,对一只看不见的猫来说,真的有意义吗?

第三章

熟睡中的狮爪不停地抽动着身体,显然是在做梦。

他梦见自己站在一个陡峭的山峰上,感到山风正吹动着他的皮毛。头顶的天空没有一颗星星,漆黑的夜空一直向远方延伸着,就像一只巨大的乌鸦翅膀。他的前方,重重山峦看上去就像湖面被风吹起的层层波纹。尽管没有月光照耀,那些山顶仍然如月亮石一般闪着微光。

所有这些都属于我啦!狮爪兴奋无比地向前奔去。他强有力的后爪,将地上的小石块踢落到了下方阴影密布的峡谷中。他轻轻一跃,就跳过了峡谷,落在了另一边的山脊上。他的爪子紧紧抓着石头。接着他又跳了起来,身体轻盈得像空气一般,呼吸也十分平稳。他的尾巴优雅地扫过皮毛般柔软的夜空,热血在耳朵中汹涌。他高高地抬起下巴,大声吼叫起来,他的声音如雷声隆隆,回响在空荡荡的山间。我的爪子拥有群星的力量!他想。

"狮爪!"蜡毛的叫声把狮爪惊醒了,"我们该去狩猎了!"

狮爪睁开眼睛。泛着黄色的阳光透过巢穴上方的树枝,照进了窝里。其他猫的窝都已经空了。原来已经是中午了!狮爪晃晃

悠悠地爬起来，这才想起，昨晚他们直到后半夜才抵达雷族营地。蜡毛应该不会因为他睡到这么晚而生气吧？

狮爪使劲地伸了伸腰，打了个哈欠。经过了从山里到营地的漫长跋涉，他的爪子依旧疼得厉害。他小心翼翼地舔着一只前爪，想看看上面的伤口是否已经开始愈合。没有血的味道，伤口的痂已经变得硬邦邦的。森林里的地面很软，现在去那儿狩猎应该没有问题。

"狮爪！"蜡毛又喊了起来，不过这次的声音却严厉了很多。狮爪跌跌撞撞地走出巢穴。看来他的确应该再好好休息一下。他迈着沉重的步伐走进空地，眯起眼睛躲避着绿叶季的阳光。

阳光铺满了营地，他感到全身都热乎乎的。微风吹过，山谷上方的树都在轻轻摇动。在山里的时候，唯一可以避风的地方就是瀑布后面那个冰冷而潮湿的山洞。在绿叶季里，山里就已经够寒冷的了，急水部落的猫究竟是如何挺过秃叶季的呢？

"你终于醒了！"蜡毛招呼道，"在我们等你醒来的这段时间里，猎物没准都已经老死了。"

"这样一来，不是更容易抓到它们了？"狮爪嘟哝着。

"我知道你很累。"蜡毛用柔和的语气说道，"不过冰爪一直都想去森林看看，我也答应白翅跟她们一起去。"

狮爪这才第一次注意到了冰爪。此刻，这位年轻的学徒就像一只新叶季的兔子，正在空地上蹦来跳去。她时而纵身跃起，时而扭转身体，假装在捕捉一只隐形的猎物。她的猎物可以是隐形

天蚀遮月
TIANSHIZHEYUE

的,可她那柔顺的白色皮毛和明亮的蓝色眼睛却十分显眼。或许这就是火星让白翅做冰爪老师的原因吧。这只白色母猫应该很清楚,在绿叶季里如何隐藏冰爪那雪一般的皮毛吧。她可以教冰爪一些特殊的狩猎和跟踪技巧,冰爪也应该好好学学。看着冰爪笨拙地向前扑去的样子,狮爪差点笑出声,他想起自己开始学徒训练时的兴奋样子。

白翅穿过空地,看看她的学徒:"我们现在可以出发了吗?"

狮爪注意到白翅的尾巴尖儿不住抽动着。冰爪是白翅的第一位学徒,她是在担心不知道怎么教导这个精力旺盛的学徒吗?还是担心她们一旦走进了森林,那显眼的雪白皮毛会吓跑所有猎物?

"你想先去哪儿呢?"蜡毛问道。

白翅若有所思地看着冰爪,这只白色小猫刚好笨拙地摔倒在一堆落叶上,叶子立即四散着飞了出去。"你觉得冰爪在哪里会更好一些?是老橡树,还是旧雷鬼路?"

狮爪的肚子咕咕地叫了起来。他盯着猎物堆,最上面是一只又肥又大的老鼠。可他必须等其他猫都吃饱之后,才能吃——这是学徒们要学习的第一条守则,也是最难遵守的一条。"老橡树周围的猎物通常会比较多。"他建议道。

然而蜡毛并没理会狮爪,而是冲着白翅低头示意道:"这需要你来决定。"

狮爪顿时有些愤愤不平。既然这样,为什么还要把他叫起来

呢？他们明显对他的建议不感兴趣，甚至也从没打算听。他们也没有询问他去山里的这次旅程中发生了什么事情。他气鼓鼓地环视着营地。似乎没有哪只猫对他的归来感兴趣。鼠毛在长老巢穴外晒着太阳，香薇云和栗尾正在高石台下吃一只鸽子，很显然她们今天的狩猎任务已经圆满完成了。叶池嘴里衔着一些叶子，走进了育婴室。她们当中难道就没有一只猫对山区或自己的历险感到好奇吗？

"你好啊，狮爪！"冰爪对他喊道，"我的动作对吗？"她俯下身，匍匐前进了几步，做出狩猎的动作，然后不停地摇晃着尾巴。

"对。"狮爪漫不经心地说了一声，想着，难道大家都不关注我的存在吗？

"冰爪，别乱晃尾巴！"蜡毛提醒道。

狮爪一脸惊异地望着老师，心想，我还以为你对训练学徒不感兴趣呢。

蜡毛盯着狮爪，眼睛眯了起来，然后转身面向冰爪意有所指地说："如果你把叶子扑腾得到处都是，猎物马上就知道你要来捉它们了。"很显然，他觉得狮爪刚才应该指出冰爪动作的错误。

狮爪身上的毛竖了起来。为什么蜡毛要辅导其他猫的学徒呢？这本应该是白翅的职责啊。但他很快就想起来，当初暴毛和灰条总是耐心地指出自己动作中的错误，自己当时非常感激他们。他不由得有些惭愧。

天蚀遮月
TIANSHIZHEYUE

他走到这只年轻的母猫身边说:"我给你示范一下蜡毛刚才说的要点。"他蹲伏在冰爪的身旁,说道:"像我这样伏下身体,身体压得越低,猎物就越发现不了你。"

"像这样吗?"冰爪把身子又下压了一点儿。

"就是这样。"

冰爪朝他眨眨眼,那双眼睛蓝得好似倒映着天空的池水:"谢谢你,狮爪。其实一想到马上要去狩猎了,我的心里就忐忑不安。"

狮爪用尾巴尖儿拂着她的背部。"记住老师教的动作,你就会做得很好。"他安慰道,"这是你第一次狩猎,所以不要想着一下就抓到猎物。我也是花了好长时间才掌握狩猎要领的。"冰爪点点头,看上去信心满满。狮爪舔了舔她的耳朵。当老师的感觉就是这样的吗?他非常愿意做老师,把自己所有的狩猎技能和作战技巧都教给年幼的猫,看着他们从路都走不稳的幼崽成长为身强爪利的武士。

可是,如果那个预言让他走上了一条完全不同于普通武士的道路,那么教导学徒并履行武士职责的责任该怎么办呢?狮爪看着冰爪热情洋溢的眼睛,他感觉自己可能要放弃这一切,放弃这本该非常适合自己的道路。

"我们可以在这儿狩猎吗?"冰爪又问道。在去往老橡树的路上,他们已经经过了好几块小小的空地,每经过一处,她都想

在那里狩猎。现在,那棵老橡树就高耸在他们面前,树下散落着落叶和橡果。阳光透过密密的树枝,照到空地边缘的香薇丛上。

白翅看了蜡毛一眼。"我们还要继续往湖边去吗?"她问道,"那儿可能会有猎物。"

蜡毛望着她,却没有回答。

为什么蜡毛不帮她呢?狮爪不明白老师那个眼神的含义。

白翅扫视着空地说道:"我看这里就不错,或许我们可以去那片香薇丛?"

狮爪注意到她的尾巴又开始抽动。如果蜡毛不帮她,或许自己可以帮她。于是狮爪张口说道:"那边有一丛荆棘……"他的话还没说完,蜡毛伸出尾巴在他的嘴上拂了一下,又朝白翅点头示意:"你还是相信自己的直觉吧!"

"那就去香薇丛吧!"白翅说完,领着自己的学徒朝那处茂盛的灌木丛走去。

蜡毛在狮爪的耳边低语道:"我知道你想帮她,不过白翅需要建立自信心。"他俩看见白翅推了推冰爪,让她蹲伏下去,并用口鼻碰了碰她的身体,帮她调整姿势。"她做得不错。"蜡毛说道。

这时香薇丛沙沙地响了起来,浅绿色的茎秆根部正在剧烈颤抖着——这肯定不是刮风,因为茎秆的顶部没有动。冰爪蹲伏下来,开始摆动后肢,前爪抓着地面。白翅把尾巴搭在学徒的背部,冰爪的身体终于不再紧张得发抖了。白翅身体向前倾去,在冰爪

天蚀遮月

的耳边轻声说了几句,然后又坐回原来的位置。接下来就要看冰爪的了。

狮爪看见冰爪冲上前去,一头扎进香薇丛里。

香薇叶后面传来一声尖叫,然后又安静了下来。不一会儿,冰爪跳了出来,嘴里衔着一只田鼠。她的眼里闪着喜悦的光芒。

蜡毛走上前去赞赏道:"干得真漂亮!"

白翅自豪地抖了抖胸脯上的皮毛:"冰爪,你真是太棒了!"

"那一扑真棒。"蜡毛又补充了一句。

她只是抓了一只田鼠而已,这也太大惊小怪了吧!再说这只田鼠这么小,就算它想逃跑,也很难跑掉吧。狮爪的思绪又飘回到山里的那场战斗中。冰爪居然这么快就抓到了自己的第一只猎物,狮爪真心为她高兴。不过,他们要是看到自己跟山里的那些猫作战的场景,不知道他们会说些什么?抓住一只小小的猎物,怎么可能跟打败一群猫的壮举相提并论呢?

"有画眉!"

狮爪听到蜡毛轻声发出提醒,便回过头循着师父的目光望去。在橡树粗大的树干上方,一只肥大的画眉正在茂密的树叶间啄来啄去。狮爪像蛇一样,悄无声息地潜行到画眉的后方蹲伏下来,肚皮紧贴着地面,开始慢慢地靠近它。他把尾巴轻轻地抬起来,免得碰到叶子惊动了猎物。画眉正在搜寻虫子,丝毫没有意识到危险的降临。狮爪不禁暗自得意:这种笨鸟,注定是猫的猎物。他顿了一下,估算了距离,然后一跃而起。狮爪迅猛的

起跳把树根周围的落叶和橡果都卷到了空中,狮爪落到了三条狐狸尾巴之外的地面上。画眉惊慌地张开翅膀,想要逃走,但是为时已晚。狮爪起跳时机把握得很好,画眉张开翅膀刚想飞走,就被摁住了。接着狮爪一口咬在它的脊柱上,结果了它。

"太厉害了!"冰爪从橡树的另一侧目不转睛地盯着他,因为吃惊,眼睛瞪得很大。

白翅也非常吃惊,耳朵向后贴去。

狮爪突然感觉自己的鼻子有点痒,原来是一根画眉的羽毛正好粘在他的鼻子上。他一掌拍掉了它,感觉有些不好意思。

蜡毛点了点头:"非常漂亮!"

"那一跳可真远。"白翅赞叹道,"这种时候稍有不慎,画眉就会逃走!"

狮爪心想,我不会犯这种错的。但随即他又把这种想法抛到脑后,看着族猫充满惊奇的目光,他觉得最好还是让他们觉得自己这次只是运气好罢了。或许松鸦爪说得对,如果他们知道了自己这次猎杀背后的真相,可能会不高兴的。

猫群返回营地的路上,狮爪的鼻子里充满了画眉诱人的香味儿。画眉的身子不住地碰着狮爪的胸口,翅膀将地上的落叶拖出一道痕迹。冰爪在他的身边走着,想跟上他的步伐,却差点儿被自己的猎物绊倒。

"真希望我的腿不是这么短。"冰爪抱怨道,因为嘴里塞满

了猎物,听起来有些含混不清。

"它们总会变长的。"狮爪安慰着她。

白翅和蜡毛走在队伍的最前头,带着各自捕获的猎物。现在已经到了绿叶季的末期,不管什么样的猎物都深受欢迎,因为族猫都需要多吃点东西,这样到了食物匮乏的秃叶季才能熬下去——不管是真是假,族里的老猫们一直都是这么说的。狮爪几乎记不清秃叶季是什么样子了,那时他还小,只记得育婴室周围的事情,老猫们一直担惊受怕,巢穴上方的树枝吱吱地响个不停。

"你刚才的那一扑真是太棒了!"冰爪说道。

狮爪咕哝一声"谢谢",他可不想为了说话而把羽毛吞进喉咙里,弄得接下来一整天都咳嗽不止。

"你为什么跳得那么快呢?"冰爪仍不死心地问,"你不觉得靠得太近,就会惊动了它吗?"

"我只想着时机到了,所以我就跳了。"狮爪也认为自己当时完全可以移动到画眉的上方再行动。可是他确实觉得当时的距离已经足够近了,所以为什么要浪费时间呢?

"你真是位优秀的狩猎猫。"冰爪继续从齿缝中挤出话说道,"我之前一直认为冬青爪很优秀,可是你的表现比她还棒!你是在哪儿学会那样跳的啊?你练习了多久才这么厉害的?你说我是不是应该更加勤奋地训练呢?"

"我觉得你不用担心,白翅会安排好你所有的训练。"

"我只希望她训练我,能像蜡毛训练你一样好。"

猫武士

狮爪望着老师的身影，看到他消失在前方路旁的一丛荆棘的后面。蜡毛把他训练得很好，狮爪从没想过要拜其他猫为师。但事实上，蜡毛不是他唯一的老师，虎星也曾训练过他。另外，他天生就有冰爪做梦都想不到的力量，所以就算冰爪天天起早贪黑地训练，也无法达到他的高度。

狮爪沿着小路向下走去，营地就在前方的山谷里，可是狮爪却有一种强烈的孤独感。他感觉那个预言已经将自己从族群里孤立出来，他不再属于雷族了，而那些正在营地里等待自己满载而归的伙伴，也不再像以前那样熟悉和亲切了。

冰爪冲到他的前面，跟着白翅和蜡毛穿过那道把森林和营地隔开的荆棘屏障。狮爪走在最后，当他走进空地时，正好看见冰爪将田鼠扔在猎物堆上，然后转身向其他学徒跟前跑去。

炭爪、蜜爪和罂粟爪正在学徒巢穴外面晒太阳。冰爪小跑着来到她们身边。

"那是你抓的第一只猎物吗？"蜜爪高声问道。

冰爪扬起下巴："我第一次尝试的时候就成功了！"

狮爪突然感到一阵妒忌。他再也不会像这些学徒一样无忧无虑了，也不会因为这种小小的成就而兴奋不已了。

"狐爪回来了吗？"冰爪问道，很显然，她正急切地盼望着能向弟弟炫耀自己抓到的猎物。

"松鼠飞带他去巡逻边界了。"炭爪告诉她，"他们应该很快就会回来。"

天蚀遮月
TIANSHIZHEYUE

狮爪走到猎物堆旁把自己的猎物扔在上面。这时，一团皮毛蹭了蹭他的身体。他转身一看，原来是冬青爪。

"收获颇丰嘛！"冬青爪说得有些心不在焉，好像心里正想着别的什么事。她看着巢穴外的那几位学徒：炭爪和罂粟爪正在来回滚着一个苔藓球，蜜爪蹦来跳去地想要抓住它。

"你不想跟她们玩玩吗？"狮爪问道。

冬青爪眨了眨眼睛："那一点儿都不好玩。"

这可不像冬青爪的风格。特别是炭爪也在那里，放在以往，冬青爪早就去了。"出什么事了？"狮爪问道。

"我就是没心情而已。"

狮爪盯着冬青爪绿色的眼睛，想着，冬青爪也有和我一样的感觉吗？"这感觉很奇怪，对吗？"他开口问道。

冬青爪看着他："你指的是什么？"

"与众不同。"

"我们和别的猫没什么不同啊？"

"你知道我是什么意思。"狮爪感到有些不耐烦。他需要找只猫谈谈。这么多天来，他坚守着关于预言的秘密，就像正按住试图挣脱的猎物一样辛苦。冬青爪实在没必要如此装腔作势。"我们知道这么重大的秘密，却不能告知任何猫。"

冬青爪肩上的毛警觉地竖了起来："你该不会是想说出这个秘密吧？"

"不是，我……"

冬青爪打断了他的话："在我们弄明白这个预言的确切含义前，不能告诉任何猫。"她放低声音，眼光注视周围的空地，"我们要搞清楚，我们应该用这些力量来做什么。"

狮爪收缩了几下爪子，厉声说道："我没有想告诉谁这个预言！"为什么她这么霸道呢？他又不是鼠脑子。而且她为什么一直都想把所有事情弄清楚呢？那个预言其实很简单：他们三个会变得比所有猫都强大。如果需要用到这些力量时，他们只需确保做好充分准备就行。他边想边转身向半边石走去。

太阳已经升上树梢，族猫们已经开始从猎物堆上取食物吃。炭爪抓起狮爪带回来的画眉，把它拖进了育婴室——米莉、黛西和她们的幼崽们肯定已经饿坏了。

罂粟爪挑了一只老鼠，把它放在长老巢穴外面。"有猎物吃啦！"她高喊着。

长尾从金雀花丛里探出头来抽抽鼻子，然后站到了入口处。随后，鼠毛也拖着僵硬的身子，跟在长尾身后走了出来。随着岁月的流逝，这只年迈的母猫变得更虚弱了。长尾一直等她在老鼠旁边安顿下来，这才坐到了她的身边。

"你没必要整天看着我，我又不是无助的幼崽！"鼠毛厉声大叫。

长尾戏谑地抽了抽胡须，发出轻柔的呼噜声："这真是太可笑了！你浑身上下，也就只剩舌头还好使了！"

鼠毛用尾巴抽打着长尾，咬了咬他的耳朵。"你想吃点儿吗？"

天蚀遮月
TIANSHIZHEYUE

她用鼻子把老鼠推到了长尾面前。

"如果你们愿意,可以尝尝这个!"冰爪叼着她抓到的那只田鼠从猎物堆走过来,把它扔在长尾的爪子旁,"这是我抓的!"

"这是你抓的第一只猎物吗?"鼠毛的眼睛亮了起来。

长尾弯腰闻闻这个小东西:"闻起来可真香啊!"

巫医巢穴入口的黑莓丛颤动起来,松鸦爪从里面钻了出来,嘴里小心翼翼地叼着一团苔藓。他走到鼠毛和长尾身边,把苔藓放在地上。他转身用那双蓝色的盲眼"正视"着冰爪,说道:"我听说你今天一直都很忙,你应该去吃点儿东西。"

"是的,我确实饿坏了。"冰爪承认道。

冰爪转身朝猎物堆走去,长尾在她的身后喊道:"谢谢你的田鼠!"

冰爪回头高兴地说道:"随时为你效劳!"

"你吃东西的时候,不介意我看看你身上是否有虱子吧?"松鸦爪问鼠毛。

"如果你非要这么做的话,就请便吧。"鼠毛咕哝道,"我只是不知道,你为什么非要等到我吃东西的时候,把那臭烘烘的东西拿过来。"她冲那团苔藓点点头。狮爪猜测,苔藓上应该涂着老鼠胆汁。

"我刚才以为你还在睡觉,不想把你弄醒。"松鸦爪很有耐心地蹭了蹭鼠毛的皮毛。接着他停下来,从苔藓团上扯下一块,压在鼠毛尾巴根部的皮毛上。

狮爪呆呆地看着弟弟。他看起来跟以前完全不一样了,他不再是那只暴躁易怒的小猫,也接受了成为巫医学徒的现实。现在他还拥有了比所有族猫都强大的力量。狮爪爬上半边石躺了下来,把肚皮贴在被阳光晒热的石头上。或许是松鸦爪知道自己拥有强大的力量,所以才能忍受这无聊的工作吧。狮爪很想知道,从松鸦爪闯进火星的梦里到现在时间过去了多久。松鸦爪就是在那时偷听到了那个预言,一只陌生的猫说,雷族即将出生的三只幼崽将拥有群星的力量。狮爪想,自己什么时候才能像松鸦爪那样,习惯这个预言的存在?那些一直困扰着他的挫败感,什么时候才能随着时间的流逝而消失?

他抬头看了一眼高石台,看到火星正从岩石上跳下来,沙风跟在他的身后。这位雷族族长已经知道预言的事,但他没有透露任何蛛丝马迹。他依然像对待普通学徒一样对待狮爪、冬青爪和松鸦爪。狮爪看到火星从猎物堆中挑出一只老鼠给沙风,又给自己挑了一只麻雀。他究竟是怎么想的呢?狮爪真想拥有松鸦爪的能力,那样一来,他就能解读火星的内心世界。他会为拥有他们三个至亲而自豪吗?有了这些拥有特殊力量的猫来守护族群,雷族就会永远安宁,他会对此感到高兴吧?又或者像松鸦爪担忧的那样,他会对雷族出现比自己更强大的猫感到恐惧?

这时,荆棘屏障沙沙地响了起来,松鼠飞和黑莓掌钻了进来,狐爪和莓鼻紧随其后。

"边界附近很安静。"黑莓掌向火星汇报道,"不过黄昏巡

逻队还是应该密切关注风族的边界。根据气味判断,风族一直都在他们领地一侧的森林里狩猎。"

火星在高石台的下方坐了下来,沙风坐在他的身边。"听起来好像风族猫已经习惯了松鼠的味道。"火星说道。

炭爪正在和蜜爪分食一只鸽子,听到这里,急切地抬头望着族长。"我可以加入黄昏巡逻队吗?"现在炭爪的腿伤已经基本痊愈,可以继续履行学徒职责了。她非常希望能做更多事情,以弥补丢失的时间。

"可以。"黑莓掌点点头说,"我打算让灰条带队。"

"刚才谁提到灰条了?"米莉从育婴室走了出来,眨了眨惺忪的睡眼。

灰条正在修补育婴室的墙壁,上面有一处被风撕开的口子,原本密密排列的荆棘被吹得七零八落。"你还好吧?"灰条关切地望着米莉——她正怀着小猫,看起来有些臃肿,说不定哪天就要生产了。

"我很好。"米莉从猎物堆里挑了两只老鼠,"我只是想跟你一块儿在外面吃点儿东西。"说完,她把食物拿到火星和沙风待着的地方。灰条用爪子把最后一根荆棘塞进缝隙里,然后赶忙跑到米莉身边。

这时一只画眉砰的一声掉在半边石旁边的地上,吓了狮爪一跳。冬青爪正站在猎物旁边,瞪着他。

"我还以为你想和我一起吃呢。"她说道。难道这就是她道

歉的方式？狮爪有些怀疑。他觉得自己的姐姐还没有意识到自己做事有多专横。不过不管怎样，他还是很感激她。因为知道了那个预言，他总感觉自己有点儿孤独，可是一想到冬青爪和松鸦爪也知道那个预言，他就会好很多。只要有他们在，他就永远不会孤单。

"谢啦。"他咕噜了一声，坐在地上开始吃了起来。

桦落、白翅和蕨毛正在一起分食猎物，此时在离他们不远的地方，刺掌和蛛足已经吃好了，正在伸着懒腰。这是山区之旅结束以来，雷族猫第一次一起吃食物。狮爪感觉心情放松了好多。原来这里什么都没变，他充满希望地告诉自己。

"急水部落怎么样了？"火星问黑莓掌。

雷族副族长吞了一大口猎物。"即将到来的秃叶季，他们会过得很艰难。"他说道，"但我想他们会没事的。"狮爪眯起了眼睛，心想，父亲真的像他说的那样自信吗？

"你认为他们能守住你们划定的边界吗？"刺掌问道。

松鼠飞耸耸肩，回答道："我们已经尽我们所能训练他们了。"

"他们要是早点认识你们，肯定就没问题了。"灰条插话道。

"他们已经比我们初到那里时有了很大进步。"黑莓掌说道，"让他们接受我们的想法很难，他们不理解为什么要在狩猎场周围划出清晰的界线。不过我希望他们能明白，为了自己的利益而战，对他们有多么重要。"

天蚀遮月
TIANSHIZHEYUE

"我们也给入侵者们上了一课,告诉他们不能为所欲为。"松鼠飞补充道。

"在那场战斗中,有很多猫受伤吗?"沙风问道。

"伤得都不严重。"黑莓掌告诉她,"不过那场战斗的确很激烈。"

要是没有我,你们根本赢不了。狮爪等待着父亲告诉全族的猫,自己的表现有多么优秀。

"所有的学徒都像真正的武士一样战斗。"黑莓掌看了看狮爪,"他们是我们雷族的骄傲。"

狮爪沮丧得脚垫都有些发疼。"他难道不打算提一提我是怎么战斗的吗?"他低声嘶叫道。

"嘘,安静!"冬青爪警告他,"他们不知道最好,我们绝不能引起他们的注意!"

狮爪气鼓鼓地咬了一口画眉肉。要是没有猫知道自己的力量,那拥有它又有什么意义呢?他突然开始期盼这个月能再发生一次战斗。这样一来,他就可以让族猫看看,自己会成为什么样的武士,到那时,其他几个族群最好小心点儿!他郁闷地想着。

长途跋涉让狮爪爪子疲惫,肌肉酸痛,他缓慢地爬进他的窝。只要睡一晚上,他就会重新精力充沛的。狮爪蜷缩进干净温暖的苔藓里,闭上了眼睛。

"你不会就这么睡了吧?"罂粟爪走过巢穴时喊道。

"你就不想听听沙风在训练时对我说了些什么？"蜜爪也提醒他。

"我太累了。"狮爪嘟囔道。他根本没心情跟同伴们闲聊。

"随你便吧。"罂粟爪说道。

突然两只小爪子落在狮爪的背上，扎进了他的肉里。

"对不起！"看到狮爪猛地抬起头，狐爪赶忙道歉，身子往后缩了缩。

狮爪瞪了这位年轻的学徒一眼："小心点！"

"我刚刚正在给冰爪展示怎么样才能捉到一只狐狸。"狐爪说道，"在武士命名仪式上，我希望自己被命名为'猎狐者'！"

"你已经用行动证明，你可以抓到一只熟睡的猫！"蜜爪打趣笑道。

冰爪马上跳起来为弟弟辩护："总有一天，他会抓到一只真正的狐狸！"

"是呀，一点儿没错。"罂粟爪说着，把一团苔藓朝冰爪扔了过去。

狐爪一跃而起，在那团苔藓打到姐姐身上前接住了它。然后他又把它扔了回去："我会抓到狐狸的，走着瞧！"

"你连绿咳病菌都抓不住！"罂粟爪奚落道。

"我会的！"狐爪争辩道。

其他学徒都发出愉悦的呼噜声。

"我是说，我想抓什么，就一定能抓到。"狐爪马上改口道，

天蚀遮月
TIANSHIZHEYUE

"我只是希望松鼠飞别总是大惊小怪的。"

"只要你能保证不再走丢,她当然就不会大惊小怪了。"蜜爪提醒道,"松鼠飞今天一直在找你,害得我们等了好久。等到她把你带回来时,我追赶的那只松鼠已经跑到影族领地去了!"

"我去探险了!"狐爪抗议道。

"来,帮我看看这个东西。"这时炭爪挤进了巢穴。狮爪闻到了蜂蜜的味道,却待在原地没动。其他学徒们全都从窝里爬了出来,想看看炭爪带来了什么东西。

"你在哪儿找到的?"冰爪惊讶地问道。

"我们在两脚兽废弃的巢穴附近巡逻时,云尾在一处空树干里发现了蜂巢。"炭爪解释道,"他费了好大力气把爪子伸进去,掰下了一大块蜂巢。"

"他被蜇了吗?"狐爪问道。

"只被蜇了一次。"

"我好几个月都没吃过蜂蜜了。"罂粟爪叹了口气。

"云尾把大部分蜂蜜都给了叶池,让她储存起来了。不过他说,我可以带走这么一点儿。"炭爪说道。

"我能舔舔吗?"冰爪恳求道。

"来吧,不过别舔太多!"炭爪提议道,"这是要给大家一起分享的。"

冰爪咽了一口,然后美美地闭上了眼睛,过了一会儿才睁开眼,惊奇地说道:"没什么味道呀!"

猫武士
MAOWUSHI

罂粟爪咕哝道:"真是鼠脑子!所有的猫都知道它的味道!"她舔了舔那块蜂巢,叹了口气说道:"我很喜欢蜂蜜滑过我的喉咙的感觉,我的浑身上下都温暖起来了。这种感觉让我想起了牛奶的味道。"

大家争先恐后地享用蜂蜜。狮爪不想听同伴们发出的满意而喜悦的叫声,于是把鼻子压在爪子下。他们也太容易满足了,总有一天,森林里所有的蜂蜜都会属于我。他可不会像他们那样,因为一点点小事就开心得要命。这时,那种孤独感又重新占据了他的内心,而且比以前更加强烈了。

一只猫温暖的身体突然蹭了蹭狮爪的皮毛。冬青爪悄悄溜进了巢穴,在狮爪的身旁伏了下来。

"你不去吃点儿蜂蜜吗?"狮爪轻声说道。

"让他们好好享用吧!"她也小声回应道。

狮爪突然感觉没那么孤单了。他闭上眼睛,进入了梦乡。

在梦中,狮爪感觉到爪子下的地面异常寒冷,上面铺满了尖尖的松针。薄雾笼罩着大地,萦绕在一排排又光又直的树干周围,一直延伸到茫茫的黑暗中。

"你也该回到我们中间了!"虎星低沉的吼叫声从阴影中传来。狮爪辨出了他那肩膀宽大的轮廓,紧接着这位武士走出了树林。

鹰霜跟在他的身后说道:"你需要全方位的训练。"

狮爪身上的毛竖了起来:"难道你们没看到我在山里的那场战斗吗?"他还有必要再参加什么训练吗?他已经比所有的族猫都更加优秀。而且,他已经通过事实证明了这一点。

"那都已经是过去的事了,"虎星立即说道,"我们只关注未来的战事。"

狮爪眯起了眼睛,觉得虎星只是在找借口。我当时在山里,他们根本无法看见我。即使虎星的力量强大,肯定也有做不到的事情。

"那就让我们看看,你是否能像运用自己的体力一样,来使用你的智慧。"虎星走到狮爪身后,把他推到鹰霜身旁,"你来试试,攻击鹰霜身上的弱点。"

"但是,你不想听听山里那些猫的事吗?"

虎星甩甩尾巴:"他们和我没有任何关系!"

原来他对这件事不感兴趣!狮爪看着这位如同幽灵一般的老师。难道他不认为,他的学徒在经历了前往山区的漫长旅途,以及跟山地猫的战斗以后,已经学到了很多吗?难道虎星不相信他已经掌握了所有的战斗技巧?也许应该做点什么向他证明自己。

"你还在等什么呢?"虎星大喊着,"攻击鹰霜!"

一股怒气在狮爪的体内升腾。他弹出爪尖,扑向鹰霜,抓在了这位武士的腹部。也许是他用力过猛,他觉得鹰霜的肚皮被划破了,鲜血染红了他的爪子。

鹰霜发出一声惨叫,猛地跳到一旁,后颈的毛全都竖了起来。

狮爪转身看着虎星:"你现在可以听我说话了吧?我有一件重要的事情告诉你。是一个预言,跟我有关的。这也是我能所向披靡的原因。"

虎星的眼睛闪着光:"一个预言?你说的是什么意思?"

"在梦里,一只老猫告诉火星,'有三只猫,是你至亲的至亲,他们星权在握。'"狮爪将松鸦爪告诉自己的话,原原本本地复述了一遍,"你还不明白吗?这个预言说的就是我们仨,因为松鼠飞就是火星的至亲。"

虎星厌恶地哼了一声:"又是火星!"

"这件事是真的。"狮爪继续说道,"如果你看到过我在山里作战的情景,你就会明白。我击败了所有遇到的猫,我感觉自己可以不断地作战,直到打败所有敌猫!"

"这都是因为我对你的训练!"虎星咆哮道。

"不仅仅是因为你训练了我,"狮爪反驳道,"正因为我拥有了群星的力量!"

"这都是火星告诉你的,对吧?"虎星冷笑道。

"不是。"狮爪气得把爪子插进冰冷的泥土里,"是松鸦爪进到了火星的梦境里,他偷听到了这件事。"

虎星的眼睛突然闪出戏谑的光。"我知道了。"他嘲弄地说道,"一只猫做个梦,就能证明你是有史以来最强大的猫了!"

虎星为什么就不能严肃地谈论这件事呢?他有一个至亲有可能统治整个森林,难道他不感到自豪吗?这难道不是他所期待的

天蚀遮月

吗？狮爪真想张开嗓子大声咆哮。或许虎星只希望他自己成为最伟大的武士吧！"你不要嘲笑我！"狮爪说道。

鹰霜抽抽胡须说道："瞧瞧这个小武士，他还以为自己是火星呢，多强大多勇敢！"

"那你们怎么解释上次山里的战斗呢？"狮爪质问道，"我都没有负一点儿伤！"

"与你战斗的只是一群饥肠辘辘、未经训练的泼皮猫。"鹰霜讥笑着，"狮爪，你可真是一位伟大的武士！"

狮爪眨眨眼睛，爪下的地面突然变得更加冰冷了。他们说的似乎也没错啊。说实话，山里的那些猫确实不是技能高超的武士。急水部落可以依靠任何族群猫的帮助，一举击溃他们。没有史上最强大的猫，他们照样可以赢得战斗的胜利。要是那预言真的只是一个梦，自己该如何是好呢？

"怎么样，现在你也不那么确定了吧？"虎星抽了抽尾巴，"我倒是乐于把你当作有史以来最伟大的武士，但是火星怎么会把三只如此重要的猫派到山里去呢？要知道你们到了那里，很可能会送命的。"

狮爪的心里也升起了一团疑云。火星从未提起过关于预言的任何事。如果他真的相信他们三个身份特别，他怎么会让他们去冒生命危险呢？他一定会让他们安全地待在营地里，全心全意为族群做事。

虎星朝狮爪探过身子，距离近得呼出的气息都吹动了狮爪的

胡须。"你想成为最伟大的武士，只有一条路可走。"他嘶嘶说道，"那就是训练。你要努力训练自己的战斗技能，并且坚持不懈，总有一天你会成为森林里最强大的武士。"说完他后退了几步，语气忽然变得严厉起来："现在，练习战斗动作！但这次要收好你的爪子，听从我的命令！"

第四章

松鸦爪拿出一片又宽又大的叶子，放在巢穴的地面上，然后把那块蜂巢裹了进去。虽然蜂巢早先也用叶子包过了，但还是有蜂蜜渗出来。叶池担心它会污染到巢穴岩缝里储存的其他草药，于是她在出去采集猫薄荷前给松鸦爪留了一片大黄的叶子，让他把蜂巢重新包起来。

松鸦爪小心地折起叶子，心里希望自己用细荆条系住包裹时，黏糊糊的蜂蜜不再往出渗。

突然，巢穴外传来一声尖叫，把他吓了一跳。似乎是哪只幼崽受伤了。松鸦爪竖起耳朵仔细分辨，听出是小蟾蜍在哀号。他马上转身朝巢穴口冲去，恰好撞在正往里冲的黛西身上，他嗅到她的皮毛上散发出浓重的恐惧气息，也闻到她踉跄的爪子上有血腥味儿。显然，她是背着小蟾蜍来的。

"把他放在水池边。"他命令道。

"他刚才追赶一只蜜蜂时，不小心扑到了荨麻上。"黛西放下小蟾蜍，喘着粗气说。

"该死的蜜蜂！"小蟾蜍吼道。

猫武士
MAOWUSHI

松鸦爪松了一口气，原来只是被荨麻扎伤了。松鸦爪刚才听到那撕心裂肺的叫声，还以为他被狐狸袭击了。

"火星真应该早点儿把那些荨麻拔掉。"黛西抱怨道，"我早就知道，它们迟早会惹麻烦的。"

"荨麻扎伤不是大问题。"松鸦爪开始嗅闻小蟾蜍的身体。小蟾蜍却抬起自己的小爪子，抓在松鸦爪的鼻子上。这个小家伙不停地扭动着身体，挥舞着爪子去蹭鼻子，还伸出舌头想去舔扎在身上的荨麻刺。"坐好！"松鸦爪喊道。

"可我很疼啊！"小蟾蜍抱怨着。

幼崽脆弱的皮毛根本经受不起荨麻扎。松鸦爪感觉他身上没有毛的地方，像鼻子和耳朵，已经被荨麻扎破，变得又红又肿，散发出阵阵热流。

"我给你取一些羊蹄叶来。"松鸦爪告诉他。

黛西围着她的小猫焦急地转来转去。松鸦爪向储存草药的地方冲去时，不小心被黛西的尾巴绊倒了。他爬起来，磕磕绊绊地在储存草药的地方停下脚步。他知道羊蹄叶储藏在锦葵的下方，于是把爪子伸进岩石缝里抓了一大把。松鸦爪闻了闻，确认自己没有搞错，就把它们放进嘴里嚼起来。只要羊蹄叶的汁液渗入小蟾蜍的皮毛内，就能很快治好小蟾蜍的伤。

松鸦爪嚼着草药，回到躁动不安的幼崽身边。他把嘴里的药糊吐在爪子上，准备把它抹在小蟾蜍的耳朵上。

小蟾蜍本能地一闪。"不要碰我！"他伸出爪子，把药糊打

进了水池里。松鸦爪听到药糊落进水里,强压怒火,转身回到储存羊蹄叶的地方。"越早治疗,他就能越快好起来。"他返回时又碰到了在小蟾蜍身边走来走去的黛西。看在星族的分儿上!他忍不住大吼道:"你快去看看小玫瑰,千万别让她也摔进荨麻里。我会照顾小蟾蜍的。"他说着甩了甩尾巴:"只要他能安静地待着!"

"你确定他没事吗?"黛西焦急地问。

松鸦爪深深地吸了一口气。这时,叶池的话在他耳边响起:"保持冷静,对你和你的族猫都有好处。"他从牙缝里挤出一句话:"迄今为止,还没有猫死于荨麻扎伤呢!"

"你快别乱动了,亲爱的!"黛西安慰了小蟾蜍一句,快步朝巫医巢穴的入口走去,"等我确认小玫瑰没事儿了,就马上回来看你。"

"你不用那么着急回来!"松鸦爪低声咕哝道。他蹲伏下来,又嚼了一嘴的羊蹄叶,然后赶忙回到小蟾蜍身边,开始将药汁涂在他的耳朵上。小蟾蜍还想躲开,却被松鸦爪伸出前爪,死死地按住了。

"别动!"松鸦爪舔着他的耳朵,声音有些含混不清。小蟾蜍不住哀号着,可松鸦爪依然死死按着他,直到他全部的伤口都涂满了苦涩的草药。"我知道你一定很疼,"他说着放开了小蟾蜍,"不过你现在已经没什么危险了。在这儿老实待着,我再去取些羊蹄叶涂抹在你的鼻子上。"

猫武士

松鸦爪转过身时，突然读懂了小蟾蜍的想法。他发现小蟾蜍的心里正充满愤怒，还听到了皮毛扫过巢穴地面的声音。小蟾蜍居然向自己的尾巴扑来。

松鸦爪立即转过身，叫道："你敢！"

小蟾蜍吓得尖叫一声，看着面前的松鸦爪——他离自己这么近，胡须几乎都要贴在一起了。

"你……你怎么知道我在干什么？"小蟾蜍用尖细的声音问道。

松鸦爪眯起眼睛："我不像你想象的那样瞎。"

小蟾蜍向后退了几步："对不起。"

"你现在能好好待着了吗？"松鸦爪问道。

"好的。"小蟾蜍低声咕哝着。

松鸦爪发觉自己把小蟾蜍吓坏了，心里生出一丝愧疚。他又嚼了一嘴的羊蹄叶。这次他直接把那团药糊丢在小蟾蜍的面前，命令道："把它涂在你的爪垫上，然后抹到鼻子和嘴巴上。"

小蟾蜍颤抖着爪子，把药糊抹在自己的伤口上。松鸦爪察觉到，他的疼痛已开始缓解了，看来羊蹄叶已经起作用了。松鸦爪松了口气，又去嚼了一些草药，帮小蟾蜍涂在后背上，直到全身的伤口都涂上了药。他想，等黛西回来的时候，我得给她一颗罂粟籽，她可以让小蟾蜍在睡觉前吃下，这样小蟾蜍就能好好睡一觉了。

这时，巢穴入口的黑莓丛响了起来。松鸦爪嗅了嗅，知道是

天蚀遮月
TIANSHIZHEYUE

叶池带着猫薄荷回来了。

"黛西告诉我,你被荨麻扎伤了。"叶池把猫薄荷放在地上,朝小蟾蜍走去。

松鸦爪听到她检查小蟾蜍身体时的嗅闻声。"你做得真好,松鸦爪。"她说道,"羊蹄叶的用量,不多不少。"

松鸦爪心想,我要不要告诉她小蟾蜍有多难对付?

"你应该给他一颗罂粟籽。"叶池建议道,"让他今晚能够睡个安稳觉。这些伤口会又疼又痒好长时间的。"

"谢谢你的建议!"松鸦爪强迫自己咽下了这句话。他正学着适应叶池那毫无必要的教导。与冬青爪和狮爪不同,他还要继续当好一阵子学徒。就算他真的获得了巫医名号,他依然要继续跟着叶池学习,并执行她的命令。所以他必须尽快适应这一切。

"松鸦爪,谢谢你。"小蟾蜍感激的话语让他有些惊讶,"请原谅,你就当我是个鼠脑子吧!"

松鸦爪顿时对他产生了一丝怜惜:"没关系。你刚来时一定很痛,也很害怕吧?"

"我现在好多了,谢谢你。"小蟾蜍说着朝巢穴入口走去。

"你不等黛西来接你吗?"松鸦爪喊道。

小蟾蜍犹豫了一下说:"我想,我自己能找到回育婴室的路。"

真是个顽皮的小毛球!松鸦爪突然感到了一种油然而生的自豪——小蟾蜍这么顽皮,自己仍然获得了他的尊敬。

小蟾蜍走了出去,黑莓屏风发出沙沙的响声后合上了。松鸦

爪开始清理没用完的药糊。"睡觉前我会把罂粟籽送到育婴室的。"他没等叶池提醒，就先对她说道。

可叶池似乎正想着心事，没有理他。松鸦爪停下手里的活，想知道叶池正在想什么。她好像很忧虑。松鸦爪觉得，叶池虽然离他很近，但她的心理却好像被一种时强时弱的力量控制着，和地平线上腾起的闪电一样捉摸不定。叶池迈着沉重的步子，走到松鸦爪放着包了一半的蜂蜜的地方。松鸦爪想，她在外面寻找猫薄荷，一定比我辛苦多了。他马上收拾好最后一点儿药糊，把它们丢到巢穴角落里，然后连忙跑过去给老师帮忙。

"对不起，我刚才没来得及弄完这个。"松鸦爪把爪子放在那包蜂巢上，用大黄的叶子把蜂蜜包上。叶池帮他用细荆条捆好。

叶池放好了蜂蜜，对松鸦爪说："你一定要照顾好小蟾蜍。"她的声音里明显透着一丝疲惫。为什么他之前一点儿也没注意到呢？

"我去看看草药储备。"松鸦爪说着，把爪子上残留的最后一点儿羊蹄糊舔掉，"你说过，我们要在落叶季到来前清点库存，看一看还要储存什么东西。"说完，不等叶池帮他，他已经走到岩石缝隙处，急匆匆地钻了进去。

他们最近才在巫医巢穴石壁上发现了这个非常实用的岩缝。前一阵子，叶池一直在清理石壁上蔓生的常春藤。这些藤蔓正将它们贪婪的根系伸向这里唯一的水源——那个由雨水蓄积而成的池塘。这处岩缝很狭窄，却足够让一只体形小巧的猫钻过去。而

天蚀遮月

且缝隙里的空间很宽阔,做一个猫窝都绰绰有余。松鸦爪在里面也可以活动自如。他开始沿着岩壁嗅闻一堆堆草药、浆果和植物根。

"把它们都递出来!"叶池喊道,"我们来看看里面都有些什么。"

松鸦爪开始一把一把地将这些东西往外递,叶池把爪子伸进缝隙一一接过去。等他出来的时候,叶池已经把它们整齐地摆成一列。松鸦爪用敏感的鼻子嗅着,仔细分辨着它们的气味。接着,他的脑海中依次出现了一幅幅图画:紫草、锦葵、百里香、猫薄荷,盛放在树皮中的罂粟籽,还有其他各种各样的草药。

"锦葵不够了。"叶池说道,"我还想再去采些猫薄荷。"叶子在她的爪子下沙沙作响,"我今天已经带回来很多猫薄荷,不过那里还有好多。我们应该趁着它们还很茂盛,再多采些回来,然后把它们晒干,秃叶季的时候就可以用了。"

在阳光下把猫薄荷叶子晒干,是防止它们腐烂的好办法。

松鸦爪感到爪子踩到了一些百里香,闻起来已经不是很新鲜了。"这些是什么时候采回来的啊?"他问道。

叶池上前闻了闻。"一定是上个绿叶季采的。"她检查着这些草药,说道,"药效已经没了,不能用了。我们要采些新鲜的回来。"

"我们有死亡浆果吗?"上次巫医们在月亮池边开会时,松鸦爪曾经听小云提到过它,听说可以给病危的猫服务,让他们不

再活受罪。影族领地上有很多这种浆果,小云给他们拿了一些,结果却遭到了叶池的拒绝。松鸦爪察觉叶池此刻心中有一丝不安。

"我从不用死亡浆果。"叶池低声喃喃着,开始挑拣一堆款冬,"影族的巫医会采摘它们。"她补充道,"他们也会教自己的学徒使用它们。"她的声音深沉,好像内心世界正被黑暗的记忆慢慢填满,"不过我不会教你使用它。"

为什么不教啊?松鸦爪觉得这种能够控制生死的东西非常有趣!

叶池显然不打算再说它。"我们要竭尽所能为族猫服务,但是一只猫什么时候死,却应该由星族决定。"她把一堆叶子推向松鸦爪,他一下子就辨认出了紫草的气味。"把这些整理一下,扔掉发霉的和失去药效的。"叶池吩咐道。

松鸦爪开始把每片叶子翻过来,凑上去认真地嗅闻着,然后把发霉的和味道不好的叶子扔到一旁。他的身边,叶池正把款冬的叶子撕扯开来,再把它们扎成捆。

"你从山区回来以后,我都没时间问问你。"叶池问道,"这次的旅途,感觉怎么样啊?"

"很好。"松鸦爪想起自己在那条险峻的山路上惊险地跳过一条沟时的情形。当时他不清楚自己会落到什么地方,也不知道会往下落多远。想到这里,他的身体颤抖了一下。

"你对急水部落的印象如何呢?"叶池曾在大迁徙的时候,见过这个部落的猫。

天蚀遮月
TIANSHIZHEYUE

"他们都很古怪。"松鸦爪想找出那些山区猫的古怪之处，"山区的自然条件很艰苦，我原本以为那里的猫很勇敢，可是事实上，他们甚至不知道怎么抵挡入侵者。"他们像是一个隐居的族群。松鸦爪很可怜急水部落的猫，他们只能挤在瀑布后的山洞里瑟瑟发抖，神情紧张地向外张望，期盼危险不会降临。就连他们的祖灵，似乎也是胆小如鼠。"我还遇见了杀无尽部落。"松鸦爪试探着说道。

叶池继续忙着，但是她爪中的款冬的香味更加浓烈了，似乎她的爪垫因为不安颤动着。"他们长什么样子？"她轻声问道。

"他们有点儿像星族。他们知道我要来，而且知道预言的事情。不过，他们并没有帮助急水部落击败入侵者。"

"有时候，我们的祖灵同样无力帮助我们。"叶池叹了口气说道。

"可是他们看起来好像很迷茫。"松鸦爪始终坚信，急水部落的猫并不是一开始就住在山里，他们曾住在远离狂风和高山的地方，与那些最早知道预言的猫生活在一起。

叶池停下了自己的活。松鸦爪感觉到她正一脸好奇地看着自己。

"尖石巫师是族长，也是巫医，这一点也让我很惊讶。"没等叶池询问更多杀无尽部落的事情，松鸦爪就开口了。

"对一只猫来说，他肩上的担子有点重。"叶池表示对此事的理解，继续将款冬捆成捆，"知道的事情越多，往往就越孤独。"

猫武士

松鸦爪的心猛地一颤。她指的是那个预言吗？难道她都知道了？不可能！如果她真的知道了，一定会对我说些什么的。他确信，如果叶池真的知道了那个秘密，绝不会表现得如此若无其事。想到这儿，松鸦爪松了口气。尽管如此，他仍旧试着探索叶池的内心世界，想发现一些线索。然而那团熟悉的薄雾再次阻止了他。松鸦爪只知道，一大团惆怅的阴云正逐渐将她笼罩。她可能不知道那个预言，不过一定还有别的事正困扰着她。

为什么她总是闷闷不乐呢？松鸦爪想让她振作起来。"我给你拿些猎物吃，好吗？"他问道。

"不用了。"叶池轻轻地摇了一下脑袋，好像在整理自己的思绪，"你可以把紫草放回去了。"

松鸦爪衔起一团紫草，刚钻进岩缝，这时，巢穴入口处传来一个声音："叶池在吗？"

松鸦爪听出是云尾来了。

"你在啊！"松鸦爪听得出来，看到叶池在，这位武士的语气变得轻松多了。

松鸦爪停在原地。本来叶池和云尾交谈时，他可以继续待在岩石缝里给紫草打捆的，可是他的好奇心阻止了他。

"你受伤了吗？"叶池问道。

"没有。"云尾说着，快步进了洞，"我担心的是炭爪。"

松鸦爪竖起了耳朵。到目前为止，只有自己和叶池知道，炭爪的前世是雷族的巫医炭毛。她前世的时候，非常渴望成为一位

武士,所以星族给了她一个机会,让她转世重生了。但是炭爪自己却并不知道。不过她偶尔也会想起前世曾学到的东西,而且她还会谈起很久以前森林里发生的事,就好像她曾经亲身经历过一样。难道云尾也开始怀疑自己的学徒了吗?

"她还好吧?"叶池和松鸦爪的呼吸不由得加快了。

松鸦爪把耳朵贴近岩缝,仔细地听着。

"你认为以她现在的状况,可以参加最终的武士考核吗?"云尾的语气也急促起来,"蜜爪和罂粟爪已经准备好了,如果炭爪的腿还没有痊愈,我就不能让她参加了。"

叶池犹豫了。

她为什么不快点回答呢?松鸦爪顿时警觉起来,再次开始探寻着她的思绪。他下定决心要突破那层薄雾的封锁,闯进她的脑海。他紧张地屏住呼吸,终于感到有一段记忆从叶池的脑海深处浮现出来。这段记忆实在太深刻了,已无法被隐藏起来了。

松鸦爪看到一处被雪填满的山沟,四周围绕着岩石。他马上认出,那是曾经位于森林中的营地,他在炭爪的梦里见过它。厚厚的积雪覆盖着所有的巢穴和灌木丛,营地中央的一处低地却干干净净的。一只灰色母猫正在那里一瘸一拐地走着,她耷拉着尾巴,胡须上挂满霜花。她特别瘦,松鸦爪清晰地看到,她的骨架好似落光叶子的树枝。一阵疾风将粉末状的雪花吹过这块低地,松鸦爪不禁打了个寒战——他似乎被困在叶池的记忆里了,感觉自己就像一块卡在蓟草丛中的皮毛。

猫武士

叶池的身上挂满了雪花，正朝那只灰色母猫走去。那只灰色母猫看上去很年轻，长着像幼崽一样的圆脸，她蓬起全身的皮毛抵御着严寒。"炭毛，我去给你拿些猎物吧！"叶池恳求道，"狩猎队刚抓了一只画眉回来。"

炭毛失神的双眼里闪过一丝希望的光。"画眉吗？"她低声喃喃着，"已经有些日子没见到这么鲜美的猎物了！"

"我去给你拿一些吧！"叶池说道。

炭毛的表情突然大变。顷刻间，她的眼神就变得如寒冰。"不要把食物浪费在我身上了！"她喊道，"先让长老和猫后吃，然后给武士和学徒吃。他们需要体力去狩猎！"

"可你也需要体力啊！"叶池争辩着，"你一直在照顾患了白咳症的猫，如果白咳症恶化成绿咳症了，那我们该怎么办？到时候，他们会更需要你。"

炭毛低下头轻声说道："我的腿瘸了，走不了多远。尤其是在这个冰天雪地里，我感觉更疼了。我只吃一点儿东西就能挺过去。"她的话语里充满悲哀和期待。松鸦爪听到了炭毛没说出来的话："如果我不是腿脚不便，就一定可以出去为族猫找到食物……"

"她现在的状态很好。"叶池轻松的话语声把松鸦爪拉回到现实中。他的老师正信心满满地向云尾保证，炭爪不会有事，"什么也阻挡不了她成为武士。"

"我注意到，她在做几个战斗动作时，腿还有些僵硬。"云

尾有些不放心地说，"我担心的是，她好像一直在隐瞒伤痛，不肯告诉我。"

"可能她根本就不疼了吧？"叶池说道。

"下次训练时你去观察一下好吗？"云尾问道，"我实在不放心她！"

"没这个必要！"叶池直截了当地回答道，"她一定会成为伟大的武士，你应该为她感到骄傲。"

"的确是这样。"云尾说道，"不过我真不想逼迫她。如果她还需要一段时间才能康复，我愿意等下去。"

"我相信你没在逼她。"叶池坚持说道。

松鸦爪感觉，云尾心中的疑虑已经烟消云散了。

"你这么说，我就放心了。"武士说道。

"很高兴我能帮上忙。"

"你想吃点儿东西吗？"云尾问道，"狩猎队刚刚回来。"

松鸦爪一直等到他们离开巢穴，才从岩缝里跳了出来。炭毛的悲伤就像刻在自己内心的一道疤痕，久久不能消失。叶池怎么能轻易就忘掉它呢？她一定已经察觉到了什么。那段记忆深深地扎根在叶池的脑海里，而她跟云尾谈起炭爪时，却装出一副平静的样子。她故作轻松，似乎是在掩饰内心的担心。松鸦爪捡起一捆款冬，放回到岩缝中。他希望，叶池对炭爪伤情的判断是准确无误的。

第五章

叶池和云尾正在分享一只老鼠。松鸦爪走出巫医巢穴,循着气味走向猎物堆。

猎物堆里有各种各样的猎物可供挑选。早在太阳还没有完全升起的时候,几个巡逻队已经狩猎归来,把猎物堆得像小山一样。松鸦爪从猎物堆底部拽出一只鼩鼱,它非常新鲜,还是温热的。这时,他的脑海中突然闪出炭毛的样子——她正待在雪地中的营地里,饥肠辘辘。叶池吃东西的时候,会不会想起她那死去的老师呢?

"松鸦爪!"灰条穿过空地朝他冲过来,在他身边打着滑停住了,"快点吃,我们要去狩猎了!"

"我也要去吗?"松鸦爪心里一阵狂喜。

"是栗尾、鼠须和我去狩猎。"灰条纠正着自己的话。他注意到松鸦爪失望的神情,于是用尾巴蹭了蹭他的腹部,说道:"你还有一项更艰巨的任务。叶池要你跟我们一起出发,到林子里采集草药。"

太棒了!松鸦爪感到饥饿感瞬间消失了。他马上把鼩鼱扔回

猎物堆："我回来再吃吧！"

"我们要一直走到湖边。"灰条接着说道。

"湖边啊？"松鸦爪更加兴奋了，他开始对这次旅程充满了期待。那根满是爪痕的树棍还在湖岸边，它是自己与隧道中远古猫的沟通工具。如果他能弄清楚那上面所有爪痕的含义，说不准就可以解开更多更大的谜团了。"我觉得时不时到营地外活动活动筋骨也不错。"

"我们要做的可不是活动筋骨。"灰条转身朝荆棘通道走去。松鸦爪听到栗尾和鼠须正在不耐烦地踱着步子，于是赶忙跟上了灰条。巡逻队集结完毕，开始朝森林行进。

鼠须最近刚刚成为武士，他兴奋地嘟囔道："我希望自己能抓些好东西，比如松鼠！"

灰条笑着说道："松鼠，你们可得小心了！"

沉寂的森林里，充斥着燥热的气息。他们穿过一片低矮的灌木丛，爪子下的草叶柔软而芳香，空中有蜜蜂嗡嗡飞舞。鼠须向前飞奔，爪子拍在铺满落叶的地面，发出窸窸窣窣的声响。灰条紧紧地跟着他。

"真希望绿叶季永远不会过去！"栗尾走到松鸦爪身边，蹭了蹭他的皮毛。

"是啊。"松鸦爪连忙走开了。他对这片森林太熟悉了，不需要任何猫的引导。他的爪子重重地踩在落叶上，开始沿着熟悉的小径奔跑起来。

"等等我！"栗尾惊讶地喊着。

最后他俩在坡顶追上了灰条和鼠须。到了这里，森林开始变成了草地，一直朝坡下的湖边延伸过去。

鼠须大口大口地喘息着。

"他差一点儿就抓住松鼠了。"灰条自豪地说道，"可惜它蹿到那棵树上了。"

他们头顶的树上，传来叶子沙沙的响声。

"都怪那只该死的画眉，它要是不发出警报，我就抓住松鼠了！"鼠须嘟囔道。

"别泄气，你下次一定会抓到的。"灰条鼓励他。

栗尾用爪子抓了抓地面。"真希望我的孩子能快点儿成为武士，到时候我就可以跟她们一起狩猎了。"她的语气里充满了自豪，"蜜爪、罂粟爪和炭爪马上就要参加武士考核了。"

松鸦爪心头一紧：炭爪的腿真的没问题吗？

"她们要是能跟我们住在一起，那就太棒了！"鼠须插嘴道，"她们来了，那些年长的武士就不会把最好的窝都占了，把最柔软的苔藓都抢走。"

灰条被逗得发出一声呼噜："我们这些年长的武士骨头太脆弱，所以才需要软和的苔藓啊。"

"我指的不是你们俩！"鼠须尴尬地回答道。

"刺掌和尘毛听了这话，一定会很高兴的。"栗尾打趣道。

"你该不会真的要告诉他们吧？"鼠须担心地说道。

天蚀遮月
TIANSHIZHEYUE

"当然不会啦!"栗尾回头喊了一声,然后就冲下了斜坡,"不过我要补充一点,我们还不老。米莉的幼崽出生后,灰条就会感觉更年轻了。"

松鸦爪紧跟在她的身后,享受着微风拂动皮毛的惬意。风中传来了湖水的味道。

灰条在岸边停了下来:"这里会有很多草药吗?"

松鸦爪点点头:"我可以在湖边采些锦葵。"

"鼠须可以帮你的忙。"栗尾忽然推荐了鼠须。

"可是,我要去狩……"

"松鼠会等着你的!"灰条说道。

"但愿如此吧。"鼠须甩甩尾巴,"对了,要是我们走进了湖里,我兴许还能抓到鱼呢!"

不可能,除非有河族猫当你的老师。松鸦爪小心翼翼地下到鹅卵石湖滩上,卵石在他的爪子下滚动,真的很舒服。

鼠须跟在他的身后:"湖面好平滑呀,就像一片月桂树的叶子!"

松鸦爪已经感受到了,因为他听到了波浪慵懒地拍打湖岸的声音。

"锦葵看起来是什么样子啊?"鼠须问道。

松鸦爪耸耸肩:"我从来没见过!"

鼠须懊悔地说道:"对不起啊!"

"没事。"松鸦爪知道他是顺嘴说出的,"它摸上去就像皮

猫武士

毛一样光滑，叶片很大。"松鸦爪想起自己以前在这里采过锦葵，于是闻了闻风中的气息。果然，一阵甜美的气味立即闯进了他的鼻孔。松鸦爪朝湖边弹了弹尾巴："你看到那边的植物了吗？它就是锦葵！"

"真的吗？"鼠须的声音里充满了惊讶。

松鸦爪懒得去回应，此时他感到爪子一阵刺痛，那根棍子一定就在湖岸上。"你能去采些锦葵叶吗？"松鸦爪问道，"我想到远处的岸边找找别的东西。"

"好的。"鼠须快步跑向水边，"你要我采多少？"

"你尽量多采一些吧！"松鸦爪转身离开湖岸，沿着湖滩向前走去。他来到了一排树前，那些树的根部裸露着，缠绕着延伸到鹅卵石滩上。松鸦爪嗅着树根向前走，终于闻到了树棍。它仍然嵌在那棵花楸树的根里，因为远离湖水，所以很安全。

松鸦爪把它拽了出来，用爪子摸着它，感受着它光滑平顺的表面，心里长长地松了一口气。就是这根树棍！松鸦爪来回抚摩着它，找到了那些熟悉的爪痕。自从第一次发现这根树棍以来，这些爪痕的含义，松鸦爪已经知道了很多：它们记录着无数猫的成功和失败，其中就包括落叶和他的伙伴们。但是仍旧有许多秘密没有解开。这根树棍留下的线索有限，只与松鸦爪来到这里之前的猫有关。松鸦爪想了解那个曾经用隧道考核武士的族群。还有急水部落，它与这个族群是否存在某种关联呢？所有的族群、部落，无论它们之间多么不同，也应该有某种联系吧？

天蚀遮月
TIANSHIZHEYUE

鼠须正蹚着水朝他奔来，身上散发着锦葵的气味。松鸦爪慌忙把那根棍子重新藏到树根后面。鼠须爬上了湖滩，爪下的鹅卵石吱嘎吱嘎地响着。

"你在干什么呢？"因为叼着满嘴锦葵叶子，鼠须说话有些含混不清。

"只是在看一些东西。"

鼠须把嘴里的叶子吐在湖滩上，问道："一根棍子？"

"不是什么重要的东西。"松鸦爪撒谎道，"是巫医有用的东西，你是不会明白的。"他故作镇静，准备回答一大堆问题。

好在鼠须只是把锦葵叶子堆在一起。"随便你怎么说，反正我已经不是学徒了。"他说道，"我是武士，既会狩猎，也会作战。这些奇怪的草药还是交给你处理吧！"他又开始用嘴巴堆起叶子来，说话声也变得含混不清了："我真庆幸我不用像你那样，记那么多草药。"

你根本什么都不懂。

灰条的声音从远处的湖岸传过来："鼠须，你抓到鱼了吗？"

"没有，不过我采到了一些锦葵！"

鼠须回话的时候，嘴里的叶子飞了松鸦爪一身。松鸦爪强忍住怒火才没有嘶嘶叫出声来，把掉落在地的叶子叼在嘴里。然后他跟在鼠须身后回到岸上，灰条和栗尾正在那里等着。松鸦爪嗅了嗅，知道他们捉到了老鼠。他的肚子开始咕咕作响。早上起来的时候，真该填饱肚子再出发。

猫武士

"我们回营地吧!"栗尾说道,"听起来,好像我们当中有谁已经饿了。"她转身冲上那片长满草的山腰,朝森林的方向跑去。

他们爬上山脊,朝营地走去。松鸦爪突然停下了脚步。

"怎么了?"灰条问道。

"有巡逻队正朝这里走过来。"松鸦爪嗅闻着,空气中全是他们的气息。过了一会儿,他听到刺掌和他的学徒罂粟爪撞开灌木丛的声音,亮心和桦落跟在他们后面。所有的猫都情绪激动。

接着他们冲出灌木丛,朝山脊上奔来。

"风族猫已经越过了边界!"亮心高喊道。

灰条扔下嘴里的老鼠:"他们现在在雷族领地吗?"

"没有。"刺掌吼道,"不过他们的气味非常清晰,似乎他们并没有把火星上次的警告放在心上,又来我们的领地上狩猎了。"

"你们重新标记边界了吗?"灰条问道。

"我们把标记设立得十分清晰。"桦落激动地在族猫身边走来走去。

"很好。"灰条把爪子深深地插进了泥土里,"我们必须马上向火星汇报。"

整片营地就跟森林里一样,沉浸在绿叶季的昏昏欲睡中。巡逻队冲进营地中央的空地,几乎没有惊动任何猫。

"亮心?"云尾懒洋洋的声音从武士巢穴外传过来,"你要

去哪里?"

"我马上就回来。"亮心说着,跟在刺掌后面爬上了高石台。

鼠须把满嘴的锦葵扔在松鸦爪身旁。"这些你自己处理一下好吗?"他问道,"我要把这个突发事件告诉莓鼻和榛尾。"

这是鼠须成为武士后第一次遇到紧急情况,他既焦虑又兴奋。松鸦爪不愿扫他的兴,回答道:"好的。"

鼠须急匆匆跑开了。松鸦爪把自己嘴里的锦葵也扔在上面,开始将它们打成捆,准备送回巫医巢穴。

"我来帮你好吗?"冬青爪朝他走了过来。

"好的,谢谢你。"松鸦爪实在不喜欢锦葵的味道。

"他们怎么这么慌慌张张啊?"冬青爪抓了些叶子堆成了一堆。

"风族猫又越过边界了。"

冬青爪身上的毛立即竖了起来:"上次那件事发生后,我本该料到他们会这样做的……"

松鸦爪耸耸肩。很显然,上次营救风族幼崽的行动,并没有完全平息风族邻居的冲天怒气。松鸦爪准备了一段义愤填膺的说辞,来阐述武士尊重彼此边界的重要性,却惊讶地发觉冬青爪正在想别的事情。

"炭爪刚跟我说了,她明天就要参加武士考核。"冬青爪说道。

松鸦爪不由得一怔,竟然这么快?"炭爪没抱怨过她的腿伤吧?"他平静地问道。

"什么？"冬青爪靠近一步，"为什么啊？她到底怎么啦？她的伤情一直在好转，不是吗？"

松鸦爪点点头："叶池说她正在康复。"

"噢，那就没什么好担心的了。"冬青爪叹了口气说，"真希望我也能去看看。"

"炭爪的武士考核？"松鸦爪的脑海突然闪出了一个主意。

"当然了！"

松鸦爪的大脑快速转动起来，炭爪接受考核时，他可以一直观察她，看情况是否正常。"我们可以去看啊！"

"真的？"冬青爪深吸一口气，"可考核的时候不允许我们看。你确定我们能看吗？"

"武士守则有规定说不能去看吗？"松鸦爪问道。

"你们在讨论什么呢？"这时狮爪走到了冬青爪身后。

"我们想去看炭爪明天的武士考核。"冬青爪解释道。

"真的可以去吗？"狮爪问自己的姐姐。

"我不确定。"松鸦爪说道，"可是我们又不需要站在高石台上公布我们的计划。"

"我们偷偷地去！"狮爪下了决心。

冬青爪说道："如果我们被别的猫抓到了，就说我们想在自己接受考核之前学些小窍门。没有武士会反对我们那么做的。"

松鸦爪被山谷上方树林中鸟的叫声吵醒了。天刚蒙蒙亮，他

天蚀遮月
TIANSHIZHEYUE

伸伸懒腰,爬出窝来,身体不禁打了个寒战。清晨给山谷带来深深的凉意,提醒着他落叶季马上就要来临。他飞快地清洗了爪子和脸。武士考核马上就要开始了,他已经与狮爪和冬青爪约好,要在营地外碰面。

"你要去哪里?"当他向巢穴出口走去时,叶池的声音把他吓了一跳。

"有些叶子还没拿回来。"他撒谎道。

"你自己能找到吗?"

"我昨天去过那里。"他提高声音说道,"我知道去哪里找。我又不是鼠脑子。"他猜测叶池不会再问更多的问题,她担心那样会伤他的自尊。

松鸦爪走出巢穴,穿过荆棘通道。

亮心正在通道入口警戒,问道:"你这么早就出去啊?"

"我去给叶池采些草药。"

"需要别的猫一起吗?"

"不用。"松鸦爪飞快地回答道,"谢谢了。"

"黎明巡逻队已经出发了。"亮心告诉他,"武士考核马上就要开始了。如果你需要帮助,周围会有许多族猫的。"

"我不需要。"松鸦爪向她保证。

松鸦爪的心情放松下来,他对这片森林了如指掌。他可不想让亮心看到自己摔个大跟斗的样子。他快步爬上一处小路,走到亮心完全看不到的地方,这才钻进了灌木丛。狮爪说过,他们的

猫武士 MAOWUSHI

集合地点就在那棵长着蘑菇的橡树下。那里应该很容易找到。这个时节,蘑菇的气息十分浓烈,就连视力正常的猫都可以轻轻松松闻到。松鸦爪在很远的地方,就闻到了它们发出的气味。他小心翼翼地穿过低矮的灌木丛,循着蘑菇的味道向前走,最后来到了爪子下全是适合蘑菇生长的黑泥的地方。

但是这里没有狮爪和冬青爪来过的迹象。

很快,一股浓烈的臭味冲进了他的鼻子,接着他旁边的灌木丛发出沙沙的声响。

"不好意思,我们来晚了。"冬青爪喘着粗气说道。

"我们实在想不出离开营地的理由,"狮爪补充道,"所以,就偷偷地从排便处通道溜出来了。"

松鸦爪皱起鼻子:"知道啦。"他们身上的味道,比周围生长着的那些蘑菇还难闻。

"我的皮毛上扎了许多刺儿。"冬青爪抱怨道。

"你在这儿的泥土上滚几圈儿吧,"松鸦爪建议道,"不光可以弄掉刺儿,还能去除异味呢。"

"好主意!"

冬青爪跳进泥土中,爪子一阵搅动,泥点子飞了松鸦爪一脸。"多谢你的泥点儿!"松鸦爪向后退了几步,低声嘟囔着。

"是你让我这么做的!"冬青爪反驳着,爬了起来。她使劲闻了闻自己的皮毛:"真的有效!"

"别大惊小怪的!"松鸦爪喊着。

天蚀遮月
TIANSHIZHEYUE

"我也来试试。"狮爪也照着做了。

"现在你俩闻起来就像一对儿蘑菇!"松鸦爪忍不住抱怨。

"但却是很好的伪装!"冬青爪说道。

"可怜的炭爪一定会很纳闷儿,为什么自己大清早会被一群恶臭的蘑菇跟踪。"狮爪说道。

松鸦爪竖起了耳朵。"嘘!"他听到远处的灌木丛正哗啦作响,黎明的微风中夹杂着沙风、云尾和刺掌的气息。"跟我走,保持安静。"他说道。

松鸦爪开始像追踪猎物一样向前行进,可是一个树根把他绊倒了。

"我来带队吧。"狮爪轻声说道,"告诉我,朝哪个方向走?"

"保持直行。"松鸦爪嘟囔着,让狮爪从身边过去,"刺掌和其他猫就在我们正前方。"

冬青爪在灌木丛里爬了几条尾巴的距离,然后拉了拉松鸦爪的尾巴,低声说道:"我听到他们的声音了。"

松鸦爪已经听到了刺掌深沉的嗓音。"我想,你已经准备好了吧?"刺掌在和罂粟爪说话。

"这里有一片荆棘丛。"狮爪提醒松鸦爪,"紧跟着我,把身子压低些!"

松鸦爪压低身体,跟在哥哥身后向前爬着,荆棘上的刺不断地剐着他的皮毛。

过了一会儿,他们清晰地听到了云尾的声音:"我知道你们都会用尽全力的。不过要记住，你们竞争的对象不是彼此，而是自己。"

"你们也绝对不可以互相帮助。"沙风警告道，"这次考核测试的就是独自狩猎的技能。"

"我们会一直跟在你们身后，在你们看不见的地方监督着。"刺掌接着说道。

狮爪停下脚步，松鸦爪蠕动着身子来到他的身旁。松鸦爪感到黑莓压在了他的后背上，让他无法直起身。冬青爪也挤了过来，叫道："好兴奋啊！"

"别说话！"狮爪提醒道。

从声音判断，这些武士和学徒在他们前方仅有一条狐狸尾巴远的地方。松鸦爪相信，狮爪此刻选择的隐蔽处，可以确保他们不会被发现；生长蘑菇的泥土也正好掩盖了他们身上的气息。三位学徒急切地等待着考核的开始，兴奋的感觉弥漫在空气中。

"炭爪迫不及待了！"冬青爪评论道。

"可怜的蜜爪，看起来吓坏了。"狮爪轻声说着，"不过罂粟爪倒是镇静得像只母狐狸。"

"罂粟爪向来沉稳。"冬青爪说道。

空气中洋溢着期待与坚定的气息，就像草地上的香气一样振奋精神。

"祝你们好运。"刺掌说道。

三位武士消失在森林里，只把学徒们留在那里。

天蚀遮月
TIANSHIZHEYUE

"我应该去哪里狩猎啊？"蜜爪有些紧张地问。

"跟着你的直觉走。"罂粟爪说道,"我要走这条路。"

松鸦爪听到罂粟爪正朝他和自己的哥哥姐姐藏匿的灌木丛走过来。他害怕灌木颤动吸引罂粟爪注意,所以没有向后退,而是把身子紧紧地贴向地面。狮爪和冬青爪顿时蒙了,当罂粟爪的皮毛擦过灌木丛的叶子时,他俩连气都不敢喘了。

她可千万不要看到我们啊!

冬青爪把爪子都插进了柔软的泥土里。

松鸦爪也几乎被吓傻了,直到罂粟爪迈着步子,走向附近的斜坡时,他悬着的心才放了下来。

"她去湖边了吗?"冬青爪猜测道。

"蜜爪去了另一个方向。"狮爪说道。

"炭爪呢?"松鸦爪问道。

"她还在闻着什么。"冬青爪的呼吸撩动着松鸦爪的皮毛,"她一定闻到了什么气味,她现在移动了。"

"我们走吧!"狮爪低声说,"跟上她。"说完,他开始从灌木丛下钻出来。

松鸦爪立即跟了上去,任由哥哥的尾巴不停地扫着自己的鼻子。他来到空地上,很快就认出了爪子下的地面。他们已经到了斜坡的底部。炭爪开始加速了,松鸦爪紧追着狮爪的尾巴,与冬青爪齐头并进,很容易就跟上了她。

"她看起来很自信!"冬青爪说道,"尾巴竖得高高的。"

猫武士
MAOWUSHI

狮爪突然毫无征兆地停了下来。"她转身了!"他低声说道。

松鸦爪滑动着停下脚步,差一点就撞上狮爪了。他察觉到冬青爪用牙齿咬住他的尾巴,把他向后拽。狮爪从侧方退了回来,他们一齐撞进一片蔷薇丛里。这时,只听见炭爪急促的脚步,隔着蔷薇丛走了过去。

"好险啊!"狮爪喘着气说道。

远处一声尖叫划破了天空。接着松鸦爪听到一阵扑打翅膀的声音。

"老鼠屎!"一声愤怒的咒骂声在林间回荡。

"蜜爪遇到了第一只猎物,但好像没抓住。"狮爪猜道。

"别管蜜爪啦!"冬青爪说道,"炭爪都走远了!"她费劲地钻出蔷薇丛开始追赶,狮爪也把松鸦爪推出去,三只猫穿过森林,再次开始追踪炭爪。

松鸦爪闻到一种气味:"松鼠!"

炭爪的脚步变得更快了。

"她正在追松鼠。"狮爪说道。

"我看到她了!"冬青爪说,"她肯定是在追那只松鼠,她把身子压得那么低,看起来就像一条蛇。"

"松鼠发现她了吗?"松鸦爪问道。

"松鼠正在逃跑。"狮爪回答,"不过它还没上树呢,我想它一定知道自己被跟踪了。"

"松鼠正在拼命逃跑,"冬青爪低声对松鸦爪说道,"炭爪

马上就要发起攻击了。"

"松鼠正在一棵倒伏的树干上跑。"狮爪说道,"这会儿朝一棵橡树跑去了。炭爪必须马上攻击,否则就没机会了。"

"她行动了!"冬青爪发出胜利的叫声,"跳起来了……"但很快,她的声音戛然而止。

"发生什么事情了?"松鸦爪突然警觉起来。他透过灌木丛,听到了树枝剐蹭皮毛的声音,紧接着是一声东西落地时发出的闷响。

"她算错起跳的时间了!"狮爪深吸了一口气。

"她摔到一棵倒伏的树上啦!"冬青爪大叫起来。

刹那间,空气中充满了浓浓的悲伤。

"她受伤了!"冬青爪又发出一声尖叫。但此时,松鸦爪已朝炭爪飞奔而去,他心里暗暗祈祷,千万不要有东西绊倒自己。

冬青爪跳过松鸦爪的身边,纵身一跃,来到自己朋友跟前。炭爪正无助地躺在树干上,发出痛苦的呻吟。松鸦爪慢慢地爬上树干,腐朽的树皮在他的爪子下噼噼啪啪剥裂开来。他喘着粗气,在炭爪的身旁蹲伏下来。

云尾从灌木丛中探出头来:"她受伤了吗?"

一波又一波剧痛从炭爪的伤腿上涌出来。松鸦爪把脸颊贴在上面,发现那条腿正不断颤抖着,已经变得又红又肿了。"她受伤的那条腿又伤了!"松鸦爪大喊着。

炭爪的呼吸变得又急又浅。"我刚跳起来,腿就突然弯曲

了！"她嘶哑着说道。

云尾爬上树干,把冬青爪推到一旁:"我知道她还没准备好!"

"我们需要马上把她送回营地。"松鸦爪说道,"冬青爪,你先走一步,赶紧告诉叶池。"

冬青爪犹豫着,她实在不想离开自己的朋友。

"快去!"松鸦爪命令道。

冬青爪迅速跑开了,随着灌木丛沙沙作响,她的身影消失在了森林中。

"炭爪,你不会有事的!"云尾安慰道,"我们会把你安全送回营地。"他对仍然待在地面上的狮爪喊道,"我马上要叼着炭爪跳下去了。你要确保她的伤腿不碰到任何东西,也不能触到地面。你能做到吗?"

"没问题。"

云尾小心翼翼地叼起炭爪后颈那松垮的皮毛时,炭爪再次发出一声呻吟。

狮爪赶紧去帮忙,他的后爪使劲地踩在地面上,做出保护的动作。松鸦爪跳到狮爪的身边,皮毛蹭着炭爪悬空的身体安慰她。这时,云尾小心翼翼地从树干上滑下来,他着地的时候,炭爪哀号了一声。云尾轻轻地把她放在地上。

松鸦爪把脸颊贴在炭爪不停颤抖的腹部,她的心跳依旧稳健。"你能用另外三条腿走路吗?"松鸦爪问道。

"应该可以。"她呻吟着。

天蚀遮月
TIANSHIZHEYUE

"我们会帮你的。"狮爪安慰着她。

炭爪用三条腿拖着身体走着,皮毛摩擦着铺满落叶的地面。松鸦爪赶忙闪到一旁,让狮爪和云尾在炭爪的两侧支撑着她。受伤的学徒一瘸一拐地慢慢向前走,爪子重重地踩在地上,身子摇摇晃晃的。

炭爪每走一步,松鸦爪的心就像被荆棘刺了一下。"你们能不能背着她快点走?"他因为心里十分难受,毛也竖了起来,"叶池需要给她做全面检查。"她要是休克了,那该怎么办啊?

"镇定点儿。"云尾不想让他催促,"我们不能再弄伤她的腿了!"

终于,他们来到荆棘屏障前,又用蜗牛爬行一般的速度缓缓穿过荆棘通道。

冬青爪已经在里面等着他们了,因为焦急,身上的毛都竖着。"她自己能走路!"她大叫道。

"不能正常地走。"炭爪咕哝道。

"伤势有多严重啊?"灰条的声音从空地另一边传来。

黛西出现在育婴室入口:"她的腿又断了吗?"

"我们还不清楚。"松鸦爪焦急地护住炭爪,让她在狮爪和云尾的帮助下穿过空地。他们来到巫医巢穴入口,冬青爪拨开黑莓丛让他们通过。

"躺在这儿吧!"他们刚一进去,叶池就赶紧告诉炭爪。她早已在巢穴的一个安静的角落里铺好了新鲜苔藓。

炭爪的皮毛刚碰到苔藓，就痛得叫了一声。

"你们几个，请到外面去吧！"叶池把冬青爪和狮爪往外赶。

冬青爪抗议道："不行，我要在这儿陪着她！"

"你待会儿再来看她。"叶池的语气十分坚决，两位学徒不得不离开了。"到底出什么事了？"叶池转头用严厉的语气质问云尾。

武士解释道："当时她正要跳过一棵倒伏在地的树……"

炭爪插嘴道："都怪我这条该死的腿，害得我没能通过武士考核！"

"没关系！"云尾试着安慰她，然而炭爪却突然发怒了。

"当然有关系！"她大叫道，"蜜爪和罂粟爪都要搬到武士巢穴去住了，我也要跟她们一起去！我还要跟她们一起参加成为武士后的第一次守夜！我不要落在她们后面！"

"我知道你正心烦意乱。"叶池抚慰她，"我们来看看，能不能让你感觉好受些。"叶池的声音很平静，但松鸦爪却知道，她抚摸着炭爪的伤腿时，内心正经受着痛苦的煎熬。"她的腿没断。"叶池说道，"伤势不像上次那么重。"

"可我感觉更疼了！"炭爪呻吟道。

"你只是扭伤了肌肉，"叶池安慰道，"休息一下就会好的！"

"可我的腿为什么突然不听使唤了？"

叶池没有回答她，而是转向了云尾。"把她留在我这里吧！"

她轻轻地对他说道,"我处理好她的伤,就马上通知你。"

松鸦爪连忙闪到一边,给云尾让路。云尾离开了巫医巢穴。松鸦爪想知道自己是否可以帮忙,但是叶池正忙着处理炭爪的伤。于是他便没说话,蹲伏在巢穴入口附近,等待叶池需要时召唤他。

"为什么我的腿不听使唤了?"炭爪重复着刚才的问题,语气变得更激烈了,"是上次的伤没好利索吗?今后它会一直这样软弱无力吗?是不是我永远都当不成武士了?"

松鸦爪感觉叶池心里一阵恐慌,就像一股热风吹乱了他的皮毛。

"你会康复的!"叶池继续安慰着她,"我做了些药糊,这就拿给你。"她走到巢穴后面,把药糊取了回来。松鸦爪顿时闻到了荨麻和紫草的刺鼻气味。叶池开始将药糊涂抹在炭爪的腿上。"再把这些罂粟籽吃下去,"叶池说道,"它们会让你好好休息一下的。"

松鸦爪一直在侧耳聆听,直到炭爪的呼吸变得缓慢而沉重。叶池一动不动地坐在炭爪的身边,等到炭爪完全熟睡后,她才转身走开。

看到松鸦爪时,叶池吃了一惊:"你怎么还在这儿啊?"

松鸦爪坐了起来,蹲伏的时间太长,他的身子都有些麻木了。他说:"我们这儿有病猫,我不能擅自离开。"

"我还以为你跟其他猫一块儿出去了。"叶池心不在焉地低声喃喃着。

"你不该告诉云尾，炭爪可以参加武士考核。"

"这不是你该评判的。"叶池的声音有些颤抖。

"你甚至连一次训练都没看过，就做出了判断！"

"你是不会明白的。"

"我明白。"松鸦爪平静地回答道。他朝入口点了点头，示意叶池跟他到外面去。叶池跟着松鸦爪来到巢穴外的黑莓丛处，这里，没有猫能听到他俩的谈话。

松鸦爪深吸了一口气，说道："我知道你想让炭爪尽快成为一位武士，你不想让她的命运和炭毛一样凄惨。"

"我这么做有什么错吗？"叶池大声喊道，"炭毛没能当上武士，是一辈子的遗憾，她的心都碎了。"

还有好多猫的命运更惨呢！松鸦爪腹诽了一句，说道："你太沉迷于过去的事了。"松鸦爪提醒道，"而且你总是想当然地认为，一切事情都会按照你的想法发展。"

"我只想做正确的事而已。"

"但你真的没办法一直都做到所谓的正确，无论你心里多么渴望做到。"

"我知道。"他的老师心里升起一阵悲伤，如此强烈而深刻，甚至超过了松鸦爪的想象，"但我永远都不会放弃。"

第六章

冬青爪凝望着曙光初现的天空，不知是否应该去看看炭爪。现在去是否有点儿早呢？叶池昨晚已经把她赶走了，因为炭爪需要好好地睡一觉。

这时荆棘屏障沙沙地响了起来，黎明巡逻队回来了。

灰条和尘毛走进营地，白翅和冰爪紧随其后。白翅正在劝说自己的学徒安静下来。"从出发的时候到现在，你就唠唠叨叨个没完，"她训斥道，"现在我们已经回到营地了，族猫都还没睡醒呢，你还是赶快住嘴吧！"

"可我只是在问灰条，我能不能跟他一起去见火星！"这是冰爪第一次加入黎明巡逻队，年轻学徒兴奋得有点儿过头了。

"这可是一件很严肃的事情。"灰条用尾巴扫了一下冰爪的耳朵，"我不认为火星在跟我们谈话时，会允许你在旁边上蹿下跳的。"

冬青爪不由得竖起耳朵。"发生什么事了？"她上前问道。

"你很快就会知道了！"灰条喊了一声，跟着尘毛爬上通往高石台的落石堆。

猫武士

冬青爪有些失望,她转身注视着巫医巢穴。我还是偷偷去看看谁睡醒了。于是她走到洞穴跟前,穿过巢穴入口处的黑莓丛。她眨眨眼睛,适应着巫医巢穴里的暗光,看到叶池正在岩缝边混合草药。

冬青爪走进了洞穴。"这是给炭爪准备的吗?"她悄声问道。

叶池没看她,只是点点头回应道:"是的。"

"我来看她了!"冬青爪解释道,"她睡醒了吗?"

一个嘶哑的叫声从阴影中的窝里传了过来。"我都醒来好长时间了。"炭爪的声音听上去十分痛苦。冬青爪赶忙跑到朋友的窝旁。灰色学徒双眼无神地躺在苔藓上,将伤腿伸到窝外。

叶池走过来,将一嘴的叶子吐在窝旁。

冬青爪神情焦虑地望着这位巫医:"她没事吧?"

"她腿部的肌肉扭伤了。"

"照这样说,她只要经常锻炼,"冬青爪的脸上露出了喜色,"就可以让她的腿强壮起来。"

"你说得容易。"炭爪低声嘟哝道。

"来吧,试着伸伸看!"冬青爪鼓励她。

炭爪全身颤抖,用尽全力挪动她那条腿:"实在不行!"

冬青爪的心顿时沉了下去,她还从没有听过炭爪用这么凄惨的声音说话。

"她的腿还没好,根本动不了。"叶池告诉她。

冬青爪眯起眼睛。这位巫医的语气非常严厉,炭爪的那条腿

又一次受伤让她感到沮丧了吗?

"再试着伸伸看!"叶池对炭爪说道。

"是啊,"冬青爪赞同道,"你越早开始锻炼,就恢复得越好。"

炭爪使劲站了起来,脸痛得皱在一起。

"让那条腿稍稍受点儿力!"叶池建议道。

炭爪小心翼翼地把爪子撑在地上。"嗷!"她大叫着,斜着倒进了窝里,"好疼啊,我受不了啦!"

"把这些草药吃了!"叶池把一堆叶子推到炭爪的脑袋旁,"我去取些缓解肿胀的药。"冬青爪看到,巫医的眉头紧锁着。她是担心炭爪呢,还是心情烦躁不安呢?

叶池朝巢穴的另一边走去。冬青爪决定试着分散一下朋友的注意力:"冰爪已经完成了她的第一次巡逻。"

"是吗?"炭爪听起来完全没有兴致。

冬青爪只好绞尽脑汁地想着,还有什么事情可以跟她分享。可以告诉她黑莓掌昨晚说的那件事吗?反正她早晚都会知道的,想到这里,她说道:"今天火星要授予罂粟爪和蜜爪武士名字。"

炭爪转过头去,合上了眼睛。

"不久之后就会轮到你了。"冬青爪鼓励她。

"我现在只想睡会儿。"炭爪低声抱怨着,并没有睁开眼睛。

"好吧。"冬青爪感到炭爪情绪低落,只好悻悻地朝入口走去。"记得把那些药吃了啊!"她回头喊了一声。

炭爪只是呻吟了一声。冬青爪无奈地穿过黑莓丛，钻出了巢穴。

松鸦爪正朝巫医巢穴走来。

冬青爪跟他打了声招呼："你今天起得很早嘛。"

"我去看了看米莉。"松鸦爪在她身边停下脚步，"你去看炭爪了吗？"

"是的。"冬青爪叹气道，"她看起来比上次摔断腿还糟糕。"

"等肿胀消了，她就会好受些的。"

"她还能走路吧？"冬青爪抽抽耳朵，她突然感觉自己有点儿害怕听到松鸦爪的答案。

松鸦爪眨眨眼："当然会了！她只是扭伤了腿而已。她这次痊愈的速度会更快的。"

那是真的吗？冬青爪打量着松鸦爪的脸："但是炭爪连动都不想动，上次我们可是没办法让她安静一会儿。"

"她只是有些心烦意乱，"松鸦爪说道，"毕竟她只差那么一点儿就能成为武士了。现在她只能继续等了。"

"但是叶池似乎真的很担忧。"

"叶池！"松鸦爪生气地哼了一声，然后绕过她，进了巫医巢穴。

冬青爪看着他走了进去，感到吃惊极了。难道松鸦爪跟老师闹别扭了？可这到底是为什么呢？

"冬青爪！"狐爪激动的喊声让她猛地转过了身。这位年轻

天蚀遮月

学徒打着滑停住了，差点撞上她："火星马上就要授予罂粟爪和蜜爪武士名号啦！"

冬青爪抬头望向高石台，看到火星正站在上面俯视着营地中央的空地。"所有能独自狩猎的猫到高石台下集合！"他高喊道。

刺掌、沙风和他们的学徒蜜爪、罂粟爪已经等在了高石台下。两只年轻猫的皮毛顺滑光亮，看上去刚刚舔梳过，眼睛也在熠熠闪光。

冬青爪赶忙跑进空地边上，跟狮爪坐在一起。她的心情有些激动，她只比罂粟爪和蜜爪小一个月，下次的命名仪式就轮到她了。

"你能想象一下成为武士是什么感觉吗？"她轻声问狮爪。

狮爪抖了抖胸脯上的皮毛，回答道："那时，所有的猫都不会小瞧我们了。"

米莉鼓着肚子从育婴室走了出来，满怀期待地环视着营地。她看到灰条正在半边石旁吃一只老鼠，双眼顿时亮了起来。

灰条抬头看了看，随即把嘴里的肉吞进肚子里。"对不起，"他打了个嗝儿，赶忙跑到米莉身边，"巡逻回来后，我太饿了。"他焦急地望着她，"你吃过东西了吗？"

米莉舔了舔他的脸颊，说道："罂粟爪给我们带了猎物。"

他俩一起来到空地的边上。那里早已热闹非凡，全族的猫都聚在这里，大家小声议论着，等待命名礼的开始。鼠毛拖着僵硬的身子从长老巢穴中走了出来，长尾陪在她的身边——大家很难

分清，他俩究竟是谁在给谁引路。

"照这样下去，很快就没有学徒给我们的窝换苔藓了。"鼠毛抱怨着。

这时冰爪正好蹦跳着经过他们身边，她停下来，一脸真诚地看着鼠毛。"我会一直给你换最柔软舒服的苔藓，鼠毛，"她承诺道，"就算我成了武士，我也会坚持下去的。"

鼠毛发出一阵呼噜。"少来这套！"说着她亲昵地用鼻子把这只年轻的猫推到了一边。

冬青爪推推狮爪："冰爪一定是疯了。"

狮爪戏谑地抽了抽胡须。

云尾和亮心在高石台下的阴影里坐了下来。刺掌和沙风对他们点头示意着。这两位老师已经离开了罂粟爪和蜜爪身边，他们的毛被岩石表面弄得凌乱不堪。显然，他俩是想给栗尾和蕨毛一点儿空间，让他们好好亲近自己的孩子。

栗尾使劲地舔着罂粟爪的耳朵，罂粟爪朝后一躲，跑开了。栗尾叫道："我只是想让你看起来更漂亮些。"

蕨毛发出一阵呼噜声。"她看起来已经很好啦！"他骄傲地看着蜜爪，"她们都很好。"

栗尾看着自己的爪子，悲伤涌出了双眼。"小痣要是还活着就好了！"她生的唯一一只公猫叫小痣，还在育婴室就因为得了绿咳症不治身亡。

"还有炭爪呢。"云尾转头看了看巫医巢穴。

巢穴入口的黑莓丛晃动起来，云尾的胡须顿时抽动起来。看到走出来的是叶池，他的胡须又失望地垂了下去。冬青爪想，云尾一定非常希望炭爪也能来观看命名仪式！

栗尾甩甩尾巴，赶紧离开自己的孩子，来到叶池身边："炭爪怎么样了？"

"她很好。"叶池让她的朋友放心，"否则我也不会让她独自在巢穴里待着。"冬青爪注意到，虽然巫医说话的语气很轻松，但是她的眼睛里却充满了忧虑。

令冬青爪大吃一惊的是，栗尾用鼻子蹭着叶池的身体，小声说道："炭爪受伤一定让你想起炭毛了吧？"

叶池突然瞪圆了眼睛，就好像她以前从未意识到这两件事之间有什么联系一样。接着她眨眨眼睛，说道："所以我绝不会让同样的事情发生在炭爪身上。"

"我希望叶池这次说得对。"云尾悄悄对亮心说。

亮心把鼻子紧紧地贴在他的脸颊上："她一定会的。等着瞧吧，炭爪的转机会在不经意间降临的。"

冰爪仍然没消停下来。"我等不及啦！我真想马上成为武士！"她站在猫群外面，在她弟弟的身边激动地走来走去，"我的名字要是冰风该多好啊！你说，我们能给自己选个名字吗？"

"不能，名字是火星指定的。"狐爪说道，"不过我还是希望，他能给我取名'猎狐者'。"

"好难听的名字啊！"冰爪深吸了一口气，取笑道。

猫武士

"不,它不难听!"

"难听!"

香薇云走到她的孩子身边:"你俩怎么又吵起来了?"说完她舔舔冰爪的脑袋,上面有一绺毛立了起来,好像一丛草。

"是狐爪先挑起来的。"冰爪控告道。

"我不管是谁引起的,"香薇云说道,"你俩从现在起保持安静,让火星讲话!"

冰爪慌忙抬起头,这才发现火星早已向她投来严厉的目光。她马上跟狐爪跑到空地边缘,在冬青爪的身边坐下。她把尾巴盖在爪子上,勉强安静下来。冬青爪忍着没有吭声。

火星走到高石台的边缘大声宣布:"我,火星,雷族的族长,请求武士祖灵庇佑这两位学徒。"冬青爪发觉,随着火星的话语,冰爪正兴奋地颤抖着。火星接着说道:"她们刻苦训练,已经充分领悟了武士守则的含义,现在我把她们带到你们的面前,请允许她们成为武士。"火星说完,顺着落石堆跳了下来,来到空地中央。沙风朝一脸忧虑的蜜爪点头示意,鼓励着她。刺掌也把罂粟爪向前推了推。两位学徒一起走进了空地。

"罂粟爪,蜜爪,你们是否愿意遵守武士守则,为雷族而战,誓死保卫雷族,即使献出生命也在所不惜?"

"我愿意!"蜜爪深吸一口气,回答道。

"我愿意!"罂粟爪的声音大得几乎盖过了姐姐的声音。

冬青爪的心里有些嫉妒,觉得爪子直痒痒。但她马上就将这

种想法抛开了。不久之后我也会成为武士。她暗暗告诉自己。

"那么我将借助星族的力量,授予你们武士名号。"火星用尾巴示意了一下。罂粟爪高高抬起下巴,朝火星走去。

火星用鼻子蹭了蹭她的脑袋,接着庄严宣布:"罂粟爪,从现在开始,你的名字就是'罂粟霜'。"他向后退了一步,"星族会以你的勇气和无畏为荣。"

火星又看着正朝自己走来的蜜爪,说道:"蜜爪,从现在开始,你的名字就是'蜜蕨'。星族会赐予你智慧和善良。"他又用鼻子蹭了蹭她的额头。

"罂粟霜!蜜蕨!"族猫纷纷高呼两只猫的名字,祝贺她们成为武士。

冬青爪也起劲儿地欢呼着,真心为两个伙伴感到骄傲。但是当她看到蜜蕨正羞赧地望着莓鼻时,立即将欢呼咽了下去——她似乎最希望得到的是莓鼻对她的认可。

冬青爪悄悄地在狮爪耳边说:"我真希望蜜爪——不,是蜜蕨,别再迷恋那个百事通了!"

狮爪哼了一声:"等他们住在同一个巢穴后,会更糟糕!"

冬青爪瞥了弟弟一眼,对他轻蔑的态度倍感惊讶——毕竟狮爪也有过那种为爱心碎的时光。他还会经常想起石楠爪吗?如果蜜蕨此刻看着的是他就好了。要知道,如果狮爪跟蜜蕨成了一对,他就会跟族群的关系更加密切。冬青爪忽然想起,狮爪对石楠爪的爱是那么刻骨铭心,以致有段时间,狮爪都疏远了她和松鸦爪。

他真的已经忘记她了吗？他确实再也没有提起过石楠爪，这倒是个好现象。可当初他半夜偷偷地溜到隧道里去见她，不是也没对她提过一个字吗？

"猫与猫之间，不应该如此亲密。"狮爪的话打断了冬青爪的思绪，"这会让他们分神，无法成为最优秀的武士。"

冬青爪听到他终于明白了应该追求什么，于是放了心，不由得向他的身边靠了靠。她清楚，对狮爪来说，要跟石楠爪分手是多么艰难。不过这也是他必须做出的正确选择，也是唯一正确的选择。

欢呼声逐渐消散了，火星再次抬高声音说："很抱歉，我今天无法授予炭爪武士名号。不过等她的腿伤痊愈之后，我相信雷族的所有猫，一定会满心欢喜地庆贺她成为武士的。"

"炭爪！"这次是蜜蕨和罂粟霜带头欢呼起来。冬青爪一脸期待地望着巫医巢穴入口，却没发现受伤学徒的身影。难道炭爪都不想探出头来看看命名仪式的盛况吗？冬青爪叹了口气。她是否连听都没听呢？

"黑莓掌！"当族猫们四散而去，或继续执行任务，或回到各自的巢穴时，火星吩咐副族长，"叫沙风、蕨毛和冬青爪过来吧！"

冬青爪没等父亲开口召唤她，就急忙跑到了高石台下。灰条已经在那里了，沙风和蕨毛也跟着黑莓掌走了过来。

"出什么事了？"黑莓掌问道。

冬青爪凑上前，胡须焦虑地抖动着。灰条之前的警告闪过她的脑海——有重大的事情发生了。

火星的语气变得十分严肃："黎明巡逻队又在我们边界一侧，侦测到了风族猫的气味。"

灰条点点头："这次我们找到了证据，证明他们不只是越界追赶猎物，还在我们的领地上杀掉了它！"

黑莓掌的喉咙里发出低沉的吼声："什么证据？"

"在我们领地上的一棵树下，有松鼠的皮毛和血迹。"

沙风的毛竖了起来："他们真是好大的胆子！我们不是早就对他们发出警告了吗？"

"我们不知道他们为什么要这么做。"火星说道，"不过我们在采取行动前，必须弄清楚这一点。"

"这不是明摆着吗？"黑莓掌大喊道，"他们贪心不足。"

"别轻易下结论。"火星的语气依旧镇定。

"我们应该在边界上驻扎一个巡逻队，"沙风建议，"下次他们再敢越界，我们就可以立刻攻击他们。"

火星瞥了一眼自己的伴侣，眯了眯眼睛："沙风，我知道你此时的感受，不过这不是解决问题的最佳方案。我希望尽可能避免发生流血冲突。"

沙风后颈上的毛竖了起来："他们在偷我们的猎物！"

"我知道，我们绝不能让他们随意胡来。"火星接着说道，"可是在搞清楚发生了什么事情之前，我们没必要鲁莽地挑起战争。"

沙风怒视着火星:"你以后是不是再也不打仗了?"

"我只打必须打的仗,"火星注视着她,说,"如果问题能够和平解决,我就会尽量避免流血。"

"我们之前跟风族理论过。"黑莓掌争辩道,"你这样做,就好像他们依然是我们的盟友。"

火星摇摇头,眼睛笼上了一层阴云:"我知道,他们早就不是我们的盟友了,四个族群都是竞争关系。"

冬青爪盯着雷族族长。他是想起了大迁徙吗?那次,来自四大族群的六只猫并肩前行,拯救了所有猫的性命。或者他想到的是前不久他们前往山区的漫长旅程?因为疑惑,冬青爪颤抖了一下。也许那次旅程本来就不是明智的做法。也许正因为在旅程中各族群之间不分你我,才导致边界划得不清楚。如果边界划定不明确,又怎么能保证猎物分配的公平呢?因此规则是必需的,否则,只有那些以战斗为生的猫才会最终生存下来。这就是星族要求他们遵守武士守则的缘故。武士守则与食物和水同样重要。冬青爪把爪子深深插进泥土里。族群必须遵守武士守则,道理就这么简单。

"那么你想怎么做呢?"黑莓掌问道。

"我想让你去见见一星。"火星告诉他,"带上沙风、蕨毛和冬青爪。你们要弄清楚他这么做的目的是什么,你告诉他,我们会增加边界巡逻的次数,如果再让我们抓到他们偷猎物,我们会立即反击,绝不迟疑。"

天蚀遮月
TIANSHIZHEYUE

"好主意!"黑莓掌答应了,"我们马上出发。"说完,这位副族长转身朝荆棘通道走去,蕨毛和沙风紧随其后。

"我要马上把这件事告诉狮爪!"冬青爪扫视着空地,看到弟弟的半条尾巴从长老巢穴露了出来。他一定是在清理长老们的窝。

冬青爪飞速朝狮爪跑了过去。

狮爪扭动着屁股,把窝里的旧苔藓甩过肩头,顿时无数苔藓球如暴雨一般在他的周围飞散开来。其中一小团苔藓还从冬青爪的耳旁飞了过去。狮爪口中还嘟囔着:"鼠须说得对,给长老干活的学徒根本就不够,小玫瑰和小蟾蜍要长成学徒,还得好一阵子呢!"

"我现在要去风族领地了。"冬青爪低声对他说道。

她眼前的尾巴突然消失了,狮爪转身问道:"你去那儿做什么?"

"我们要去警告一星,让他们滚出我们的领地。"

狮爪伸缩了一下爪子:"真希望我也能去啊!"

"冬青爪,快走吧!"黑莓掌不耐烦的声音从荆棘通道中传了过来。

"我回来再跟你细说吧。"冬青爪急忙告别,然后跟着巡逻队穿过通道。

森林里沉闷阴暗,没有一丝阳光照进树林,头顶上的天空也是灰蒙蒙的,空气中透着落叶和树皮发霉的味道。冬青爪感觉爪

子下的泥土又软又黏。落叶季已近在咫尺。黑莓掌和沙风正快步向前走去，冬青爪却停了下来，在一棵倒伏在地的树干上，把爪子上的泥蹭干净。

蕨毛在她的身旁停了下来，说道："你这是白费劲，我们待会儿还要穿越荒原呢。"

"可是这种感觉太讨厌了！"她抱怨着。

"等我们回到营地，再好好地清理吧。"蕨毛用尾巴指指黑莓掌和沙风前进的方向——他们的身影已消失在斜坡的另一边了，"快点儿跟上，我们不能在后面拖拖拉拉。"

冬青爪赶忙跟紧自己的老师，终于在森林边追赶上了其他队员。当他们走出森林时，一阵风吹过，冬青爪的皮毛顿时一片凌乱，风中还夹杂着雨水的气息。她顶着风眯眼看去，爪子下的地面正朝边界方向缓缓倾斜，山坡上点缀着丛丛石楠。从这里开始，前边就是荒原了。

"我们为什么不去森林里的那处边界呢？"冬青爪问道。

"从这儿走，我们的视野会更好些。"黑莓掌告诉她，"我们要及时发现风族领地中巡逻队的踪迹，以便在他们有所企图时警告他们，那样就不必踏入他们的领地了。"

黑莓掌带领大家继续朝边界进发。冬青爪张开嘴巴，感受着风族猫标记的气味。爪子下的小草正变得越发粗糙。她想找到风族猫留下的气味，但是一股刺鼻的气味飘进了她的鼻孔。冬青爪撇撇嘴，问道："这是什么味道？"

天蚀遮月

"是羊的气味。"蕨毛穿过挡在路上的一丛石楠。

原来如此。冬青爪奋力穿过石楠丛,来到了另一边,发现山坡上散布着一团团毛茸茸的身影。"为什么这里有这么多羊呢?"羊群挤在一起正在穿过荒原,就像飘过灰绿色天空的云朵。

"对它们来说,现在一定是最好的季节。"蕨毛猜测道。

黑莓掌停下来,说道:"这里就是边界了。"

冬青爪闻着石楠,立即分辨出了风族猫留下来的陈旧气味。

沙风的耳朵突然竖了起来:"有狗!"

冬青爪愣住了。她在狂风中勉强睁大双眼,隐约望见远处灰色的地平线上隆起一个个山丘。她依稀看到几条带有黑白色条纹的狗,正在石楠丛中飞奔。不远处,一只两脚兽正挥舞着前肢,不停地发出尖叫,就像一只正在发警报的鸟。

这些狗难道是在狩猎两脚兽吗?

冬青爪又定睛仔细看了看,发现并非如此。那只两脚兽似乎在用这些狗来狩猎羊;当两脚兽抬起前肢示意时,狗就会穿过草地去追赶羊,把它们吓得咩咩直叫,然后紧紧地聚在一起。如果幸运的话,狗的注意力会被羊群吸引很长时间。这样一来,巡逻队就能平安抵达风族营地了。

黑莓掌四处搜索着这个斜坡。"我没找到风族猫的踪迹。"他说,"从他们留下的标记看,他们已经有很长一段时间没来这里了。"

"那是因为他们一直忙着在我们的森林里狩猎呢!"沙风咆

哮道。

"我们是不是回去向火星禀报一下呢？"蕨毛问道。

黑莓掌伸缩了几下爪子。"我们还没跟一星说上话呢，不能回去。"他穿过边界，弹弹尾巴，示意巡逻队员跟上。

冬青爪跟着蕨毛穿过石楠丛，走进风族领地，心开始咚咚直跳。黑莓掌带领大家大步前进，狂风吹乱了冬青爪身上的毛。她把下巴抬得高高的，耳朵也竖了起来，警惕地搜寻着危险信号。

当他们越过一片泥泞的洼地，开始攀爬远处的山坡时，冬青爪越来越小心，总觉得有什么不对劲儿。她闻了闻，空气里全是羊身上的臭味。鸟儿和兔子都去哪儿了？她又试着闻了闻，依然没有风族猫的气味，也没有鸟儿和兔子的踪迹。除了羊和狗，似乎没有其他东西。

黑莓掌突然停了下来，后颈的毛全竖了起来。冬青爪警觉地抬起了头。前方的草坡上耸立着一块大石头，好似一只巨大的爪子，她看到石头上面有一只猫，他的影子投射在山坡之上。是风族猫！

"待在那儿别动！"

冬青爪认出了这只身上有棕色和白色相间条纹的年轻公猫——是兔泉。

兔泉蹲伏着身子，身上的毛倒竖着，恶狠狠地盯着他们："雷族领地上的猎物不够吃了吗？"

"他竟然还敢指责我们！"沙风低声说。

天蚀遮月

"小心点儿,"黑莓掌轻声说道,"我们现在可是在他们的领地上。"

两只猫出现在兔泉身边,是风族副族长灰脚和武士枭须,风正吹拂着他们的皮毛。他们显然都非常生气——眼睛里都能看到点点怒火。

不等灰脚开口说话,黑莓掌就向前迈了一步,说道:"我们来是想和一星谈谈。"

"我们是为了和平而来的。"沙风对她说道。

"回雷族的领地去!"灰脚命令道。

黑莓掌站在原地没动:"没见到一星,我们是不会回去的。"

枭须眯起了眼睛。"你以为你们雷族猫在风族领地上,是想来就来想走就能走的吗?"这只浅棕色公猫缩回嘴唇,露出了黄色的牙齿,"我敢打赌,你们肯定不会如此频繁地跑去见黑星吧!"

"滚回你们的营地!"灰脚咆哮起来,"一星不欠你们什么。"她伸出爪子,在石头上划下一道道白色的痕迹。

黑莓掌又向前迈了一步:"我们答应火星,一定要跟一星谈谈。我们只是有话跟他说而已!"

兔泉跃下石头,迎着大风冲过来,打着滑停在黑莓掌的面前:"再向前一步试试!"

冬青爪弹出爪子,绷紧肌肉,随时准备保护自己的同伴。

"我们要见一星。"黑莓掌平静地重复着。他抬起爪子,又向前走了一步。

猫武士

兔泉突然挥舞着前爪，朝黑莓掌猛扑过去。

黑莓掌甚至没有亮出爪尖，只用一只爪子猛地一挥，就把这位年轻的武士击倒在地。黑莓掌把他摁在地上，抬起头瞪着灰脚。"我们是为了和平而来！"他咬着牙齿咆哮道。

灰脚跳下来，沮丧地望着被按在地上的族猫，央求黑莓掌："请把他放开吧！"

冬青爪被她声音中透出的绝望惊呆了。

黑莓掌后退了一步，让兔泉自己爬起来。这位年轻的武士冲着雷族副族长发出了嘶嘶的低吼。

灰脚的眼里闪出惊慌，赶忙插到两位武士之间。"你们还是快点儿走吧！"她用恳求的语气说道，"一星跟你们实在没什么可说的。"

黑莓掌犹豫了一会儿，然后点了点头。他转身甩甩尾巴，示意巡逻队员们离开。冬青爪跟着族猫朝边界的方向走去。

冬青爪浑身的毛都竖了起来。"这也太不公平了！"她对蕨毛喊道，"我们没有偷一只猎物，我们只是来给一星一个机会，让他解释一下！"

蕨毛没有回应她的话。他却突然大声问道："你们注意到没有，风族猫似乎都变瘦了？"

"他们一直都很瘦啊。"冬青爪说道。但是冬青爪突然想起了刚才的情景，这才意识到蕨毛说得没错，这三位风族武士确实比平常更瘦削了。

天蚀遮月
TIANSHIZHEYUE

黑莓掌回头望了望蕨毛："难道他们有什么麻烦了吗？"

"这恰好可以解释他们为什么要让我们回去。"沙风说道。

"他们不想让我们看到现在的风族有多虚弱！"黑莓掌猜测道。

冬青爪又想起了那片土地，既没有鸟儿，也没有兔子的气味。"他们的猎物怎么都不见了？"其他几个族群都不可能在风族的领地上抓兔子，因为他们的速度都不够快。

蕨毛晃晃脑袋，望着远处山坡上咩咩叫着的羊群和时不时吠叫几声的狗："或许是它们把兔子和鸟儿吓跑了吧。"

冬青爪顿时心里一紧："但是这也不意味着，风族就可以偷窃我们的猎物。"这件事情不能改变。四个族群一直都生活在湖边，如果风族的领地无法供养风族猫，那么其他的边界又会怎么样？

他们一回到营地，黑莓掌和沙风就立刻跳上高石台，准备向火星汇报他们的发现。

冬青爪看到狮爪正垂头丧气地站在空地边缘，尾巴耷拉下来。他的嘴里叼着一大团肮脏的苔藓，皮毛上还残留着苔藓的碎屑。

"你该不会一直都在清理长老巢穴吧？"冬青爪问道。

狮爪把苔藓吐出来，大喊道："我老早前就清理完长老巢穴了，我现在正清扫育婴室呢。"

"让我来帮你吧。"冬青爪提议道。

"我还以为你忙着去巡逻边境，没时间帮我呢。"

冬青爪用尾巴蹭了蹭弟弟的耳朵:"别生气啦!我已经把自己的活儿都干完了。"

"我想你也是。"狮爪嘟哝道。

"我们把这些脏兮兮的苔藓丢到外面去,再拿些新鲜的回来吧!"冬青爪叼着满嘴的旧苔藓穿过荆棘通道,把它们扔在距离入口处不远的一处黑莓丛旁边。

狮爪也把自己口中的苔藓扔在那里:"我讨厌苔藓!"

"我们很快就会干完的,"冬青爪安慰着他,"快看!那边的树根中间有些新鲜的苔藓!"

狮爪走到她跟前,和她一起用爪子在粗糙的树干上面剥着,把那些柔软翠绿的苔藓一点点剥下来。

"难道你不想问我刚才发生了什么事吗?"冬青爪问道。

狮爪叹了口气:"对不起。你走了以后,我的心情一直都不好,看来我不比那些充满嫉妒的幼崽强多少。"

"别废话了!你到底想知道什么,快问!"冬青爪催促道。此刻她早已迫不及待地想把自己知道的事告诉狮爪。

"好吧。刚才发生了什么事?"狮爪剥下了一长条苔藓,把它挂在爪子上。

"我们在离风族营地很近的路上,被灰脚赶了回来。"

狮爪丢下了苔藓:"被赶回来了?"

"我们甚至都没机会去解释。"冬青爪告诉他,"风族猫还诬陷我们,说我们是去偷猎物的。"

天蚀遮月
TIANSHIZHEYUE

"可他们一直都在偷我们的猎物！"狮爪勃然大怒。

"就是啊！"冬青爪从树根处刮下一大块苔藓，把它扔到一旁的苔藓堆上，"不过我想，我们已经知道他们为什么会这么做了。"

"谁关心他们这么做的原因啊！"

冬青爪没理狮爪的话："他们自己的猎物全都不见了。"

"那不是理由。"

"可至少我们现在知道他们一定是出了什么问题。我们可以在事态继续恶化之前，主动解决这些问题。"

"我真希望火星赶快再派一支巡逻队，给他们点儿教训！"

冬青爪没有马上表示赞同，她必须保持清晰、谨慎的头脑。风族猫偷窃猎物的行为必须得到制止，但是他们的身体也不该继续虚弱下去。四个族群必须一样强大才行。"火星并不希望我们去攻击他们，"冬青爪说道，"他只准备派出更多巡逻队。"

狮爪抽动着尾巴："我们之前不是已经这样做了吗？这次我们要教训他们一下，让他们再也不能在我们的领地上狩猎。"他看向冬青爪的目光实在太凶狠，吓得冬青爪下意识地向后退了几步。

"你想打仗吗？"她深吸一口气说道。难道狮爪也在想着边界上的事情？

"你难道不想？"

"我只想让风族猫乖乖地待在他们的领地上。"冬青爪回答

道,"边界就是边界。"如果边界消失了,族群会变成什么样子?那下一个消失的会不会就是武士守则呢?一阵恐惧涌上心头,冬青爪感到爪垫刺疼。

狮爪转过身,把爪子狠狠地插进一片新鲜的苔藓里。爪子下的树皮顿时裂开了,树皮屑纷纷落在苔藓堆里。

这些苔藓是要给新生的幼崽做窝的啊!冬青爪被狮爪的鲁莽惊呆了,双眼直直地盯着他。从他皮毛下绷紧的肌肉就可以看出,狮爪一直在想着打仗的事,而不是想着幼崽。对他来说,这就是力量对他的意义吗?这么点小事就值得发动战争吗?

冬青爪的身子颤抖起来。如果真是这样,谁又能阻止得了他呢?

第七章

狮爪从自己皮毛上又拽下一片苔藓，出出进进地搬运苔藓，弄得他的皮毛特别痒。繁重的工作也让他的肌肉酸痛不已。他叹着气，看着太阳缓缓地落到了树丛后面。黄昏巡逻队已经出发，他却没能参加。

多无聊的一天啊！狮爪拖着疲惫的身体，向学徒巢穴走去。接下来除了睡觉，没什么可干的事了。狮爪一直渴望到森林里活动一下四肢，感受风儿拂过皮毛的感觉，可是现在一点儿力气也没有了。

狮爪一头扎进一处低矮的紫杉树枝下，他听到里面传来狐爪和冰爪聊天的声音。

"白翅已经教我怎么原地翻滚了。"冰爪吹嘘着。

"我能后肢站立着作战，"狐爪也不甘示弱，"你想看看吗？"

狮爪突然意识到，狐爪是在跟自己说话。他眨眨疲累的双眼，点了点头，看着狐爪颤抖着后腿站了起来，在巢穴里踉踉跄跄地走了一圈，最后摔在了苔藓上。

"下午的时候，我做得比刚才好多了！"狐爪爬了起来，脸

上有些狼狈。

"我相信你。"狮爪说道。看着狐爪兴奋的样子,他的心里有些嫉妒。自打从山区回来,狮爪的生活似乎一直都被无聊至极的琐事所占据。当然了,为族猫狩猎、清理巢穴也非常重要,不过他到底什么时候才能找到机会,发泄一下自己体内那股蓄积已久的力量呢?

狮爪钻进了自己的窝里。

"快看!"狐爪突然大喊,"这次我做得很好!"

狮爪已经懒得抬头看了。

"给他看看你新学的狩猎蹲伏动作吧!"冰爪鼓励道。

苔藓发出一阵沙沙的响声,狐爪突然扑向狮爪。狮爪赶紧一闪,狐爪的尾巴立刻像蛇一样缠上了他。狮爪用后爪猛地把这个学徒推出窝去。

"喂!"冰爪见状大喊一声,想要保护自己的弟弟。

"待在你自己窝里,我想睡会儿觉!"狮爪大吼着。

"你不像以前那样有趣了!"狐爪有些生气。

这时紫杉丛沙沙地响了起来,冬青爪走进了巢穴。

"狮爪刚才把狐爪推倒了!"冰爪向冬青爪告状。

"我的事不用你管。"狐爪不愿姐姐多嘴。

"我想狮爪一定是太累了。"冬青爪安慰道,"我想他明天早上就想和你们玩了。"

她在狮爪身边躺下来,狮爪感到她正用舌头舔着自己的皮毛。

狮爪的心里顿时涌起一阵感激。冬青爪把他皮毛上残留的苔藓都清理干净了,那富有节奏的舔舐声让他安静了下来。

"振作点!"冬青爪说道,"蕨毛刚刚告诉我,明天早上我们俩都要去参加巡逻。"

狮爪马上竖起了耳朵。

"火星决定再派一批巡逻队,到风族边界附近去看看是否有入侵者。"她解释道。

机会终于来了!狮爪想象着与盗猎者对阵的情形,身子一阵战栗。

"我们最好赶紧睡觉。"冬青爪建议道,"天亮时我们必须赶到边界。"

狮爪闭上眼睛,心情放松下来。他终于能为雷族做一些意义重大的事情了。

"狮爪!"虎星低沉的吼声把狮爪惊醒了。他睁开眼睛,发现自己居然躺在一处光秃秃的地面上,四周是一片松树林,细密的松针随风摆动,发出呢喃似的声音。

他在做梦。

狮爪扫视着这片阴暗的树林,看到自己这位夜间才出来的老师,正从那里朝他走过来。鹰霜也出现了,他坐在那片铺满松针的山谷里,冰蓝色的眼睛在暗夜中放着寒光。

"我希望你已经准备好了!"虎星警告道,"我现在要教你

如何摔倒一位武士，无论他是大是小。"他甩了甩自己那带着斑纹的尾巴，示意鹰霜走上前来。

狮爪伸缩了一下自己的爪子："我该怎么做？"

"你现在的体重，还不足以制伏所有体形的猫。"虎星告诉他，"虽然说那一天迟早会来，但在此之前，你要充分利用自己身体灵活的优势，速度必须要快。作战的时候，你要俯冲到敌人的肚皮下，猛击他们前爪的背面。这时候，他们会立刻扭动身体，以为你会出现在身体的某一侧，可你要从相反一侧发动攻击，使他们失去平衡。"

"我怎么在他们袭击我之前，来到另一侧呢？"狮爪问道。

"我已经说过了，你的动作一定要快！"虎星走到鹰霜身边说道，"你陪他练练吧。"

虎星走开了。狮爪蹲伏下来，注视着鹰霜白肚皮下方的地方，将力量灌满每寸肌肉。然后他突然向前扑去，冲到这位长腿武士的身体下方，按照虎星刚教给自己的方法，收着爪子，使劲击打了鹰霜的前爪一下。他察觉鹰霜的身体扭动了一下——这位武士用后腿站起来，准备用身体把狮爪压住。狮爪向后退了退，躲闪开来，敏捷得像只兔子。他趁机把爪子插入鹰霜的皮毛——他很小心，并没有刺破他的皮肤。紧接着他将已经失去身体平衡的鹰霜摔在了地上。

"干得漂亮！"虎星称赞道。

鹰霜站起来，抖掉皮毛上的松针。

天蚀遮月
TIANSHIZHEYUE

狮爪抬起下巴,自豪地注视着虎星:"还不赖吧,嗯?"

一对爪子横扫过他的侧面,将狮爪击倒在地。他在地上挣扎着,一脸吃惊地大口喘气,但鹰霜马上扑过来,用他宽大的爪子按住狮爪的腹部,将他压在地上动弹不得。

"你的敌人还没死,你就不能认为自己胜利了!"虎星喊道。

鹰霜凑上来讥笑狮爪:"关于那个预言你知道更多的消息了吗?"

"我已经不想那件事了。"狮爪撒谎道。

鹰霜怜悯地看着他:"星族还没任命你为森林的主宰吗?"

狮爪突然觉得腹部一阵剧痛。鹰霜放开了他,但是他的爪子已经划破了他的皮肤。

狮爪跳了起来,感到血正一点一点从皮毛中涌出,一股怒气顿时在他的胸中升腾。他们为什么不把这个预言当回事呢?这可以成为他最厉害的武器啊!想到这里,他感到一阵凉意顺着脊柱传遍全身。或许他们说得对,那个预言可能只是火星做的一个梦而已。

"快醒醒!"

狮爪感觉有谁正在用鼻子拱被鹰霜抓过的地方。他痛得身子抽搐一下,连忙爬了起来。

冬青爪正坐在他的身边:"巡逻队马上就要出发啦。"

天刚蒙蒙亮,巢穴里还很黑。细雨落下来,轻轻拍打在巢穴

旁的枝条上。

冬青爪舔舔自己的鼻头。"好像有血的味道？"她说着又舔了一下，担心地望着狮爪的腹部——自己刚才碰过那里。

狮爪也震惊不已，他马上低下头，舔起鹰霜留下的那道伤疤。之前他居然没意识到，梦境和现实之间的界线，已变得如此模糊了。

"你的窝里一定有刺。"冬青爪断言道。她把狮爪推到一边，开始检查窝里的苔藓。

这时，外面的空地上传来了一阵脚步声。

"我们只能待会儿再找了。"狮爪说道，"听声音，巡逻队已经准备出发了。"

冬青爪抬起头，她的眼睛在昏黑中闪着光芒："我们赶紧走吧！"

他们走出巢穴，来到营地中央的空地上。

蜡毛和蕨毛正在空地上等待着，他们的皮毛被雨水打得贴在身上。

"你终于醒了。"蜡毛抖掉胡须上的雨滴说，"我们可以走了。"

"等一下！"火星忽然从高石台上跳了下来，"你们要记住，"他叮嘱道，"你们的任务，只是去寻找风族猫偷猎的证据，你们不能与盗猎者发生战斗。如果你们发现有猫闯了进来，要立刻回来向我汇报。"他的眼里闪着忧虑的光芒。"现在的事态比单纯的边界冲突更严峻。如果要打上一仗，就必须彻底击败风族。"

天蚀遮月

他扫视着在场的每只猫,"你们明白了吗?"

狮爪跟他的同伴们都点了点头。

"很好。"火星转身爬上落石堆,回到了高石台上。

蕨毛挤到狮爪和冬青爪中间,问道:"你俩准备好了吗?"

蜡毛已经冲进了荆棘通道,狮爪马上跟了上去,爪子拍打在地面上,溅起一片片泥水。通道没能给他挡雨,因为他的速度实在太快,瞬间就跑进了被雨水浸透的森林中。冬青爪和蕨毛紧紧跟在后面。狮爪听到他俩的爪子在湿滑的落叶上不断地打滑。他伸出爪子,奔跑的时候,稳稳地抓住地面,感觉浑身有使不完的劲。

蜡毛飞一般在森林里奔跑着,他的身影在森林里显得十分渺小。狮爪伸直身子,逼近了他。再往前跳上几步,我就能抵达边界啦!狮爪感觉血液因全身积蓄的强大力量,就要沸腾起来。如果我们与风族遭遇,我一定能把他们打得落花流水。想到这里,他感觉腹部伤口的疼痛减轻了,就像它已完全愈合了一样。雨水已把他皮毛上的血迹清洗干净了。鹰霜,你下次最好给我小心点儿!

跑在他前面的蜡毛忽然转了个弯,继续沿着林中小路行进着。狮爪知道一条更便捷的路,于是他穿过一排蕨丛,径直朝前跑去。但是当他从一片低矮的灌木丛中探出头时,却看到蜡毛正一脸惊讶地望着他——狮爪跑到了队伍的最前头,他又转身回到小路上,迈开大步走了起来。

猫武士
MAOWUSHI

"到后面去!"蜡毛命令道,"我才是带队的!"

狮爪放慢了脚步,蜡毛从他身边挤到了前边,这位武士深蓝色的眼睛里闪着愤怒的光。狮爪落在了队伍后面,可一阵满足感涌上来,温暖着他的身体。暂且就让蜡毛领头吧,总有一天,他会成为每支巡逻队的领导者。

在前方的树林间,那条作为边界的小溪正闪着粼粼的微光。蜡毛加快脚步,纵身一跃,跳过一丛接骨木,在小溪边停了下来。狮爪滑了一下也在他的身后站定,雨水从他的皮毛上不断地滴下来。

"看在星族的分上,你刚才到底在做什么?"蜡毛大声责备道,"万一你中了风族猫的埋伏怎么办?我们谁都不知道,前方到底是什么情况!"

冬青爪和蕨毛也跟了上来。

"我只是抄了个近路而已。"狮爪为自己辩解着。

"好吧,下次别再乱跑了!"

"发生什么事了?"蕨毛问。

"没有我搞不定的事。"蜡毛大叫道。

冬青爪朝弟弟递过一个警告的眼神。

狮爪耸耸肩:我可没把我们的秘密说出去啊!

蕨毛闻闻空气说道:"雨水把所有气味都冲刷掉了。"

"一定还有其他什么踪迹。"蜡毛猜想着,"我们分头去找!"

"好的。"蕨毛点点头,"不过大家别走得太远,我们不知

天蚀遮月
TIANSHIZHEYUE

道会找到什么东西。"

其他队员都四散开去,开始嗅每处叶片和每根树枝。狮爪凝视着小溪的下游,那里的溪岸上长着茂密的灌木丛,会不会有风族猫曾在那里避过雨呢?如果有,风族猫的气味可能还没被冲刷掉。

狮爪穿过一丛滴着雨水的红醋栗,灌木下的泥土还比较干燥,他在灌木的根部周围来回闻着——没有任何气味。他随后又钻进了柔软的叶子中间,鼻子却被冬青叶戳个正着。这片茂密的灌木丛沿着溪岸一直向远方延伸,雨珠在它光亮的叶片上闪烁着。狮爪眯起眼睛,生怕被刺扎到。他贴紧地面,蠕动着身子,钻进灌木丛里搜索着。他的肚皮上沾满了泥,尖利的叶片不断地剐着他的后背。

"你在做什么啊?"外面传来冬青爪的声音,"避雨吗?"

"别出声!"狮爪闻到极其微弱的风族猫的气味,他开始在灌木根部的叶子中翻找着。

"我找到啦!"狮爪扭动着身体慢慢退了出来,身上的皮毛沾满了泥水,"看!"他用爪子抓着一只画眉的残骸。

"这是什么?"蜡毛急忙跑过来看,蕨毛也跟了过来。蜡毛盯着猎物的残骸,缩起了嘴唇,那沾满血迹的骨头和羽毛还有余温,猎物新鲜的味道中还裹着一丝风族猫的气味。这个猎物一定是在这片灌木丛中被风族武士抓到,并在原地吃掉了。

"我们差点儿就抓到盗猎者了。"蕨毛咆哮起来。

冬青爪默不作声，一脸气恼地望着这只画眉。

狮爪推了推她："怎么样？这是我找到的！"

"他们违反了武士守则！"冬青爪突然喊道，"他们应该把猎物带回去，给长老猫和猫后吃，而不是一抓到猎物就先填饱自己的肚子！"

狮爪轻蔑地说："我觉得，这些盗猎者眼里根本就没有武士守则。"

"他们一定是走投无路了。"蕨毛说道。

蜡毛把猎物的残骸推到蕨毛前面："把它带回去给火星看看吧，我再带冬青爪和狮爪去上游检查一下。"

"你们这么做有什么意义呢？"蕨毛甩甩尾巴问道，"风族猫一定不习惯在灌木丛中活动，他们会被扎成刺猬的。"他们身后的溪岸，几乎被茂密的黑莓丛盖了个严严实实。

狮爪本来也不想回到营地。"他们可以躲在那些石楠下面。"他依然感到冬青叶在脊背上划出的伤口隐隐作痛。

蜡毛点点头说："对，还是查看一下比较好。"

"别去得太久了！"蕨毛用牙齿叼起画眉的残骸，消失在树林中。

狮爪眯着眼睛站在雨中，注视着溪岸。岸边从上到下，全被灌木丛覆盖，他准备搜遍所有的地方，哪怕一根尾巴的地方都不放过。风族的武士很可能就藏在这里面。狮爪绷紧肩上的肌肉，

天蚀遮月
TIANSHIZHEYUE

想要钻进荆棘丛中的一个细小空隙，在带刺的荆棘中硬挤出一条路来。

"等一等！"冬青爪拽住了他的尾巴，"如果你从那条老鼠小路挤进去，一定会被剐成碎片的！还是我进去吧，我的身体比你小，很容易就钻进去了！"

"我不会受伤的。"狮爪安慰她，"只不过是些荆棘。"他想对她说，别忘了山里的那场战斗！但是他突然意识到蜡毛正在他们身后，于是及时地闭上了嘴。

"狮爪，你过来，"蜡毛说道，"让冬青爪去吧！"

狮爪泄气地退了回来，冬青爪走上前去，小心翼翼地钻进了荆棘丛。

"我们走这条路。"蜡毛领他绕过荆棘丛，来到溪岸边的一棵山毛榉旁，嗅着被雨水冲刷干净的树根。

"我去水边看看。"狮爪爬下湿滑的溪岸。小溪已经涨水了，发出巨大的轰鸣声。他沿着溪边向前走，水溅起来，落在他的爪子上。他仔细地嗅着每一处草丛，又扒开每棵植株的叶子，看是否有东西藏在下面。

这时，一处蕨丛挡住了他的去路。他张开口，嗅了嗅。他刚把爪子伸进一丛滴着水的蕨叶中时，一声猫叫从他的上方传过来。

"荆棘丛里什么都没有！"冬青爪的脑袋出现在溪岸上方，她大睁着眼睛，尽管天在下雨，皮毛还是被刮得竖了起来。

"你确定？"狮爪眯上了眼睛。她什么都没找到，为什么还

显得如此兴奋呢?

"除了荆棘,什么都没有。"冬青爪强调道,"蜡毛说,我们要回营地了。"

狮爪满腹疑惑地爬上了岸。

蜡毛正在那里等着他。"风族猫肯定已经回营地了。"这位有着淡灰色皮毛的武士说道,"我们正在浪费时间。"

"是啊,"冬青爪马上表示同意,"我们走吧。"

狮爪用余光盯着冬青爪。她是怎么了?

但是蜡毛小跑着向森林里跑去,冬青爪也追了上去。冬青爪一定找到什么东西了,可她为什么不想说出来呢?狮爪跟在自己的族猫身后,心里有些恼怒。

"等等!"他朝离自己几条尾巴远的蜡毛喊着。

蜡毛停下脚步,转过了身。

冬青爪也转过来,身上的毛竖着:"你怎么了?"

"我听到边界上有声音,"狮爪撒谎道,"我想再回去看看。"

蜡毛歪着脑袋:"你听见什么声音了?"

"我不太确定。"狮爪说道,"可能没什么东西,不过我想去确认一下。"

"那我跟你一块儿去。"冬青爪尾巴尖儿晃了晃,提议道。

"我自己就可以了。"狮爪说道。

冬青爪露出了怀疑的神情。

狮爪没看她的眼睛:"等你们抵达营地时,我可能也会赶到

啦。"

"那你去吧。"蜡毛叫道,"但是如果你发现了什么可疑的事情,要马上回来汇报,千万别逞强,现在是非常时期!"

"好的。"狮爪答应了。他甩甩尾巴,跑回到那片荆棘丛里。冬青爪已经把入口拱大了,对他来说,钻进去很容易。但是当他循着姐姐踩出来的弯弯绕绕的小路向前挺进时,里面的刺依然不停地剐着他的皮毛。幸好里面比较干燥,不至于太难受。

一股臭味钻进了他的鼻孔。是狐狸的气味!这就是冬青爪一直担忧的事情吧?那她为什么不向蜡毛汇报呢?狮爪穿过荆棘丛,小心翼翼地向前走着,他想起了那次与冬青爪和松鸦爪溜出营地的情景。当时他们还是幼崽,但却下定决心要找到威胁雷族的狐狸,他们追踪了所有通往狐狸巢穴的道路。想到这儿,他不由得颤抖起来。当时他们还那么小,怎么会坚信自己一定会把狐狸赶跑呢?结果最后,他们任被狐狸追得到处跑。

现在,这股气味变得更浓了,狮爪意识到,这股气味是很早以前留下的。狐狸已经离开这里很长时间了。突然,周围的荆棘丛变得稀疏起来,地面上露出一个边缘光滑的洞穴。冬青爪已经发现了这个狐狸窝!从气味判断,狐狸确实有很长时间没来这里了。

狮爪悄悄地爬上前去,向那个黑乎乎的洞里看去。冬青爪的气味和狐狸的气味混在一起,扑面而来。冬青爪已经进去过了!狮爪对冬青爪的勇气感到十分敬佩。他缓缓地爬进黑暗的洞里,

心跳加快了。通道十分狭窄,冰冷的泥土不停地蹭到他的肩膀上。通道蜿蜒向下,狮爪不时地抽动胡须探索着前行。爪子下的泥土潮湿泥泞,他的脚垫上粘了不少。他猜这个通道马上就会变宽,狐狸窝应该就在前面不远的地方。意外的是洞穴一直看不到尽头,狮爪开始怀疑自己正在浪费时间。但是一定有什么东西吓着了冬青爪,他必须找到答案。

他继续向前走去,沉寂幽静的环境让他越来越烦躁。谁会生活在这么幽深的地下啊?

突然一缕微风拂过狮爪的鼻尖,前方是一处开阔地。他踩着光滑的石头,一步一滑地沿着通道往前走,转过一个弯后,寒冷而清新的空气涌了过来,吹动了他的胡须。周围变得开阔起来,他才恍然惊觉,这里不仅仅是个狐狸窝。一束光线从他身后射入通道,狮爪这才看清,洞壁都是石头的,洞顶也是一圈嶙峋的石头。空气中弥漫着岩石和水的气息——这种气息从来没有在森林里出现过,但是狮爪却觉得非常熟悉。这个洞穴一定可以通向暗河。石楠爪和那场洪水的记忆顿时淹没了他。他脊背上的毛因为激动,沿着脊柱全竖了起来。冬青爪竟然发现了另一条隧道!

为什么冬青爪不告诉他呢?狮爪的爪子不停地刮着石头缝。他突然明白为什么了,这简直就像黄昏时分冰爪的皮毛一样明显!

她是怕我继续跟石楠爪见面吧?狮爪心中腾起一股怒气,我可是忠诚的雷族武士,难道她一点都不相信我?

第八章

"孩子们!"

松鸦爪顿时感到一阵恼怒。黛西只关心自己的孩子,就算其他族猫饿死了,她也不会关心。在这方面,她显然跟在族群出生的猫完全不一样。自从火星宣布,风族猫确实在偷窃雷族的猎物后,整个雷族营地就充斥着担忧和激动的复杂情绪。那只画眉的残骸依然静静地躺在空地中央——是蕨毛把它放在那里的。

黛西毛茸茸的尾巴一扫,就把小玫瑰和小蟾蜍圈住了。

"别碰我!"小蟾蜍的小爪子死死抠着地面,试图挣脱母亲的保护。

你母亲可是为你好!松鸦爪走出了育婴室,他刚给米莉检查完身体。

"我们应该在边界上,给他们一点儿教训!"刺掌吼叫着。

尘毛的尾巴在地面上扫来扫去。"我希望能在战斗中遇到一星,"他咆哮道,"他已经偷了我们雷族那么多猎物,简直就是个心像狐狸一样黑的贼!"

鼠毛正在长老巢穴外走来走去。"自从一星当上风族的族长

以来，风族变化太大了！"她伤感地说道。

火星正站在高石台上，身边是蕨毛。蕨毛刚从森林里跑回来，此刻依然大口地喘着气。"我们会派出更多的巡逻队，"火星对族猫说道，"包括派出黎明前巡逻队，来保护我们的猎物。"

他的声音很平稳，但冬青爪察觉到，他身上散发出一阵阵焦虑的气息，像远方的雷电一样，不停地在山谷的石壁间回响。

风族！松鸦爪的毛不由自主地竖了起来。他们很可能只为了填饱族猫的肚子，可是偷窃是个懦弱的解决办法。一星可是风族武士的首领，他怎么会容许自己的族猫变成一群贼呢？

松鸦爪走回了自己的巢穴，看到叶池不在，心里轻松了很多。她一定是离开营地寻找草药去了。她没有让自己跟她一起去，松鸦爪一点儿都不感到惊讶。自从上次争吵过后，他俩之间几乎就不怎么说话。为什么叶池如此不顾一切地想让炭爪成为武士呢？她真是太倔强了。炭爪到现在还躺在巢穴里，一看到她，松鸦爪就会想起自己跟叶池吵架的事。

他正嗅着穿过黑莓屏风时，巢穴里面传来一个微弱的声音。

"你能给我弄些水吗？"

自从被带进巫医巢穴后，炭爪甚至都没有试过离开窝。即便火星召集全体族猫，向他们宣布风族偷窃雷族猎物时也是如此。

"你可以自己到水池边喝一点啊！"松鸦爪故意刁难道。

一阵沉默过后，炭爪的声音又响了起来："求你了！"

她怎么变得连这种事都要乞求啊？她差一点就是武士了！松

天蚀遮月

鸦爪走到炭爪的窝边，尽力弯下身子，直到感觉胡须扫在了她的身上。"只要你好好锻炼，"他大声说道，"你的腿就会康复的！"

"如果它好不了呢？"炭爪可怜巴巴地问道。

她说话的时候，松鸦爪的脑海突然陷入了充满噪音和画面的旋涡中。他的心脏在胸膛里跳动着，就像一片在波涛中不停翻滚的叶子。松鸦爪发现自己正站在一小片草地上，在他的面前是一条像湖泊一样宽阔的雷鬼路。怒吼声在他的耳边不停地响着，吓得他缩成了一团。这时，一只银色的怪物从身边飞奔而过，激起的风吹乱了他的皮毛。接着，又一声怒吼从另一个方向响起。怪物一只接一只地咆哮着跑过，散发出的刺鼻气味，令他的双眼都无法睁开。

突然，一只怪物从路上冲了出来，朝松鸦爪猛扑过来。他想赶快逃开，可是爪子却怎么也抓不住那滑溜溜的草地。接着一阵剧痛从他的腿部袭来，他的眼前一片黑暗。

松鸦爪睁开盲眼，看到眼前一片明亮，似乎太阳就在眼前闪光。他正躺在一丛香薇中间，爪子下是柔软清新的草地。松鸦爪发现他所在的地方是一片林中空地，透过头顶的树叶间的空隙，他看到天空上没有云，只有耀眼的蓝色。他朝身边一瞥，看见蓝星和黄牙正站在一处狭窄的通道入口，低声咕哝着什么，时不时焦虑地看向松鸦爪。他的腿依旧疼痛不已，他试着想动一下，可那条腿却失去了知觉。

"你的表现真的很不错。"火星把身子凑向松鸦爪。他脸的

周围有一圈柔软的皮毛,看起来好像年轻了很多。他的翠绿色眼睛瞪得大大的,充满了悲伤。"不,你永远都成不了武士!"他突然轻声说道,"对不起!"

这是炭毛的记忆!松鸦爪再次感到一阵撕心裂肺的剧痛,心中充满了绝望与恐慌。我失去了一切!所有的一切!

"松鸦爪!"炭爪忧心忡忡的叫声把他拉回了现实。

"我还以为你不知道呢!"松鸦爪喘着粗气,竭力找回自己的意识。

"知道什么啊?"炭爪听起来有些困惑。

"炭毛的事……"松鸦爪有些拿不定主意,他停顿了一会儿,察觉她的胡须蹭了蹭自己的爪子。

"她是叶池之前的巫医,对吧?"炭爪催问道。

"发生什么事了?"叶池冲进了巢穴,"你们在说什么?"

松鸦爪转过身,被叶池眼中恐惧与愤怒交织的神情吓了一跳。"她知道炭毛的事。"松鸦爪吸了一口气说道。

炭爪窝里的苔藓沙沙地响了起来:"知道什么啊?"

可是松鸦爪似乎没听到她的话。他能感觉到叶池灼热的呼吸,吹在自己的脸上。

"她不知道。"叶池低声说,"她没必要知道这件事,你明白吗?"

松鸦爪的耳朵耷拉了下来,身体朝后退着。"可是……可是……她已经想起来了!"他结结巴巴地说道。

天蚀遮月
TIANSHIZHEYUE

叶池用肩膀将松鸦爪撞开。"别担心，炭爪！"她安慰着，"松鸦爪只是想知道，如果炭毛还在，她会不会用不同的疗法来治你的腿。"

骗子！松鸦爪顿时气得说不出话。叶池到底为什么一定要坚守这个秘密呢？

叶池的尾巴轻轻地抚摩着炭爪的皮毛。

"我知道你治不好我的腿。"炭爪说话的声音比耳语声大不了多少，"我永远都成不了武士了，对吗？"

"你现在需要休息。"叶池告诉她，"你的耳朵在发烫。"她装作整理着炭爪窝里的苔藓，并弄出一阵沙沙声。"松鸦爪？"她回头喊道，"给炭爪拿点水来！"

松鸦爪跺着脚来到水池边，从旁边挑出一团苔藓，把它蘸在冰冷的水中。如果她一直对炭爪这么溺爱下去，她的腿永远都好不了。叶池从一开始就做错了。他把蘸满水的苔藓扔在炭爪的窝边，然后走出了巢穴。

和叶池的怄气、梦中的怪物，以及腿的疼痛，让他心里十分沮丧。他站在黑莓丛边，深吸了一口气，希望新鲜的空气能清理一下他混乱的思绪。

"松鸦爪！"叶池的声音让他大吃一惊。

"我以为你还在对你的小病猫大惊小怪呢。"松鸦爪嘲笑道。

"对不起，我刚才对你的态度不太好。"叶池向他道歉，"不过她真的不能知道真相。"

"为什么不能？"松鸦爪问。

"因为这对她太不公平了！"叶池重重地坐在地上，"她不该受到前世的影响，你难道不明白吗？"

"但是你正受她前世的影响！"松鸦爪争辩道，"你真的以为，你对待炭爪和你对待罂粟霜或蜜蕨是一样的吗？每次你靠近她的时候，满脑子想的全是炭毛。"

即使她正在和自己说话，松鸦爪也发现，她的脑海仍在闪现着往事：一只獾冲进了育婴室，炭毛挡在栗尾刚出生的幼崽身前，獾一口咬住了炭毛。"你又在想着她的事了！"松鸦爪责备道，"炭毛的死，不是你的错！"

"但那就是我的错！"叶池的声音里充满了浓浓的悲伤，"如果我当时没有离开雷族……"

突然一团云雾遮蔽了叶池的意识，松鸦爪什么也感受不到了。"你不能总是这么做！"她大声喊道，"这不公平！"

"我没法控制这种行为，"松鸦爪说，"这是下意识的行为。"

"松鸦爪，对你来说，没有什么是'下意识'发生的。"叶池说道。

"你为什么这么说？"松鸦爪察觉到，叶池正奋力抑制自己内心的愤懑。

"没什么。"叶池说道，她似乎被突然降临的疲惫淹没了，"星族将炭毛送回来，就是想让她实现自己的梦想——成为一位雷族武士。我只是想帮她实现这个愿望。"

天蚀遮月
TIANSHIZHEYUE

"那你为什么还让她像个废物一样在窝里躺着呢?"

"我不想让她再受任何苦了。"

"你已经放弃她了。"松鸦爪谴责道,"她太害怕了,所以不敢动,你也太害怕,所以不让她动!"

"不是这样的。"叶池低声说。

"真的吗?"松鸦爪猛地抽动着尾巴,"那你为什么不走进去告诉她,下次要自己起来喝水呢?"

"因为我不知道这样做是在帮她,还是会害了她。"

松鸦爪简直不敢相信自己的耳朵。老师怎么会如此不相信自己的判断力呢?"你已经检查过她的腿了,你很清楚她只是扭伤了而已!"

"可我上次就错了!"叶池提醒道,"我说她已经能够参加武士考核了,结果我错了。"她的声音突然变得就像耳语一样轻,"我辜负了她,也辜负了星族!"

沮丧再次涌上松鸦爪的心头:"你总是这么容易放弃吗?我还以为这件事对你非常重要呢,看来并非如此!"

松鸦爪没等叶池回答,就转身穿过空地,钻出荆棘通道。他想走出这片山谷,离叶池越远越好。

桦落正在入口警戒。"嗨,松鸦爪,你需要猫陪着你吗?"

"不用!"松鸦爪一头钻进了树林。

松鸦爪循着微风的气味和方向朝湖边走去。空气又冷又湿,还透着雨后的丝丝寒意。松鸦爪沿着自己熟悉的小路在树木间穿

行着。不一会儿，他就走出树林，爬下斜坡朝湖边走去。微风在湖面荡起阵阵涟漪，声音听起来仿佛近在咫尺。或许这潮湿的空气可以更快传播声音吧。松鸦爪走下湖岸，来到一片鹅卵石滩，爪子深深地陷在石头里。他继续向前走。

扑通！

他的爪子踩进水中。水并不深，但仍然让他马上跳了回去，吓得浑身颤抖着。松鸦爪还是幼崽的时候，曾经掉进过湖里，从那以后，他就对水产生深深的恐惧。他爬回湖岸上，心脏咚咚地跳个不停。下了这么久的雨，湖里的水位一定升高了很多。

我的树棍！松鸦爪突然担心起来。开始沿着铺满青草的湖边搜寻着，一直走到了那排树跟前。他在树干之间迂回穿行，用尽全力分辨树棍会藏在哪棵树根下。松鸦爪仔细地嗅闻着，终于认出上次放树棍的花楸树。他的心一下子放松下来。他爬上一处粗壮的根系，弯下身子摸着它的边缘。湖水不断地拍打着湖岸。松鸦爪把后爪扎进树皮，把一只前爪伸进水中，找寻着他的树棍。

树棍不在那里！松鸦爪在树根下四处摸索，心里有些惊慌起来。他身子往前倾得更厉害了，另一只前爪插进满是淤泥的湖岸。当他的身子悬在半空的时候，湖水已经拍上了他的爪子。松鸦爪尽可能地伸出爪子，在湖水里搅动着，近乎绝望地摸索那根光滑的树棍。水波拍打着松鸦爪的鼻子，差点呛着他。

它到底去哪儿了？难道是让湖水冲走了？他可能再也见不到它了！

天蚀遮月
TIANSHIZHEYUE

这时,一个坚硬的东西撞上了他的鼻子。有东西正在水波上漂浮着。松鸦爪抽了抽鼻子,水立即涌进了鼻腔,呛得他咳嗽起来。但他马上认出那就是他的树棍。他不断挥着爪子,想把树棍拽到跟前。可是每次他试着用爪子把它勾过来的时候,树棍却漂得更远了。它为什么会这么光滑呢?为什么它就不能带着树皮,让他更容易抓住呢?他心中充满了惊慌和沮丧。

"看在星族的分上,你到底在干什么?"一排牙齿咬住了松鸦爪的尾巴,他被慢慢地拖回了湖岸上。

原来是火星。

"我刚才……"松鸦爪一时不知道说什么好。他该怎么解释自己需要那根树棍呢?也许他站在这里给火星说完这件事,树棍就会漂得更远,他就再也拿不到了。"我必须要拿到那根树棍!"他祈祷自己说话时绝望的语气,能让火星理解这一切。火星冲过他的身边,踮起爪子向湖水张望着。松鸦爪的心里又升起了一丝希望。

"什么?是离岸边不远处,漂着的那根光滑的棍子吗?"

"是啊!"松鸦爪急得都快哭了。

"你知道,它不会沉下去的。"火星试图让他明白,"木头不会沉下去。要是它真的沉下去了,会有什么麻烦吗?"

松鸦爪深吸了一口气。"是的。"他说道,"它对我……真的非常重要。"火星好奇地看着他,松鸦爪感到自己的皮毛正在发烫。他使出所有的力气,才让自己冷静下来。

"好吧!"似乎过了几个月那么久,火星才说道,"我去帮你拿。"

雷族族长用爪子紧紧抓住树根,探出身子,在水里捞着。松鸦爪听到水花飞溅,接着火星发出了一声呼噜声,似乎嘴里叼住了什么。

他拿到树棍啦!

当火星把树棍拖出水面,把它扔到地面上时,松鸦爪听到树棍划过泥泞湖岸,发出刺耳的声音。

"谢谢你!"松鸦爪叹了口气,伸出爪子,紧紧地抓住了那根湿漉漉的木棍。

"要我替你把它拿回营地吗?"火星气喘吁吁地问道。

"不用!"松鸦爪脱口而出。这是他的秘密。他不想听叶池问很多奇怪的问题,不想让族猫看到棍子,不希望族猫触摸属于自己的树棍,盯着自己看不见的东西看——想到这里时,他脊背上的毛全竖了起来。

"好吧,它现在安全了。"火星凑近那根树棍说道,"它上面有一些奇怪的划痕。是你划上去的吗?"

"不是。"松鸦爪诚实地回答道,感觉皮毛像火烧一样难受。他不安地动动爪子,希望火星千万别再继续问问题了。

"走吧,"火星说道,"我们回去吧!"

感谢星族!松鸦爪将树棍滚到最近的一处矮灌木丛前,把它插进一个根系发达的树根里。他认为水位再怎么上涨,也不会涨

天蚀遮月
TIANSHIZHEYUE

到这里来；退一步说，就算水位真的涨到那么高，树棍也不会被湖水冲走的。再见了，我的树棍！他向它轻声道别，然后转身跟着雷族族长爬上草坡，朝森林走去。

当他们走进森林的时候，松鸦爪开始试着窥探火星的想法。他很想知道，这位雷族族长知道了预言的事后，到底是怎么看自己的。然而就像叶池一样，火星的内心也被层层云雾笼罩着，他根本无法一探究竟。

"炭爪怎么样了？"火星问着，他的声音里带着一丝担忧。松鸦爪突然想起脑海中曾出现的画面：火星告诉炭毛，她永远不能成为武士。他突然开始同情起火星来。炭爪的伤情一定揭开了火星心头的旧伤疤。

"她会康复的，对吧？"火星的语气加重了。

松鸦爪谨慎地回答道："她现在十分痛苦，我都不知道该怎么告诉她，她的伤有多糟糕。"叶池可能跟火星说过炭爪的状况，松鸦爪不想让自己说的跟叶池不一样。

"那个名字给她带来了坏运气。"火星喃喃道。松鸦爪强忍着才没有告诉他，炭爪继承的不仅是炭毛的名字，还有她的灵魂。

他们默默地走进了山谷。但是他们刚进入营地，叶池就突然气喘吁吁地跑了过来。"你没事吧？"她问松鸦爪。

"他没事。"火星告诉她，"我在森林里发现了他，然后就和他一起回来了。"

松鸦爪很感激，火星没提树棍的事。

"跟我一起去取些老鼠胆汁吧！"叶池对松鸦爪说道，"黛西身上长虱子了。"

松鸦爪朝巫医巢穴跑去，叶池跟在他身边，没有说话。她还在为吵架的事生气吗？他试着解读叶池的想法，可这次他却无法集中精神，脑海中浮现出树棍漂在水面上的画面，它没有沉下去。火星说它是不会沉的。松鸦爪一直认为水是一种贪婪奸诈的生物——它会吃掉所有遇到的东西。当他还是幼崽时，湖水就千方百计想要吃掉他。不过现在，它并未将树棍吞没——树棍依然漂在水面上，紧贴着空气。

河族的猫会游泳。松鸦爪曾经听过，很久以前火星和灰条游过洪水，拯救一窝幼崽的故事。隧道被洪水吞噬之后，他们仍然设法回到了地面，对吧？

松鸦爪想起了那个可怕的夜晚，周围没有任何可抓的东西，他绝望地在水中扑腾着。水流不停地撕扯着他的皮毛，直到他停止抗争才作罢。接着，他就像树棍一样浮了上来。他想起，那时自己的爪子在空中不停地挥舞，身子在水流中来回翻滚，自己像蓟花的冠毛一样轻，任凭狂风一般猛烈的洪水摆布着。

松鸦爪停了下来。

"怎么了？"叶池在他的身边停下了脚步。

"没什么。"松鸦爪回答。实际上，一个主意正从他的脑海里浮现出来。

一声尖叫吓得他跳了起来。罂粟霜痛苦的叫声从育婴室旁边

传了过来。

"一根刺扎进了她的眼睛!"蜜蕨大吼道,"有一根枝条从育婴室的荆棘墙上伸了出来!"

"我记得我已经把它们都弄进去了呀!"灰条穿过空地,跑了过去。

"别慌!"叶池从松鸦爪身旁冲了过去,"那些刺都不大,最坏也就会留下一点儿剐伤。"

松鸦爪朝巫医巢穴冲去。罂粟霜不会有事的。他还有更重要的事情要做。

松鸦爪冲过黑莓屏风,听到苔藓发出沙沙的响声——炭爪在窝里醒了过来。

"发生了什么事?"她惊慌地叫道。

"你必须去游泳了!"松鸦爪激动地回答道。

"游泳?"炭爪深吸了一口气,"我不会啊!"

"你试试就会啦!"松鸦爪快步来到她的窝旁,"河族猫个个都会游泳。"

"可我不是河族猫。"

"你还不明白吗?"松鸦爪在她身边走来走去,无法保持平静,"你可以试着在水里练习你的腿。那样一来,你身体的重量就不会压在那条腿上,而且锻炼还会让它变得更加强壮。"

"更加强壮?"炭爪一脸疑惑地重复道。

"就像用那条腿走路,不过会更容易些。"松鸦爪回答道。

"那我要去哪儿游泳啊?"

"当然是去湖里了!"

"可我怎么去那儿呢?"

"你是自己走回营地的,是吗?"松鸦爪解释道,"然后你就一直躺到现在。"

"我怎么知道应该做什么呢?"

"我会教你的。"松鸦爪一想到水打湿了爪子,就不由得感到一阵恐惧,但是他没有理会这些。

"你?"炭爪的喉咙中发出了一声惊异的呼噜。这是从上次出事以来,炭爪第一次发出呼噜声。

松鸦爪知道,自己现在可以说服她了。"我会竭尽全力的。"他保证道。

"叶池一定会认为,我俩都疯了。"

"我们不告诉她。我们把这当作一个秘密。想想看,当她看见你能重新用四条腿走路时,会有多么惊讶!"

炭爪没有说话。但是松鸦爪知道她的内心里,一朵满怀希望的小花已经含苞待放了。

"好的。"她终于同意了。

"我们明天就开始。"松鸦爪感到十分高兴,"你很快就会痊愈啦。"

炭爪用尾巴蹭了蹭松鸦爪的耳朵:"如果我不被淹死的话。"

… 天蚀遮月
TIANSHIZHEYUE

第九章

松鸦爪睁开了惺忪的睡眼。他能听到叶池在她的窝里伸懒腰的声音。天一定已经亮了。巫医坐起身，打了个哈欠。松鸦爪正等着她像往常一样，离开巢穴去排便处。

松鸦爪窝里的苔藓触着他的鼻尖儿，他忍不住打了个喷嚏，接着闻了闻空中的气味。空气又干燥，又暖和，一定是出太阳了。外面的天气真好，正适合带炭爪去湖里。松鸦爪离开自己的窝，努力把心里涌起的疑虑压下去。就算游泳不能完全治愈炭爪的腿伤，但也能向叶池证明，自己没有放弃治疗任何一只猫。

"松鸦爪？"炭爪呼唤道，"叶池已经出去了。"她的声音听起来很紧张，"但是她可能马上就会回来。或许我们应该换个时间去游泳。"

"只要我们动作快，完全可以在她回来之前离开这儿。"松鸦爪也很紧张，不过他不想放弃，"我们必须按原计划来。"

炭爪顺从地叹了口气。当她挣扎着站起来的时候，她的窝里发出沙沙的声音。"哎哟！"

"你的腿只是有些僵硬罢了！"松鸦爪安慰着她。

猫武士

"我能吃一点儿罂粟籽吗？好减轻点疼痛。"炭爪恳求道。

"不行！"松鸦爪语气异常坚定，"罂粟籽会让你昏昏沉沉的，如果你真的要学习游泳，就要调动你全部的精力和智慧。"

炭爪沉默了一阵，然后才异常坚定地说道："好的！"

松鸦爪来到炭爪身边，紧靠她的肩膀，好让她能倚靠在他的身上。炭爪的身子出奇的重，松鸦爪使出全身力气，撑着她朝巢穴外面一步一步地挪动着。

走出黑莓屏风遮掩着的入口，松鸦爪看了看空地，闻了闻空气，又竖起耳朵听听有没有什么动静。松鼠飞带着困意从荆棘通道走了进来，她一定是刚值完夜。"别动！"松鸦爪提醒道。他俩一动不动地站在原地，直到松鼠飞走进了武士巢穴。

她是去通知别的猫来替换她了，在这一小段时间里，入口没有猫警戒。黎明巡逻队不久就会返回，过一会儿叶池也会从排便处回来。

"来吧。"松鸦爪向前推着炭爪，他俩踉踉跄跄地穿过空地。每次炭爪跌倒，发出痛苦的低吼时，松鸦爪的心都像被狠狠地揪了一下。他接着催促她快走，祈祷她能一直勇往直前，而且没有猫听到她发出的声音。他俩刚走到荆棘屏障跟前，就听到荆棘丛里开始沙沙作响。

松鸦爪闻闻空气，顿时怔住了。"叶池来了！"这位巫医正从荆棘屏障远端的排便处返回。松鸦爪将炭爪的身子紧紧压在布满钩刺的荆棘上，又用尾巴封住了她的嘴巴。叶池拖着脚步穿过

空地，返回了巫医巢穴。黑莓屏风在她身后合上后，松鸦爪领着炭爪飞速钻进荆棘通道。"你刚才做得很好。"他鼓励着她。

"我又没什么其他选择。"她低声咕哝道。

等他俩走出营地，炭爪已经累得气喘吁吁了。他们抵达森林后，松鸦爪就让她休息一下。在这里，营地的岗哨和巡逻队都不会发现他们。

"你歇一会儿吧！"他说道。

炭爪放松地坐了下来："你要去哪里？"

"去找一条最佳路线。"松鸦爪小心翼翼地向前走着，看脚爪下有没有湿滑的叶子，检查有无掉落的枝条挡在路上。炭爪已经受了太多苦，他想让她的这次旅程尽可能容易些。

松鸦爪回来时，炭爪正侧着身子在地上躺着，但是呼吸却很舒缓。他嗅闻着她的腿，用鼻尖儿碰了碰她的皮毛。她的体温并不高，腿部的肿胀也没有恶化。

"你的腿恢复得不错。"他说道。

"可我感觉不到它。"炭爪呻吟道。

"你就假装我们正要去救一只落水的幼崽。"松鸦爪建议着。

炭爪抬起了头。

"你不应该让区区一条伤腿，阻挡了你前进的脚步。"

炭爪慢慢地坐起身来："决不会的！"

这才像我认识的炭爪！"那么，走吧！"松鸦爪再次贴紧她的身体，尽可能地为她分担身体的重量。

炭爪抽动着胡须,弄得松鸦爪的脸颊痒痒的:"一只瞎猫向导!"

"我敢打赌,你以前肯定没想过会这样。"听了她的玩笑话,松鸦爪感到非常高兴。

走出森林之后,爪子下的地面变成了平整湿滑的草地,他们一路连滚带爬地下了斜坡,朝湖边前进。

"你确定,这样做不会让我的伤势加重?"当他俩第三次滑倒时,炭爪咬着牙挤出一句话。

"我向你保证,所有的付出都是值得的。"松鸦爪真希望自己的话最终能应验。游泳真的管用吗?星族啊,一定要保佑我成功!

松鸦爪终于扶着炭爪来到湖滩上,微风拂动着他们的皮毛,爪子下的鹅卵石吱嘎作响。

"今天的湖水好美啊!"炭爪深吸了一口气,"风在水面泛起涟漪,看起来就像柔软的皮毛。"

松鸦爪小心翼翼地走向前去,做好随时蹚进水里的准备。然而从昨天开始,湖面就一直在下降。昨天在这儿,他差点儿就把自己的树棍弄丢了。想到这儿,他一阵后怕。接着水波突然拍打着他的爪子,他立即跳了回去。

"水很冷吗?"炭爪担心地问。

"不是太冷。"松鸦爪脊背上的毛微微动着。他不得不跟炭爪一起下水。除了这么做,他还有什么办法可以让她相信,这其

天蚀遮月

实没有什么好担心的呢?松鸦爪紧张地试探着进入水中,走出了一条尾巴的距离。湖水打湿了他腿上的皮毛,他竭力不让自己露出厌恶的表情。他喊道:"快下来啊!"

炭爪一瘸一拐地跟着松鸦爪,溅起了水花。"现在该干什么啊?"她在松鸦爪的身边停下来,问道。

"一直向前走,直到爪子触碰不到石头!"

炭爪的毛竖了起来:"你说得简单!"

"本来就很简单。"松鸦爪想起自己被洪水冲出隧道后,挣扎着游回岸边的情景——恐怖的水流不停地将他往水下拉去,最后他拼尽全力才浮起来。"你会知道怎么做的。"他向炭爪保证道。毕竟,他最终还是想办法让自己浮在了水面上,不是吗?

炭爪紧紧地贴着松鸦爪的身体,吓得瑟瑟发抖:"我做不到。"

松鸦爪试着想象炭爪看到的湖泊,他脑海里出现的却是一片茂密的林地,翠绿的蕨叶围着一只灰色母猫。炭毛坐在旧营地里的巫医巢穴里,在她的头顶,夜空中繁星点点。"只要能成为一位武士,我愿意做任何事。"她注视着星空,低声说着。

松鸦爪眨眨眼睛,眼前的幻象消失了。他问炭爪:"你想成为武士吗?"

炭爪毫不犹豫地回答道:"当然。"

松鸦爪已经无需多说了。炭爪正朝湖泊深处走去。当湿漉漉的皮毛粘在身体上时,她倒吸一口气,尖叫道:"你说这水不冷!"

"你会慢慢适应的!"

"水正在使劲地拉扯我的皮毛!"炭爪大叫道。

"你好几天都不用洗澡了。"松鸦爪开着玩笑。他希望炭爪没听到自己在不住地颤抖。

"水没过我的背部啦!"

"继续向前走,但是要慢一点儿!"

"水把我的皮毛都浸湿了,我觉得自己重得像一块石头!"

松鸦爪听到她在水里扑腾。她不会真的被淹死吧?

"我踩不到湖底了,救命啊!"

松鸦爪劈开波浪冲了过去,水很快就淹到了他的胸口。"炭爪!"他感觉血液灌满了耳朵,"快回来吧!"

他听到炭爪胡乱地拍打着水面,水花溅到了自己的鼻子上。"我该怎么做?"炭爪焦急地喊道,结果湖水一下子冲进了她的嘴里。

"继续蹬你的腿,不要停!"松鸦爪吼道,"就当你正在地面上奔跑!用尾巴保持平衡!"无论如何,要让鼻子一直保持在水面以上!他在心里默默说道。

炭爪扑腾的声音突然停止了。

"炭爪!"

没有回答,只有水波拍打湖岸的声音。难道她已经被卷进湖底了?

"炭爪,你没事吧?"松鸦爪更加绝望地大喊起来。

"我正在游泳!"炭爪的回答让他放下心来,他长舒了一口

气。

"真的吗?"

"你这话是什么意思?什么叫'真的吗'?"炭爪责备的声音刚落,一道水波再次冲进嘴里,她又咳嗽起来。

"继续挥动爪子!"松鸦爪催促道。

"我正在挥动!"炭爪嘟哝着,"真的很有效,我浮起来啦!"她再次咳嗽起来。

"专心游泳!"松鸦爪命令道。他听到炭爪沿着湖岸朝前游去,四肢有节奏地拍打着水面。松鸦爪水花飞溅地穿过浅滩,和她保持平行。

突然一声怒吼从岸上传来:"炭爪,你在干什么?"松鸦爪吓得僵住了。

叶池正站在岸边喊。

"我在游泳啊!"炭爪掉头朝岸边游去。她皮毛湿漉漉地走上浅滩,来到松鸦爪身边:"是松鸦爪教我的!"

松鸦爪耷拉下耳朵,等待着叶池的训斥。可是叶池的目光却让他感觉全身暖烘烘的。她只是好奇,并没有生气。

"继续游。"叶池催促着。

"我猜测湖水可以支撑起她的身体,"松鸦爪试探着说道,"这样一来,她锻炼伤腿的时候,伤腿就不用承受那么大的重量了。"

"那你的腿现在感觉怎么样?"叶池问炭爪。

当然。

你想成为武士吗?

你说这水不冷!

水正在使劲儿地拉扯我的皮毛!

你会慢慢适应的!

你好几天都不用洗澡了。

水没过我的背部啦!

炭爪正向湖泊深处走去。

我踩不到湖底了,救命啊!

松鸦爪听到她在水里扑腾。

"炭爪！快回来吧！"

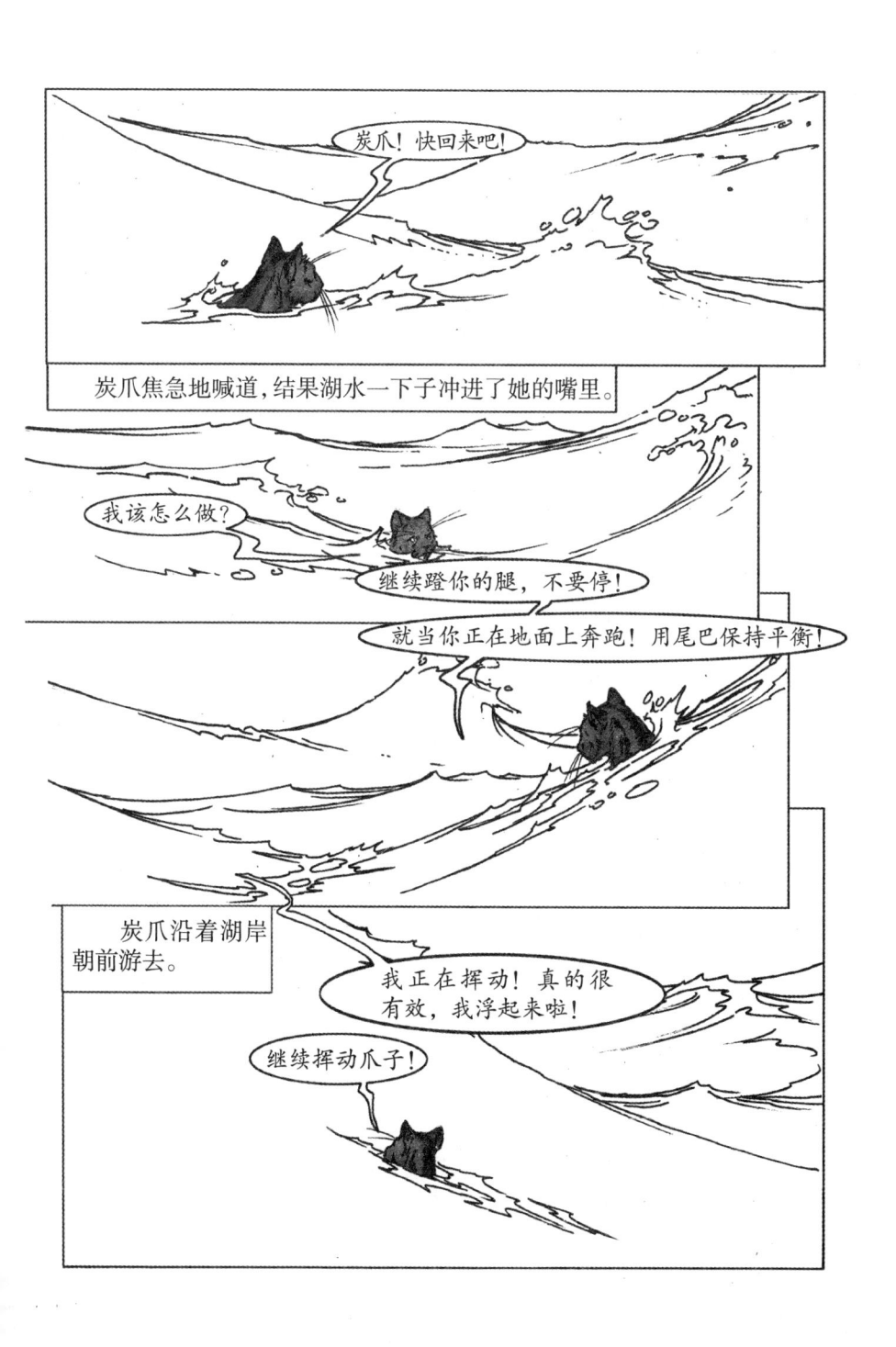

炭爪焦急地喊道，结果湖水一下子冲进了她的嘴里。

"我该怎么做？"

"继续蹬你的腿，不要停！"

"就当你正在地面上奔跑！用尾巴保持平衡！"

炭爪沿着湖岸朝前游去。

"我正在挥动！真的很有效，我浮起来啦！"

"继续挥动爪子！"

猫武士

"它还在疼,"她说道,"但是没有我在地上行走时那么疼,已经好很多了。"她又朝湖里走去,"我可以再练习一会儿吗?"

没等叶池回答,炭爪就又跳了进去。

叶池朝松鸦爪走去,爪子下的鹅卵石咯吱作响。"你做得不错!"她低声说道。

松鸦爪低下了头:"炭毛没能成为武士,但炭爪可以的。"

叶池用尾巴蹭了蹭松鸦爪湿漉漉的腹部:"但愿如此。"她的声音变得轻松起来。"炭爪,你还是上来吧,省得待会儿你累得走不回营地。"她转向松鸦爪,"扶她回去时走慢些,然后好好休息一下。今天是月半,晚上我们还要去月亮池。"

松鸦爪费力地向上爬着,爪子在光滑的石头上抓抠着。再往上爬几条尾巴的距离,我就能抵达山谷了。他感到爪子疼痛无比,重得像一块石头,脑袋也累得嗡嗡直响。遵照叶池的指示,他费尽力气,小心翼翼地带着炭爪回到了营地。族猫都围了上来,看到炭爪湿漉漉的皮毛,都异常惊讶。

"你湿透了!"栗尾说道。

冬青爪走到朋友身边,担心地问:"你掉进湖里了吗?"

"我去游泳啦!"炭爪自豪地告诉他们。她走起路来还是一瘸一拐的,不过现在她已经不需要帮助,可以独自行走了。

"游泳!"冬青爪听起来非常吃惊。

"她每天都要去游泳,锻炼她的腿。"松鸦爪解释道。他带

天蚀遮月
TIANSHIZHEYUE

着炭爪离开闹哄哄的空地，回到她自己的窝里。

"谢谢你，松鸦爪！"炭爪真心诚意地说道，"成为武士对我来说非常重要。"

松鸦爪点点头："我知道。"

"快点儿！"叶池的声音把他从回忆中拉了回来。

松鸦爪爬过山谷边缘时，冰冷的山风扑面而来，拂着他脸上的皮毛。松鸦爪紧跟着叶池，沿着被踩得非常光滑的小路向前走着。像往常一样，爪子下被祖灵猫踩出一个个小坑的石头，依然温暖而舒适。

一路上，青面几乎没怎么说话，叶池也是如此。她和这位风族巫医之间的关系，使得周围的空气紧张得像是正酝酿着一场风暴。青面没有带着隼爪，宣称风族学徒的爪子踩在荆棘上，受了伤。但是松鸦爪却感觉，青面小心地戒备着，就像把自己包裹在荆棘丛中一样。他猜风族巫医这样做，只是为了保护自己的学徒，让叶池没法向他问起风族猫偷猎的事情。

蛾翅、柳爪和小云都感到了气氛的紧张。

"下次我们再来的时候，就是落叶季了。"蛾翅试着转移话题。

柳爪的身体一颤："我会怀念那些温暖的夜晚的。"

"这个绿叶季真不错。"小云说道，"不过半桥那儿一直挤满了两脚兽。它们为什么总是那么吵啊？"

"至少到了落叶季，它们就不会再来了。"蛾翅的语气很轻松。

"这是寒冷季节里为数不多的好处了。"小云回应着。

"小云,你选好学徒了吗?"柳爪非常渴望有新猫加入巫医的队伍。

"我已经想到一只猫了。"小云说道。

松鸦爪等着叶池说些什么。她是否也想招一个一直梦想当巫医的学徒呢?她很清楚,松鸦爪本来想成为武士的。或者她想要一只健全的猫呢?想到这里,他心里泛起一股苦涩的味道。但是叶池依然什么都没说,经过松鸦爪的身边时,只是用尾巴尖儿轻轻碰了碰他的耳朵。松鸦爪感到羞愧不已。有时候,他并不是唯一知道别的猫在想什么的猫。

几只猫沿着月亮池边缘散开了。松鸦爪紧紧地跟在叶池的后面,在一处较远的地方坐了下来。松鸦爪坐在叶池身旁,急切地想把鼻头贴近水面,他想跟星族谈谈那个预言的事。他也想知道,星族是否知道杀无尽部落的消息。星族会跟他解释,杀无尽部落是怎么知道预言的吗?

松鸦爪抬起鼻子,另一只猫抢先说话了。是蛾翅。

这位河族巫医清了清嗓子,说道:"在我们与星族分享梦境之前,我想给柳爪举行一个巫医命名仪式。"

"现在就命名吗?"柳爪十分激动,"哇!我该怎么感谢你呢,蛾翅?"

"你已经通过了考验,"蛾翅温柔地说道,"这都是你应得的。"

"我只想感谢,"柳爪说道,"你真是一位非常棒的老师。"

天蚀遮月

"我希望自己今后也能如此。"

松鸦爪知道，只要这位河族巫医活着，柳爪就将一直是她的学徒。不过，她的新名字会带给她前所未有的尊敬和地位。他抽抽尾巴，叶池到底什么时候才会给他一个正式的巫医名字呢？

但是一个疑问闪现在他的脑海：既然蛾翅不信仰星族，她该怎么举办命名仪式呢？

叶池靠近松鸦爪，胡须蹭了蹭他的脸颊："即使她不愿听从星族的指示，星族也会听到她的话。"

松鸦爪深吸了一口气："你怎么会……"

"我比你想象的更了解你，松鸦爪。"叶池咕哝着说。

松鸦爪走开了。他可不想让老师再猜到他的想法。

命名仪式开始了。蛾翅说道："我，蛾翅，河族的巫医，恳请我的武士祖灵注视这位学徒。她经过艰苦的训练，明白了巫医的责任。她会在你们的帮助下，继续为自己的族群服务。"

这只是他的幻觉，还是星光真的让他的皮毛变暖了？松鸦爪闭上眼睛，进入了柳爪的脑海，她的喜悦立即淹没了他。

"柳爪，你愿意发誓，永远坚守巫医准则，不介入族群间的争斗，公平地保护所有的族猫，即使付出生命的代价也在所不惜吗？"

"我愿意。"柳爪的脑海里星光闪耀。

"那么，我代表星族，赐予你真正的巫医名号。柳爪，从现在起，你就叫柳光。星族以你的忠诚与善良为荣。希望你在未

来的日子里，用它为自己的族群服务。"

松鸦爪听到柳光用舌头舔着蛾翅的皮毛。

"柳光！柳光！"叶池、青面和小云提高声音欢呼道。

"柳光！"松鸦爪也加入他们，兴奋地喊道。

松鸦爪感觉到月亮池泛起涟漪，是柳光的爪子碰到了水面。

"谢谢你，还有大家！"柳光说道，"我所做的所有事情，都离不开星族的指引。我希望他们继续指引我，直到我生命的终点。"

"愿星族真的能那样。"青面低声喃喃着。

"祝贺你，柳光。"叶池亲切地说道。

"干得不错。"小云高兴地咕噜着，说完，躺在了月亮池边，"我敢肯定，星族一定非常想跟你交谈。"他把鼻子贴在水面上，然后就一动不动了。

一阵皮毛摩擦石头的声音传来，其他猫也都随着小云躺下来，开始与星族分享各自的梦境。松鸦爪把肚皮贴在冰凉的石头上时，耳边传来叶池的耳语。

"今晚不要进入柳光的梦里。"她警告道，"让她自己去见星族吧！"

我本来也没打算这么做啊！松鸦爪的心里顿时充满了满足感——叶池并不能解读其他猫的内心。今晚松鸦爪并不想与其他猫分享梦境，他只想独自去见星族，问问他们那个预言的事情。

他将鼻子贴上冰凉的水面，脑海中立即充满了翠绿的颜色，

天蚀遮月
TIANSHIZHEYUE

他已经进入了星族的狩猎场。这里的空气里丝毫没有落叶季的气息，树上全是绿叶，就连灌木也充满了勃勃生机。

众猫在林子里穿行，有的在交谈，有的追赶猎物，还有的只是躺在阳光下。一个橘黄色的身影从远方的蕨丛旁闪过。一只皮毛光滑的虎斑猫正在给一只玳瑁色的猫整理皮毛。一只黑白条纹的猫追着一只猎物穿过高高的草丛。松鸦爪一只猫也不认识。他们应该是其他族群的祖灵吧？松鸦爪不安起来——他只想跟自己认识的猫聊聊。

松鸦爪发现前方的高草丛里闪出一个身影，心中顿时燃起一丝希望。接着他却叹了口气，那个身影是小云的，他从没想过会在这里遇上小云。他正准备转身离开，却看到一只灰白相间的小个子公猫正朝这位影族巫医跑去。他的皮毛上有着一道道蓬乱的灰色条纹。他一定是影族祖灵！

小云朝他低头致意："奔鼻你好！"

这只公猫眨眨眼睛作为回应，他抽着鼻子，鼻头闪着亮光。

他俩没有碰鼻致意，我可一点都不感到奇怪。松鸦爪溜到一棵树后仔细聆听着。他知道，很久以前，奔鼻是影族的巫医。多糟的巫医，才会连自己的感冒都治不好呢？

"影族怎么样呀？"奔鼻问道。

小云犹豫了。松鸦爪发觉，他正在想自己该如何回答这个问题。

"猎物还够吃吗？"奔鼻追问道。小云一脸的忐忑，不停地将身体的重心，从一只爪子换到另一只爪子。他看着小云，眯起了眼睛。

"猎物还算充足。"小云回答。

"两脚兽还经常骚扰你们吗？"

小云摇摇头。

"褐皮的幼崽们怎么样了？都很健康吧？"奔鼻坐下来，看到小云低头盯着自己的爪子，他的脸上明显露出了疑惑的神情。"出什么事了？"他盘问道。

"是黑星！"小云一下子喊出了自己族长的名字，回过头不安地望望身后。他将声音放得很低，松鸦爪不得不竖起耳朵，才能听到接下来的话。"他变得很……"小云在脑海里拼命地搜索着合适的词语，"……很遥远。"

"遥远？"奔鼻重复了一遍，"你是说黑星离开影族了？"

"不是！"小云听起来似乎有些恼火，"遥远，就是无法看清的意思。他让黄毛召集起所有的巡逻队，还说了些事情。"小云甩了甩尾巴。

"什么事情？"

"他说，他怀疑星族根本就不是那个意思，根本没想让我们在湖边生活！"小云脱口说道。

奔鼻的眼神变得暗淡下来："看来你的担忧是正确的。"

"真的？"

"黑星已经失去了信仰。"奔鼻说道。

天蚀遮月
TIANSHIZHEYUE

小云使劲地抽动着耳朵:"怎么变成这样的?他的心里一直充满了信仰。"

"为什么、怎样发生的并不重要。"奔鼻伸出爪子,擦了擦鼻子,"重要的是帮他重新找回信仰。"

"可我要怎么做呢?"小云听起来非常沮丧,"我能做什么呢?"

"帮他重新找回信仰。"奔鼻又重复了一遍。这只老公猫的身形开始逐渐消退,和他周围的森林一起失去了色彩。

"帮帮我啊!"小云乞求道。然而整片森林都已经无影无踪了。

松鸦爪睁开盲眼,发现自己又回到了黑暗中。他站起来,心情变得很糟糕。黑星变成了鼠脑子跟自己有什么关系?如果影族真的是由一只又老又傻的猫领导,那不是更好吗?

叶池在他身边醒了过来。"你梦到什么了吗?"她小声问道。

"没有。"松鸦爪回答着,仍感到心情很差,"没什么要紧的事。"

第十章

森林深处传来了狐狸的尖叫声。那个声音在营地周围不断回响,一直闯入了冬青爪的梦乡。她的身体动了一下。"不许进隧道。"她低声喃喃道。

"怎么了?"狮爪滚到她的身边,但是冬青爪没有回答,她又睡着了,再次进入了梦乡。

一条隧道在她的眼前延伸,最后消失在阴影里。暗河在她的身后咆哮着,流动着。一阵重重的脚步声传进隧道,向她走来,爪子摩擦着岩石地面,发出诡异的响声。冬青爪的鼻子里全是狐狸身上的臭味。她看到阴影里冒出一个身影,双眼在黑暗中闪光,吓得她浑身的毛竖了起来。是狐狸!冬青爪赶忙向后退,直到后爪踩进湍急的河水才停下来。那个身影继续向前走,双眼直视着前方,直到完全进入到暗光之中。

原来是狮爪。

一只爪子搭在冬青爪的肩膀上,她吓得跳了起来。

"冬青爪?"蕨毛站在她的窝旁。整个巢穴里漆黑一片,只有一点微弱的月光透过紫杉树枝照进来。"你还好吧?"

天蚀遮月

冬青爪浑身颤抖着,皮毛滚烫,心里惊慌。"原来只是个梦!"她的心情终于放松下来,就像沐浴在冷风中一样。

"你做梦的时候,就不能安静一些吗?"狮爪在她的身旁嘟哝着,"你打呼噜的时候,我正在参加午夜巡逻。"他翻了个身,将口鼻埋在爪下。

"冬青爪,现在轮到你去巡逻了。"蕨毛轻轻地说道。

狐爪和冰爪回到窝里,很快进入了梦乡。

"天亮了吗?"冬青爪问道。她揉着眼睛,想把眼中的睡意赶走。

"过一会儿才会亮,"蕨毛小声说道,"我们要参加的是黎明前的巡逻。"

频繁的巡逻,已经动用了雷族的全部力量,武士和学徒都变得十分疲累。不过,这样做的效果也很明显,好几天都没发现擅闯雷族领地的猫和盗猎者的踪迹了。冬青爪伸了个懒腰,跟着老师走出了巢穴。因为没睡醒,她的爪子还有些麻木。即使清晨的寒意,也无法驱散她浑身的倦意。

皎洁的月光照亮了整个营地。刺掌坐在空地上,用爪子按住尾巴,清理着尾尖。

栗尾在他周围来回踱着步子。"天气太冷,根本坐不住!"她抱怨着。

"绿叶季还没结束呢,以后还会有暖和的夜晚的。"蕨毛安慰着她,走过去跟她蹭了蹭鼻子。

"冬青爪醒了吗？"刺掌问道。

冬青爪从黑影中走出来："差不多吧！"

"很好。"这只金棕色虎斑猫站起身说道，"我们可以出发了。"

一声轻微的尖叫从育婴室传来。"狐狸走了吗？"小玫瑰不安地问道，"我刚听到它的叫声了，好像离我们很近！"

"亲爱的，它在远处的森林里呢。"黛西安慰着她，"现在马上回去睡觉！"

巡逻队排成一列走进森林，冬青爪紧跟在蕨毛的身后走着。树木遮蔽了天空，森林里漆黑一片。他们爬上斜坡，朝风族边界走去，冬青爪不小心被树根绊倒了。

蕨毛回头望望她："你的爪子还没睡醒吗？"

"走一会儿就好了。"她保证道。

他们开始朝边界上的小溪前进，离目标越来越近时，他们的速度才慢了下来。带队的栗尾用尾巴示意暂停前进，她抬起鼻子，闻了闻空气："这里没什么特殊气味。"

刺掌爬下溪岸，冬青爪听到他在灌木丛下方搜寻着，发出沙沙的声响。然后他探出头来，皮毛上沾满了叶子："没什么发现。"

巡逻队安静地穿过森林，循着边界处的小溪往前走着。蕨毛钻过一片蕨丛，摇了摇头："没有发现。"

刺掌在一棵橡树的根部留下了气味标记。

天蚀遮月
TIANSHIZHEYUE

"我们沿着溪流的方向走出森林。"栗尾决定道,"这样我们就可以沿着荒原的边界重新留下标记。"她带领大家走出森林,再次沐浴在月光下。山腰闪烁着神秘的白光,荒原和森林都是一片死寂,冬青爪吓得全身的毛都竖了起来。

"好安静啊!"她低声嘟哝着。

"黎明马上就要降临了,"蕨毛说道,"鸟儿很快就会醒来。"

这时,一阵微风吹过,石楠丛发出沙沙的声响。

"刺掌、蕨毛,你俩负责重新设置气味标记。"栗尾命令着,"冬青爪和我去周围巡查,看看是否有风族猫的气味。"她朝冬青爪点点头,"跟我来!"

冬青爪跟着这只玳瑁色母猫走下斜坡,她那尚未完全恢复的爪子,在粗糙的草地上不停地打滑。栗尾用尾巴示意她继续前行,接着又爬上了斜坡。冬青爪只好费力地穿过石楠丛,一丛接一丛地嗅闻着沿途的灌木。她沿着起伏的地面,穿过一处洼地,然后爬上一个小山丘。边界就在这里,雷族设立的气味标记明显比风族的强烈,风族似乎已经对这条边界不怎么关心了。风族猫一定正忙着在森林里狩猎。

冬青爪注视着远处的山坡,它隆起的样子就像一只巨大的背对着蓝天的猫。山坡一直延伸到地平线上,在曙光的映照下,闪烁出奶油般的光芒。接着奶油色变成了黄色,太阳开始冲破黑暗,赶走沉寂,很快给山顶披上一层轻柔的粉色面纱。

天空终于亮了起来,冬青爪看到山顶上现出一个黑色的身

影。她眯起眼睛，拼命想看清黑影是什么，但最终却连它的大小都没看清。当光线照亮整座山峰后，她终于认出那是一只猫科动物——它的口鼻很尖，背部又长又滑，尾巴卷曲着，尾巴尖毛茸茸的。此时它正高傲地扬起头颅，神态庄严地凝视着下面的湖，宽大的耳朵高高地竖着。

冬青爪不由一愣："狮子！"

"狮子？"栗尾冲到她的身边，四处张望着，"在哪里？"

冬青爪用鼻子指了指山坡上那一动不动的身影。

栗尾摇摇头："只是一只猫。"她又不太确定地对冬青爪说，"它身体强壮，毛很长，看起来不像风族猫。"

冬青爪眨眨眼睛，觉得栗尾说得对。不过刚才确实有那么一阵子，它看起来非常像狮子。冬青爪还是幼崽的时候，就在育婴室里听过狮子的故事——它们体形庞大，凶猛残忍，跃起时像一团火，可以打败任何敌对者。

"我们已经重新设置完标记了。"蕨毛在树丛里喊道，"我们赶紧回去吧，这样黎明巡逻队才能出发。"

栗尾转身冲到蕨毛身边。冬青爪收回了视线。那只怪猫仍然在一动不动地注视着湖面。难道它在观察他们吗？

"冬青爪觉得她看到了一头狮子。"在回营地的路上，栗尾把这件事告诉了蕨毛和刺掌，"就在荒原上。"

"狮子？"蕨毛的眼睛闪出难以相信的神情，他打趣道，"你确定你不是在做梦？"

天蚀遮月
TIANSHIZHEYUE

"我没有！"冬青爪辩解着，"它看起来的确很像狮子。"

"嗯，它的长相确实很奇怪。"栗尾点头表示同意，"不过可以确定的是，它不是风族猫。"

"只要它不越过我们的边界，管它是什么！"刺掌低声咆哮道。

冬青爪走进营地，看到炭爪正小心试探着走出巫医巢穴。她一瘸一拐地穿过空地，朝荆棘通道走去。

冬青爪凑到她跟前问道："你要去哪儿？"

"去游泳。"

"就你自己去？"冬青爪惊讶地问道。

"松鸦爪在忙着整理草药，叶池说如果我走慢点儿，自己去没问题。"

冬青爪注意到，炭爪说话时已经不再疼得大口吸气了："你感觉好些了吗？"

"好很多了。"炭爪停下来伸着腿。她那条伤腿因为紧绷而颤抖着，不过她并没有退缩。

"我能跟你一起去吗？"冬青爪问道。

"你不累吗？"

"现在不累了。"荒原上的那头"狮子"早已让她困意全无。

炭爪高兴地发出咕噜咕噜的声音。"真高兴能有你陪着！"她又用余光瞥了瞥冬青爪，"你想让我教你游泳吗？"

冬青爪想象自己抖动着冰冷潮湿的皮毛，真的打了个哆嗦："不用了，谢谢！"

她俩一前一后地穿过荆棘通道。太阳已经升了起来，照得森林里暖洋洋的，鸟儿也在林间鸣叫。森林早已褪去了绿叶季初期清新稚嫩的绿色，换上了冬青爪喜欢的荒凉凌乱的模样。在树林之下，低矮的灌木蔓延到了小径上，大树的树根处冒出纤细的幼苗。此时的森林比以往任何时候都更加丰富和茂盛。

爬上通往湖边的斜坡时，冬青爪放慢了脚步，这样，炭爪才能跟上自己。

"你看到蜜蕨跟在莓鼻后面时脸上的神采了吗？"炭爪问道。

"看到了！"冬青爪回应着，"所有猫都认为，莓鼻是星族送给雷族的礼物！"

"她难道看不到莓鼻是个专横跋扈的自大狂吗？"

"我想她迷恋莓鼻，就跟莓鼻自恋的程度差不多。"

"看来蜜蕨是真的喜欢他！"炭爪抽抽胡须，"这倒提醒了我！你注意到桦落和白翅舌抚时有多么亲密了吗？"

"育婴室马上就会变得拥挤不堪了！"冬青爪咕噜道。

"米莉生下幼崽后，不知道育婴室还有没有地儿！"炭爪说道，"叶池说，她至少怀了三只幼崽。"

"米莉给他们取名字了吗？"冬青爪想知道，炭爪待在巫医巢穴里的时候是否听到些小道消息。

天蚀遮月

"叶池说,得先看到幼崽的样子才能取名字。"

"这么说,我当初一定是个毛毛躁躁的幼崽。"冬青爪开着玩笑。这种随心所欲的聊天真不错,感觉又回到了知道那个预言前的日子。自打从山里回来,冬青爪第一次感到,自己又是位普通的学徒了。

但实际上她已经不是了。冬青爪顿时心生嫉妒,炭爪可以永远这样聊天,无需担心自己的力量是否超过所有的同伴。对炭爪来说,她唯一的愿望就是成为武士,为族群做出最大的贡献。

我的目标比她的要高得多,可是我至今仍不清楚,我的目标究竟是什么。冬青爪不禁皱起了眉头。

第十一章

习习的暖风在山谷盘旋着,给营地带来森林里夜的气息。月亮高高地挂在空中,松鸦爪能感觉到,月光正沐浴着自己的皮毛。他动了动爪子,因为等得太久,全身都变得僵硬了。

"你确定不需要我帮忙吗?"松鸦爪透过覆盖在巫医巢穴入口的黑莓丛,轻轻地问叶池。因为他在巢穴里走动时,撞得罂粟籽撒了一地,因此叶池把他赶了出来。此刻叶池正在把罂粟籽收集到一块。

"我可以帮你清理!"松鸦爪说道。

"不用了,谢谢。"叶池回答,"你就竖起耳朵,仔细地听育婴室里的动静吧。"

从日高时分开始,米莉就不安地在巢穴里绕着圈子,焦急地等待生产的阵痛开始,因为叶池警告过她,说幼崽随时都可能生出来。营地里的其他猫都已经睡了,只有灰条一直在育婴室外守着。他的心里充满恐惧与担忧。松鸦爪正竭力不让灰条的这种情绪影响到自己。

米莉不会有事的。

天蚀遮月

育婴室的黑莓屏风一阵颤动，脚步声传过了空地。

"幼崽就要生出来了！"黛西压低声音喊着。

叶池马上冲出巢穴。"跟我来！"她低声命令松鸦爪。

松鸦爪赶忙跟在她和黛西身后，看到她们挤进育婴室，他的心开始紧张得怦怦直跳。

"照顾好米莉！"灰条焦急的吼叫声吓了松鸦爪一大跳，这位武士紧贴着他的皮毛，"如果你不得不选择救哪个，那就救米莉。"

松鸦爪还没回答，思维就飞速地钻入了灰条的记忆深处。一只银色虎斑母猫躺在峡谷底部的血泊中。松鸦爪的心顿时被悲痛占据，使劲逃离了这幅图景。他眨眨眼，发现周围又是一团漆黑，心里才稍微轻松了。

"有叶池在，不会有事的！"松鸦爪答应着，快步钻进了育婴室。他害怕了解灰条心里更多的痛苦，他想，灰条一定非常爱那只银色母猫吧。

米莉喘得厉害。松鸦爪悄悄来到老师身旁，听到米莉发出了低沉的长啸。"她还好吧？"他耳语道。松鸦爪错过了黛西生幼崽，能够再次见证族群新生命的降临，他感到非常兴奋。

"她的状态很好。"叶池回答。

"很好难道就是这种感觉吗？"米莉嘶哑着喊道，"星族啊，快救救……"又一阵痉挛让她说不出话。

小玫瑰和小蟾蜍在巢穴的角落里蠕动着，爪子不停地扒拉着苔藓。

"退回去!"黛西厉声地喝道,皮毛摩擦着他们的身体,把他们往回赶。

"我只是想看看幼崽!"小玫瑰抱怨着。

"那里有血吗?"小蟾蜍尖叫道。

"嘘!"叶池发出嘶嘶的声音。

米莉又开始用力地喘息起来。

"做得很好。"叶池对她说。

"灰条在哪儿?"米莉乞求着。

"他就在外面。"松鸦爪告诉她。

"好。"这轮阵痛停止了,米莉叹了口气,"不要让他进来,至少现在不行。"

叶池用尾巴围住松鸦爪,把他拉近些。"这里。"叶池用嘴轻轻拉过他的爪子,把它放在米莉鼓起的肚子上,"新一轮的产前阵痛就要来了。它就像水流拍打湖岸,一波接着一波,越来越快,越来越猛烈。"松鸦爪摸着米莉的肚子,爪子下时而收紧、时而抽动,对生命降临的期待让他激动不已。

"她的肌肉正在收缩,以便把幼崽推出体外。"叶池解释道,"片刻之后,她也需要用力,帮着把幼崽推出来。"

"现在就要用力吗?"米莉问道。

"还没到时候。"这时阵痛减轻了,叶池把爪子放在松鸦爪的爪子旁边。巫医身上散发出像月光一样的平静,让松鸦爪深受

天蚀遮月
TIANSHIZHEYUE

感动。松鸦爪的心脏跳动得那么快，他觉得所有在场的猫都能听得到。

"现在开始使劲！"新一轮的阵痛袭来，松鸦爪感到米莉浑身的肌肉都收紧了，她不住地颤抖着，使出了全身的力气将幼崽往外推。

"第一只幼崽就要出来了！"叶池鼓励道，"我看见它了。"

米莉再次使劲往出推，松鸦爪随即闻到一种从未闻过的温暖的气息，那是一股清新的麝香的味道。

叶池蜷缩在米莉的尾巴旁。"快看！"她轻声对松鸦爪说。松鸦爪弯下身，嗅到了小生命不断蠕动的湿乎乎的身体。叶池蹭了蹭松鸦爪的脸颊，然后开始舔这只新生的幼崽。"我舔开了它的胎衣，这样它就能呼吸了。"

米莉又喘了起来。

"下一只要出来了。"叶池说道。黛西挤到松鸦爪身边，把第一个出生的幼崽带走了。松鸦爪听到她正舔着小猫湿漉漉的皮毛。"你在给它清洗吗？"松鸦爪从声音判断，怀疑她舔皮毛的方法是错误的。

"这样可以让它暖和起来，还能帮它开始呼吸。"黛西告诉他。松鸦爪探过身子，听到一阵微弱的喘息声，这只幼崽吸了自己的第一口空气。

米莉发出一声低沉的呻吟，另一只湿乎乎的幼崽落在了苔藓上。"快过来！"叶池用鼻子引导松鸦爪靠近她，"舔开胎衣，

把它放出来！"

松鸦爪突然有些紧张，他舔着那个蠕动着的小东西，感觉舌头上黏糊糊的。他小心翼翼地咬起那层脆弱的薄膜，幼崽从里面爬了出来，挣扎着，发出声响。"已经开始呼吸了。"他告诉叶池。

"很好。"叶池说道，"现在你要像黛西那样舔它。"

松鸦爪闻了闻，找到幼崽的头，从尾巴开始舔起来。幼崽湿透了，身体变得有些冰冷。不过松鸦爪舔了不久，幼崽的身体就变得温暖、干燥起来。

米莉在松鸦爪身后扭着身子，使劲伸着鼻子，想去嗅自己的孩子。但是接着她又呻吟一声，跌回到原处。

"又一只出来了。"叶池大声说道。

米莉号叫起来，不过声音轻了许多，好像阵痛减轻了。

"好啦！"当这只小家伙出来时，叶池低声喃喃道，"这是最后一个啦。"米莉转身将小家伙从胎衣中释放出来，她发出了一阵轻松的呼噜，开始舔小家伙湿乎乎的身体。

"一只公猫，两只母猫。"叶池告诉她。

米莉趴回到窝里，依然呼噜着。叶池托起两只小母猫，将她们放在米莉的肚皮上。"她们要吃奶了。"她向松鸦爪解释着。

松鸦爪也把刚清洗完毕的幼崽，放在其他幼崽身旁。幼崽立刻朝母亲温暖的身体拱过去，胡乱摸索着噙住了母亲的乳头。松鸦爪坐回地上，听着幼崽吮吸的声音。他们发出的小小的呼噜声，被母亲米莉激动的叫声淹没了。松鸦爪闻着温暖的奶水味，心头

不由得涌上一丝惆怅。

"生在雷族，是你们的幸运！"松鸦爪对他们耳语道。在这个夜晚，他第一次想起了那个预言。

这时黑莓屏风沙沙作响，灰条走了进来——一定是叶池叫他进来的。他在米莉身边蹲伏下来，松鸦爪听到他轻抚米莉皮毛的声音，感到他放松了下来。

"你有了两个女儿、一个儿子。"米莉告诉他，声音听起来很疲惫。

"他们真漂亮！"灰条温柔地回答道。

米莉挣扎着支起身子，俯身看着吃奶的孩子。"这只小公猫跟你一模一样。"她说道，"刚出生个头就这么大，而且还很壮实。不过他身上的黑色条纹比你的多。"

"他多像一只黄蜂啊！"灰条说道，"我们叫他小黄蜂怎么样？这只深棕色的小母猫可以叫小荆棘。"

"听起来不错。"米莉同意了，"我想给最小的这个叫小梅花。她玳瑁色的皮毛上有白色斑块，特别像飘落的花瓣。"

"小黄蜂、小荆棘、小梅花，"灰条喃喃着，"我亲爱的孩子们，欢迎来到雷族！"

"他们现在一切都好。"叶池对松鸦爪说，"黛西会守护着他们，如果他们需要帮助，她会及时通知我们的。"

叶池轻轻走出巢穴，松鸦爪跟着她沐浴在月光里。在返回巫医巢穴的路上，松鸦爪的心里突然涌起一阵自豪感，为米莉，为

自己，也为叶池。

"你的表现不错。"叶池将鼻子紧紧地贴在松鸦爪的脸颊上，好像知道他此刻的感受。

"谢谢！"松鸦爪舔了舔叶池的耳朵。他早已忘了之前与她的争吵，"这是我经历过的最激动的事情！"

"是啊。"叶池喃喃道。

她的声音里是不是充满了悲伤？松鸦爪感到一丝困惑。叶池显然并不像他那么兴奋。松鸦爪感觉到，自己的爪子像微风一样轻盈，似乎它们随时可以带着自己飞出山谷，飞过森林。也许叶池给无数猫接过生，所以觉得没什么好激动的了。也许她看到那么弱小的幼崽，刚出生就能辨出自己的母亲，一嗅闻到母亲的气味，就会即刻爱上她，所以心里有些嫉妒。松鸦爪试着去想象叶池看到新生命降临时的感受，不知不觉地放慢了脚步。叶池永远无法生幼崽，她难道不会觉得遗憾吗？

松鸦爪睡到很晚才起来。他走出巢穴，来到空地上时，依旧睡意蒙眬。阳光温暖着他的后背，猎物堆散发出阵阵香气。松鸦爪忙了一整夜，早已经饥肠辘辘，于是挑了一只老鼠，大口大口地吃了起来。

"我听说你接生了第一窝幼崽！"冬青爪跑过来，用鼻子蹭了蹭他的脸颊，"真希望我当时也在场！"

"那种感觉真的很棒！"松鸦爪嚼着老鼠肉说。

天蚀遮月

灰条从育婴室走出来,穿过空地。他脸上的喜悦,比阳光还要灿烂。

"恭喜你,灰条!"长尾高喊着。

炭爪看到灰条从学徒巢穴前走过,停下梳洗,问道:"米莉还好吗?"

"她好极了。"灰条回答,"孩子们也是。"

"我真想马上看到他们!"冰爪在空地上兴奋地跳着。

"我们已经看到他们啦!"小蟾蜍自豪地说道,"小黄蜂再长大一点儿,就会跟我一起玩了。"

"他们都非常可爱。"小玫瑰补充道,"尤其是小梅花,她只有那么一点大。"

松鸦爪听到灰条在猎物堆上挑选猎物。

"米莉一定饿坏了。"鼠毛的喊音从长老巢穴外面传来。

"我会找到最好的猎物给她享用。"灰条回应道。

栗尾的爪子抓着地上的泥土:"幼崽们都长什么样子啊?"

"小荆棘是深棕色的,小梅花是玳瑁色和白色相间的,"灰条汇报着,"那只小公猫叫小黄蜂,是灰色的,身上带着黑色的条纹。"

尘毛正在半边石旁梳洗。"至少,他们将来会有正式的武士名号。"他咕哝道。很显然,他一直没忘记米莉拒绝接受武士名号的事情。

灰条没有搭理这位暗棕色虎斑武士,继续在猎物堆里翻找着。

这时火星从高石台上跳了下来。

"你取的名字都很好听！"雷族族长听起来很为老朋友感到高兴。但松鸦爪却察觉到，一阵淡淡的忧伤如同蛛丝一般，在两位武士间蔓延开来，似乎他们的脑海里共享着一段悲伤的回忆。松鸦爪想，这会不会与自己在灰条梦中见到的银色虎斑母猫有关？

"你应该给小梅花起名小尖叫，因为她一出生就叫个不停！"小蟾蜍说道。

"说话别那么难听！"小玫瑰反驳道。两只幼崽扭打在一起，皮毛上沾满了尘土。

"停下，你们两个！"蛛足分开两只幼崽，他严厉的呵斥声在山谷上空回响。

"我们只是在玩儿。"小蟾蜍抱怨着。

"好吧，玩些比较安静的游戏！"蛛足大喊着，"灰条，我可不妒忌你，养两个小家伙就够我受了。"接着他痛得大叫起来，"小蟾蜍，我告诉你玩些别的，可没叫你玩我的尾巴！"

黑莓屏风沙沙地响了起来。松鸦爪吞下最后一口猎物，闻了闻空气。黑莓掌、蜡毛和狮爪走进了营地，径直奔向猎物堆，把捕获的猎物扔在上面。

"黎明巡逻队在哪儿呢？"黑莓掌喊道，"他们早该回来了！"

"都有谁？"蛛足问道。

"刺掌、罂粟霜和桦落。"火星愧疚得皮毛刺痛。他本该早

天蚀遮月

点儿发觉他们还没回来。

松鸦爪集中意识搜寻着整个营地,想发现或者嗅到三位失踪武士的踪迹。

"也许他们去狩猎了。"灰条猜测道。

"要真是那样,他们也应该回来汇报的。"黑莓掌指出。

"森林里现在一定很寂静。"蛛足猜道。

松鸦爪只能闻到三位武士很早以前留下的气味。他将意识投向更远的地方,甚至翻过营地的围墙。如果他们离山谷不远,你就可能接收到他们的想法或感受。他的脑海里浮现出树林、灌木丛,还有自己曾在梦中看到的地形——可是没有自己族猫的任何线索。

突然,他的脑中一片空白,接着,一片黑暗涌了进去,吞掉了他的思绪。寒冷的气息扑面而来,侵入肉体,渗入骨髓。他试着想要呼吸,却被大脑中的空洞感憋得快要窒息了。这种感觉如同洪水,将他淹没在毛骨悚然的深渊中。

然后,这一切都消失了,松鸦爪脑海中重新出现了翠绿、宁静的森林。

松鸦爪大口喘着气,呼吸着清洁新鲜的空气,腹部不停地剧烈起伏着。

"你还好吧?"叶池在他身边坐了下来。

冬青爪上前贴紧他的身体。"他到底怎么了?"她哭叫着。

时间过去了多久?

猫武士

灰条依然站在猎物堆旁，嘴里衔着一只田鼠。蛛足还在赶着小蟾蜍远离自己的尾巴。刚才他脑海中幻象持续的时间，也只有一两次心跳那么长。

"有事情要发生了！"松鸦爪忽然哑着嗓子喊道，"有东西……"一阵恐惧再次占据了松鸦爪的脑海，让他一时无法开口，"一种黑暗而邪恶的东西！"

叶池没说话，此刻她的目光落在正沙沙作响的荆棘屏障上。

"罂粟霜！"火星看到这位年轻武士钻出了荆棘屏障，马上叫着她的名字，接着雷族族长的声音变得尖利起来，"你没事吧？"

罂粟霜满脸惊恐，紧张得说不出话。桦落在她身后，脚步凌乱地走着。松鸦爪把身子向前倾了倾，身上每根毛都竖了起来。通道里传来松鸦爪不熟悉的脚步声和气味，然后一只陌生的公猫走进了营地。

"那是谁？"松鸦爪压低声音问道。

"我不认识。"冬青爪轻声回答。

"他长什么样子？"

冬青爪没回答他，她的注意力完全被这只陌生猫吸引住了。松鸦爪又闻了闻空中的气味。这只公猫的皮毛上有石楠的味道，还有清新的微风和水流的气息。但除此之外，就没有他熟悉的东西了。松鸦爪试着窥探公猫的内心，却发现公猫脑海中有无数的想法和图景——树木、天空、闪电、咆哮的魔鬼，以及几条奔涌向前的绿色大河，令他头晕目眩。这些东西都是一闪而过，松鸦

天蚀遮月
TIANSHIZHEYUE

爪根本来不及看清,就好像在阳光下观察转瞬即逝的水花一样。

他推了推冬青爪:"喂!"

"他……他很高,比火星还高。"冬青爪心烦意乱地说,"他的脸和下巴都很窄,耳朵又宽又大。他的毛比我们长,颜色是深棕色和白色相间的,还有玳瑁色的花纹点缀着,他的尾巴……"她忽然放低声音,"我以前见过他!他就是那头狮子。"

松鸦爪吓得身体一僵:"什么?"

冬青爪的声音更小了:"在荒原上,太阳就在他的身后冉冉升起,他看起来就像一头狮子。"

松鸦爪很想知道事情的来龙去脉,可是火星已经朝这位陌生猫走去。山谷上方的空气都变得紧张起来。

"刺掌!"火星叫着这位资深武士,语气十分严厉,"你为什么要把这只猫带到这儿?这里是我们的营地!"

"我……"刺掌好像得了失语症。松鸦爪察觉到,这位武士的思绪一片混乱,他自己也不清楚,为什么会把这只陌生猫带到雷族领地的心脏地带。对他来说,似乎这样做才是最正确的选择。

"火星。"出乎所有猫的意料,这只陌生猫开口了,"见到你我很荣幸,我一直期望能有机会造访雷族。"他的嗓音深沉,语调却很轻快,似乎充满了诚意。

"他怎么会知道我们呢?"蛛足嘶嘶地问道。

"他是从哪里来的?"叶池深吸了一口气。

"你一直期望拜访我们?"火星重复着陌生猫的话,露出深

深的怀疑,"你到底想要什么?"

"我们想对他做什么?"鼠毛高呼着,"把他赶走!"

"我没想从你这里得到什么。"陌生猫的叫声响彻整个山谷。

火星警觉起来:"那你为什么来到这里?"

"我来是因为时间已到。"

"什么时间?"蛛足大喊。

"前来拜访的时间。"陌生猫回答道。松鸦爪身体一抖。这只猫说话非常简洁,但却饱含力量,他是怎么做到的呢?

火星不安地移动着爪子。

"他讲的全是废话,"鼠毛咕哝着,"让他赶紧滚出去!"

"可他刚来这儿不久!"小蟾蜍兴奋地跳着穿过空地。"你是谁?"他在陌生猫面前停下,问道。

一声戏谑的呼噜声从陌生猫的嘴里传出来:"我是日神。"

黑莓掌快步走上前去。"你和小玫瑰这时应该在育婴室里休息。"他告诉小蟾蜍,"昨晚你一定没怎么睡觉。"

"有什么麻烦吗?"日神问道。

"没有。"雷族的副族长领着小玫瑰和小蟾蜍,来到育婴室门口,看着他们钻了进去,然后对刺掌喊道,"你们在哪儿发现这只陌生猫的?"

"在风族的边界上。"刺掌解释道,"他没有偷窃猎物,也没有尝试闯入我们的领地。他只是在那儿……等着我们。"

"我在等巡逻队。"日神告诉他们。

天蚀遮月
TIANSHIZHEYUE

一只独行猫怎么会知道边界和巡逻队呢?

"为什么?"火星听起来充满了疑惑。

"因为他们会护送我来到这里。"

松鸦爪将心思全放在日神身上,想知道他来这里的真正原因。但他仍然无法透过他混乱的脑海,推测出任何东西。

他的族猫似乎也都被弄糊涂了,疑惑地沉默着。

日神见大家都不说话,又开口说道:"我已经来到这里了。"他用尾巴尖来回扫着地面,"我想雷族一定会欢迎我的。"他的目光像一道光,落在了火星身上,"你总愿意帮助落魄的猫,不是吗?"

火星的毛竖了起来。"我们不会拒绝需要帮助的猫。"他小心翼翼地说道,"可你刚才说了,你并不需要什么。"

"你这是要求我离开了。"日神说道。但他并没有转身离开,而是闻了闻空中的气味,似乎想获取更多的信息。"我可以先见见雷族的成员吗?我走了很远的路,又没有伙伴陪伴,如果我能被允许和其他雷族猫短暂交流一下,我会非常感激。"

"当然可以。"火星穿过空地,"这位是黑莓掌,雷族的副族长。"他的尾巴在空中晃了晃,"那位是叶池,我们的巫医。"

"原来你就是雷族的巫医!"日神听起来很高兴。

"是……是的。"叶池不安地挪了挪爪子,回答道。

"这是刺掌、灰条、沙风和尘毛。"火星飞快地介绍着。

"还有我,冰爪。"这位年轻的学徒向前跳了几步,"他是我的弟弟狐爪。"

"啊,名字里有'爪'字?"日神若有所思地问,"你们正在学习如何成为武士,对吗?"

"没错。"黑莓掌替她回答道,"实际上,现在他们正要开始训练。"他对两位学徒补充道,"你俩的老师不是正在森林里等着你们吗?"

白翅也冲上前去:"是的。冰爪,走吧,我们要进行战斗训练了。狐爪,等松鼠飞狩猎回来,你也要跟着我们一起训练!"

"我们不能待在这儿吗?"狐爪带着哭腔说道。可白翅已经把他俩赶出了营地。

一声尖叫响起,小玫瑰和小蟾蜍从育婴室里跑了出来。

"我想我告诉过你们……"黑莓掌话没说完就止住了。他看到黛西跟在两只幼崽身后,不停地责备着他们。

"我告诉过你们,米莉的幼崽太小了,不能跟你们玩儿,就算拿羽毛逗弄他们,也是不可以的!"这只母猫生气的叫喊突然停了——她一定是看到了日神。

"快点走!"她面露尴尬,轻声喊着幼崽,将他们朝学徒巢穴赶过去,"你俩就在这里玩,不要出声,火星现在很忙!"

"她不是在雷族出生的吧?"日神问道。

蛛足咆哮起来:"她现在是雷族的一分子了!"

"当然了!"日神平静地说道。

蛛足不安地挪了几下爪子:"我的意思是,她是我们中的

一员,本来就是。"

荆棘屏障沙沙地响了起来,松鸦爪闻到了新鲜猎物的味道。是松鼠飞和沙风狩猎归来了。她们看到日神时,都一脸惊讶,不由得放慢了脚步。

"又带回了猎物?"日神看着她们把猎物扔在猎物堆上,好奇地问道,"你们有猎物短缺的时候吗?"

黑莓掌穿过空地,走到松鼠飞身边。松鸦爪没听清黑莓掌与自己伴侣的耳语。只见黑莓掌转身对日神说:"秃叶季的时候,猎物非常稀少,不过我们都活下来了。"

"我明白。"日神赞许地说道。

"也许在你继续上路之前,我们可以给你提供一次猎物。"火星建议道。

日神坐了下来:"我自己会狩猎的。"

"他难道听不懂暗示?"冬青爪轻声说道。

松鸦爪察觉到日神正在热切地看着他。

"族群里居然还有瞎眼猫?"

叶池走到松鸦爪的前方。"松鸦爪是我的学徒。"她不高兴地说道。

"两位巫医!"日神观察着他们,"太棒了!我有件事要说,我想巫医一定会比武士更感兴趣。"

"看来你果然是有目的的!"火星有些不太高兴。

"我只是偶然路过罢了。"日神轻描淡写地说道,"不过既

猫武士

然我来了,还是说了吧。"他停下来,"你们还要我马上离开吗?"

"不!"叶池走上前去,"让他把他知道的事告诉我。"她向火星乞求道。

"这件事不能让太多猫知道。"日神警告道。

"我们可以去树林里说。"叶池建议道。

她一定也感受到了他身上那强大的力量,要不然,她为什么急于和他分享信息呢?

火星犹豫起来。

"好吧。"这位雷族族长终于谨慎地同意了,"让松鸦爪跟你一起去。"

叶池带着日神走出营地,松鸦爪紧随其后。他们走到离营地入口不远处铺满苔藓的空地上,停下了脚步。

"你想告诉我们什么?"叶池看起来很镇静,并没有被他的神秘吓住。

日神蹲伏下来,皮毛中散发着能量。"黑暗就要降临了。"他低声说道。

松鸦爪屏住了呼吸。令人窒息的黑暗?他立刻驱散心头的杂念,他要听清楚这只猫说的所有事情。

"什么意思?"叶池的声音有些紧张。

"一段空虚的时光将要到来,"日神警告道,"在那之后,一切都将不同。"

日神的声音有一种让听者沉迷的魔力,他说出的每个字,似

乎都与远古猫族的智慧有强烈的共鸣。日神的声音变得更柔和,松鸦爪的身体不由自主地靠上前去。

"太阳会消失。"

他的话到底是什么意思啊?松鸦爪使出全身力气,想要读懂日神的话和想法。可它们就像一条滑溜溜的鱼,怎么抓也抓不住。

叶池不安地挪动着爪子:"可是星族没给我任何警示。"

"叶池,"日神叹了口气,"你的信仰的确崇高而尊贵,可你真的认为星族无所不知吗?"

"可是……"叶池竭力反驳,但日神却打断了她的话。

"他们不过是普通猫的灵魂,像你我一样普通的猫。对吧?"

这和我想的一样!松鸦爪惊得毛竖了起来,可他比我勇敢多了,竟敢直接说了出来。松鸦爪想问问日神,他是怎么知道的。难道他见过星族、杀无尽部落,甚至是岩石吗?但是叶池却伸出尾巴尖,在他嘴边蹭了蹭,示意他别说话。

"星族指引着我们做了很多事情。"叶池语气坚定地说道,"我们的森林被两脚兽摧毁之后,是星族给我们找到了新的领地。在未来的日子里,我们会继续信任他们。"

日神坐直了身子。"我只不过是在替族群着想。"他说道。难道叶池刚才的话冒犯到他了?"不过毫无疑问,族群能够自己处理自己的问题,就像以前一样。"

"是的,他们会的。"叶池站起来,朝荆棘屏障走了回去。很明显,她并不在意自己是否冒犯到了日神。

日神慢慢地跟在她的身后。他现在感觉满意了吗？

松鸦爪也开始跟了上去。

"嘘！"

一个嘘声从灌木丛下面发了出来，松鸦爪停住了脚步，闻了闻空气。

是狐爪和冰爪。

"我还以为你们去训练了！"松鸦爪严厉地说道。

两位学徒从藏身处溜了出来，身后的蕨叶沙沙作响。

"是白翅放我们出来练习跟踪技巧的。"狐爪怯生生地回答道。

冰爪却没有露出丝毫的羞愧。"他说的是真的吗？"她尖叫着，"太阳真的会消失吗？"她的身子颤抖着，流露出既激动又害怕的神情，"星族为什么没有提醒我们啊？"

"安静！"松鸦爪竖起耳朵，他担心白翅就在附近，"我警告你们，千万不能把这件事告诉别的猫！"

"但是我们应该警告他们！"狐爪说。

"那你到底更信任谁？"松鸦爪大喊道，"是那只陌生的猫，还是星族呢？传播这样的谣言，只会制造更大的恐慌。你们现在必须像武士一样思考，而不能像幼崽那样幼稚！"松鸦爪祈祷自己的话真能让他们闭嘴。他把他们朝营地的方向赶去。他跟在他们身后，直到"看"到他们钻进了荆棘屏障才罢休。

狮爪马上跑过来跟松鸦爪打招呼，他的身上还残留着森林的

气息。"你弄清楚那只猫的情况了吗？冬青爪告诉我，你在森林里跟他谈话了。"

"是叶池和日神谈话，不是我。"

"他们说了什么？"

松鸦爪竖起耳朵，听到火星正在跟日神交谈。

"我会派一支巡逻队护送你到边界的。"雷族族长说道。

"我们会确保他安全地越过边界。"尘毛站在荆棘屏障处咆哮着。他正在等着和沙风和蛛足一起出发。

松鸦爪察觉到日神正朝他走来，爪子忽然变得滚烫起来。

"喂！"狮爪催促着。

日神身上那微弱而陌生的气息，再次充满了松鸦爪的鼻孔。

"别忘了！"日神经过松鸦爪身边，对他说道，"黑暗即将降临！"

"他说什么？"望着钻进荆棘通道的日神，狮爪再次问道。

松鸦爪强忍着身体的战栗，说道："没什么大事儿。"

第十二章

"为什么你俩还不睡觉啊?"狮爪低声咕哝着,在窝里翻了个身。

自从白翅把冰爪和狐爪送回窝,他俩就一直在黑暗中不停地轻声说话。学徒巢穴里只剩下五位学徒,但声音却似乎比往常更吵了。冬青爪把尾巴盖在两只耳朵上,已经睡着了;炭爪也在她的身旁酣睡。难道冰爪和狐爪就不需要休息吗?狮爪试着让睡姿更舒服些,可是总觉得窝里的苔藓太粗糙了。

"你们俩到底在那里嘀咕什么啊?"他低声问这两位年轻的学徒。

"没什么要紧事儿。"狐爪说道。

狮爪在窝里翻来覆去,感觉苔藓最里面有一颗鹅卵石。或许这就是让他感到不舒服的原因。他把爪子伸进苔藓,摸出那颗鹅卵石,满心期望自己能尽快入睡。

可这时候低语声又响了起来。

"闭嘴!"狮爪嘶嘶喝道。

"不是我们在说话!"冰爪生气地反驳。

天蚀遮月
TIANSHIZHEYUE

狮爪顿时紧张起来。那是谁在低语？他从窝里坐起来仔细听，巢穴外面有东西在动。一个模糊的黑影从巢穴墙上的枝条上一闪而过。狮爪嗅了嗅空中的气味，一股刺鼻的麝香味儿钻入鼻孔。这不是雷族猫的气味。

他突然愣住了。

是风族猫！

他们是来寻求帮助的吗？如果是，为什么要在伸手不见五指的夜晚呢？狮爪悄悄地朝巢穴入口爬去。

"你要去哪儿？"狐爪轻声问道。

"嘘！"

狮爪向外看去，只见几个淡淡的黑影正穿过荆棘通道，轻手轻脚地聚集在空地上。天空中没有月亮，根本看不清他们的真面目。

狮爪不敢相信地眨了眨眼睛：这难道是错觉？

"有猫偷袭！"狮爪尖叫着发出警报，接着冲出了巢穴，砰的一声撞上了一只风族猫。他惊讶地发现，这只看上去如同幽灵的猫，竟然是真的。低吼声和嘶嘶声在他的周围响起，风族入侵者全转向了他。狮爪后腿稳稳地站在地上，快速挥舞着前爪。

接着他四肢落地，蹲伏下来，让入侵者扑了个空，然后趁混乱跳出包围。

这时，雷族武士已经从巢穴里冲了出来，身上的毛夯着，双眼因为震惊而大睁着。冬青爪跟着炭爪飞一般冲进空地，冰爪和

狐爪也紧跟在她们后面。"他们为什么要攻击我们？"

根本没有时间想这个问题了。

"包围空地，消灭入侵者！"狮爪命令道。

一位风族武士朝他扑过来，狮爪一低头躲开了，然后拱起了背，风族猫笨拙地滚过狮爪的头顶，狮爪的转身让他扑了个空。狮爪随即向他的喉咙抓去。

只是瞬间工夫，狮爪已经反守为攻。他狠狠地咬住了风族武士的耳朵，把他甩在地上。我刚才差点儿就把他杀了！狮爪这才意识到，自己的爪子差点就割开了对方的喉咙。"滚出我的营地！"他嘶嘶地吼着，前爪死死摁住风族武士，后爪使劲地抓着他的肚子。否则我要你的命！

风族武士挣脱了狮爪的控制，但是他并没有逃走，而是消失在空地上激战正酣的猫群间。狮爪试图追上他，但风族武士的皮毛一闪，就失去了踪影。

一团白色掠过，云尾晃动肩膀，挤开猫群冲了过来。沙风的皮毛也在战场的另一边熠熠闪光。狮爪认出了栗尾和亮心身上的白色斑纹。白翅正在长老巢穴外面，与自己的学徒冰爪并肩作战，抵抗着逼近的风族武士。育婴室入口外，灰条直起后腿，拼尽全力扑向一只风族猫，巨大的力量将风族猫逼得连连后退，最终这只风族猫低声嘶吼着，逃回了自己的队伍。

亮心从狮爪身边滚过，跟一只不停吐唾沫的风族公猫扭打在一起。

天蚀遮月
TIANSHIZHEYUE

灰条抓住那只公猫，把他从自己的族猫身边拖开，就像扔猎物一样，将他扔到一旁。"快到育婴室去！"灰条咆哮着。

亮心快步滑进了育婴室，去保护猫后和幼崽。灰条把爪子戳在育婴室入口的地上，他怒目圆睁，吓得风族猫不敢靠近。

"狮爪！"蜡毛的喊声从长老巢穴传来，"过来支援！"

狮爪躲过四处乱抓的爪子，飞速穿过战场边缘。白翅和冰爪依然在跟步步逼近的风族武士们恶战，她们的皮毛因为沾上鲜血变成了暗色。

"我们要把长尾和鼠毛转移到高石台上！"蜡毛大吼着，"我来帮白翅和冰爪。"他就地一个翻滚，用后爪猛地推开一位风族武士，"你带领长尾和鼠毛沿着落石堆爬上高石台！"

狮爪瞥了一眼冰爪，她正与一只年轻的风族公猫打在一起。她一下又一下地重击风族猫的耳朵，眼里全是怒火。

"快点儿！"蜡毛尖叫道。

狮爪冲进长老巢穴。长尾和鼠毛正躲在一丛金银花后面，毛竖着，亮出了爪尖。

"你俩马上跟我躲到高石台上。"

"我们应该战斗。"鼠毛不同意。

"你们俩当然可以战斗。"狮爪告诉她，"但是如果我们不用分心来关照你们的话，很容易就能赶走风族猫。"他清楚这么说不对，可眼下实在没时间讲究措辞了，所有猫的生命都危在旦夕。他观察着巢穴入口，发现蜡毛和白翅正打得风族猫节节后退。

冬青爪跟着炭爪飞一般冲进空地,冰爪和狐爪也紧跟在她们后面。

他们为什么要攻击我们?

包围空地,消灭入侵者!

一位风族武士朝他扑过来,狮爪一低头躲开了。

只是瞬间工夫,狮爪已经反守为攻。

滚出我的营地！

风族武士挣脱了狮爪的控制，但是他并没有逃走，而是消失在空地上激战正酣的猫群间。狮爪试图追上他，但风族武士的皮毛一闪，就失去了踪影。

猫武士

冰爪已经击退了那只风族公猫，自己的鼻子也鲜血淋漓。她眯起眼睛，接着朝与白翅作战的风族武士的后腿猛击过去。

他们已经在巢穴外开辟出一条通道，足够长老通过。狮爪转身将鼠毛推出巢穴，然后再推长尾。他守护在他们身边，替他们挡住乱抽的尾巴和乱挥的爪子。他们跌跌撞撞朝通往高石台的落石堆跑去。

快点儿！狮爪心里默默催促着鼠毛。

长尾已经爬上了落石堆，但鼠毛仍在艰难地蹒跚着，她似乎每走一步都很痛苦。狮爪贴紧她的身体，搀扶她向上爬去。

"停止战斗！"火星站在他们上方的高石台的边上，眼睛愤怒地盯着下方。他的吼声像雷声一样，在山谷里不断回响。

狮爪停下脚步，所有的猫都安静了下来，眼睛转向这位雷族族长。

"好大的胆子！"火星怒吼道。

下方的猫群四散开去，露出了一星的身影。这位风族族长居然亲自带领手下发动进攻！狮爪顿时惊呆了。这不是一次普通的冲突，而是一场蓄谋已久的战争。

一星的眼睛里星光闪烁。"我们之所以敢这么做，是因为我们是真正的武士。"他平静地说道，"这场战斗早就该来了。雷族必须知道自己并不是森林里最重要的族群。"

火星一动不动地听着，就像石头一样。

"你眼睁睁地看着其他族群受苦，等着他们过来求你帮忙。

你以为你是谁？星族吗？"一星抽动着尾巴，"我们不会乞怜的！我们是武士！我们要为生存所需的猎物和领地而战！"

火星的眼睛睁大了。"所以你们就来进攻我们的营地？"雷族族长已经怒不可遏。

"我们就是想让你明确地知道，"一星嘶嘶地叫道，"你认为，武士必须救山区猫，援助迷途的猫。但是我们却认为，武士就是要保护自己的族群。"

这话不公平。如果不是火星，现在四个族群还不知道在哪里呢！狮爪把爪子插进松动的石头里，才忍住了扑上去咬断风族族长喉咙的冲动。

火星从高石台上纵身一跃，轻巧地落在地上，然后朝一星走去。两个族群的猫都纷纷后退，为他让出一条路。火星在离一星只有一根胡须的地方停下脚步，凝视风族族长。"如果你想打仗，"火星咆哮道，"我将奉陪到底。"

一星甩了甩尾巴。狮爪的神情紧张起来，他准备在再次开战时，立刻将长尾和鼠毛转移至安全地带。然而令他惊讶的是，风族猫却纷纷转身，涌进了荆棘通道，爪子落地的声音渐渐消失在森林里，荆棘屏障重新安静下来。

"哈！"冰爪高兴地跳起来，"他们害怕了，不敢跟我们打仗！"

尘毛眯起了眼睛。"我总觉得不对劲儿。"他吼道，"为什么他们要在晚上发动突袭，然后又撤退了呢？他们占据上风，我们没有任何防备。"

猫武士
MAOWUSHI

"我们现在并不是没有防备。"狐爪说着，伸开后腿，做了一个曾反复训练过的战斗动作。

"我想派一支巡逻队跟着他们。"火星命令道，"我要确认他们都离开了我们的领地。"

"我去！"尘毛立刻自告奋勇。

火星点点头。"带着桦落、云尾……"他环视着雷族的全体成员。

狮爪向前探了探身子。

"……蜡毛和狮爪，你们也一起去。"

太好啦！狮爪跳下了落石堆。

"有谁受伤了吗？"火星高喊道。叶池和松鸦爪正在武士们中间穿行，他俩的嘴里都叼着草药。

白翅正舔着皮毛上的斑斑血迹。

火星一脸焦虑地望着她："白翅，你怎么样？"

"只是一点儿抓伤。"她说道，"差不多都是风族猫的血。"

"那就好。"火星点点头，"我想让你带一支巡逻队去影族边界看看，弄清楚那里是否一切正常。带着蕨毛和栗尾。"

冬青爪走上前去："我能去吗？"

"可以。"火星同意了，"冰爪，你也跟着他们一起去。"他看了看依然坚守在育婴室入口处的灰条。

"我也一起去吗？"灰条问道。

"不。"火星回答道，"我们需要最强大的武士保护营地，

天蚀遮月
TIANSHIZHEYUE

防止风族再杀回来。除了你，我想不出还有谁能守护住育婴室。"

"黑莓掌！"他转向自己的副族长，"今晚营地入口为什么没有猫进行警戒？"

黑莓掌的眼睛顿时暗淡下来："这些天增加了太多的巡逻队，我们的武士不够用了。"

"马上安排警戒！"火星告诉他，"从现在起，哪怕没有猫去巡逻，都要时刻守住入口。我们只能想方设法少睡一会儿了，挺过这场危机就好了。"

这时，一阵哭泣声从育婴室里传来，灰条身体不由得一僵。亮心从里面探出头来："幼崽们吓坏了，不过都没事。"

小蟾蜍溜到她身边："我想看打仗！"

亮心衔起他后颈的皮毛，将他扔了回去。

"沙风！"火星转身看着他的伴侣说道，"荆棘屏障需要加固，我们要把能找到的荆棘都补进去。我想让大家一起去干。"

沙风点头表示同意。

狮爪跑到营地入口，尘毛和云尾已经等在那里了。蜡毛和桦落随后也走进了队伍。

尘毛甩甩尾巴："准备好了吗？"

云尾点点头。桦落搓着地上的泥土。狮爪兴奋得几乎控制不住自己的爪子，他渴望看到风族猫从边界线上落荒而逃的样子。

"出发！"尘毛转身冲进了森林。狮爪紧随其后，热血在他的耳朵里轰鸣着。

森林中到处都是风族猫的气味,狮爪厌恶地皱起了鼻子。武士?他们只是一群小偷和胆小鬼。或许我们可以在他们抵达边界前抓住他们。他的爪子渴望战斗。他会像上次在山区作战时一样,把风族猫打个落花流水——他们都是一帮骨瘦如柴的盗猎者。

云尾跑到队伍前头,示意巡逻队放慢脚步。他是雷族最优秀的追踪专家,每只风族猫的气味,都逃不过他灵敏的鼻子。他带领大家径直朝边界奔去,他不时停下来,闻闻树枝和叶子上的气味,接着点头示意大家朝下一个气味出现的地方进发。

巡逻队离风族领地上的森林越来越近。云尾在一棵矮小的紫杉旁边停了下来。他闻了闻,竖起耳朵,转头走进一个土坑,闻了闻黑莓丛,眉头皱了起来。最后云尾跳上边界处的溪岸。他张开嘴,深吸了一口气,然后摇摇头,看向自己的族猫。

"你发现了什么?"尘毛问道。

"风族猫在这儿分散开了。"云尾回答道。

尘毛平贴起了耳朵:"他们想干什么?"

云尾用尾巴指了指紫杉树的方向:"其中一支小分队去了那边。"

他们去旧雷鬼路了!狮爪的心中腾起一种不祥的预感。

"第二支去了那边。"云尾又用鼻子指了指湖泊的方向,"还有一支……"

桦落突然插话道:"还有一支?"

云尾望着小溪上游,说道:"对。还有一支小分队朝森林深

天蚀遮月
TIANSHIZHEYUE

处去了。"

狮爪喉头一紧,那里正是地下隧道的入口!

"也就是说,他们全都没有回自己的领地?"蜡毛绕着族猫走着,身上的毛竖了起来。

"我只能辨出这些。"云尾说道,"这也是他们距离边境最近的气息。"

"难道边界线上,一点儿新的风族猫气息都没有?"

云尾摇摇头。

蜡毛眯起眼睛:"他们没沿着这条路往前走。"

"他们一定是从荒原那边的边界回风族的。"桦落猜道。

狮爪希望桦落说的是真的。不过他依然没有忘记上次找到的那个狐狸巢穴。风族猫会不会也发现它了呢?他们是不是通过那里进入雷族领地的?狮爪想马上跑进那个灌木丛,看看那里是否有风族猫的气息。不过他该怎么向大家解释自己的行为呢?

"我们应该返回营地。"桦落提醒道,"风族猫还在我们的领地上。"他用充满忧虑的眼睛,扫视了一下族猫,然后转身朝营地跑去。狮爪紧随其后,云尾和尘毛也跟了上来。随着他们的飞奔,爪子下的地面被践踏得不成样子。

"火星!"尘毛冲过荆棘通道,高喊着雷族族长的名字。

看到营地里和离开的时候一样,狮爪终于松了一口气。狐爪正在把荆棘递给亮心,亮心把荆棘展开,补到荆棘屏障里。蛛足从巫医巢穴后面拽出一大堆树枝,莓鼻和蜜蕨忙着把泥巴和叶子

压在屏障底部,这样它就会更牢固了。灰条从育婴室走出来,身上的毛仍警惕地竖着。鼠毛和长尾正蜷缩在高石台上。

火星的目光犀利地扫向他们。"风族猫离开了吗?"他之前一直站在被月光照亮的空地中央,跟黑莓掌交谈着。

尘毛摇了摇头。

"什么?"火星的爪子深深扎进柔软的泥土里。

"他们分成三支小分队,突然消失了。"

灰条从育婴室匆匆跑了过来:"你是说,他们分头行动了?"

"他们一定是想分散我们的力量,好削弱我们的战斗力。"黑莓掌吼道。

"他们进攻营地,只是想引起我们的注意。"火星推断道,"他们的最终目的,是将我们赶出森林。"

"如果他们分头行动,他们自身战斗力也会减弱的。"尘毛有些疑惑。

"但是他们可以袭击我们,这也是他们的优势所在,"灰条低声喃喃道,"他们知道我们会追上去。"

"而我们不清楚他们的藏身之处。"尘毛补充道。

亮心放下修补屏障的活儿,走进了空地。蛛足、莓鼻和蜜蕨也跟了过来,他们的耳朵都竖着,尾巴紧张地甩来甩去。

"我们知道他们的去向。"云尾说道,"一支小分队朝领地旁边的山上去了,第二支往下朝湖边去了,第三支好像折返回来,朝两脚兽废弃的小道方向走了。"

"看在星族的分上,他们是怎么知道行进路线的?"尘毛百思不得其解。

火星皱了皱眉:"他们好像比我们想象的更了解雷族的领地。"

"这不可能。"黑莓掌坚持说道,"我们的巡逻队一直在阻止他们跨过边界!"

狮爪默默地听着,肚里一阵翻腾,脑海里浮现出这样的画面:风族武士每晚从狐狸洞里钻出来,绕过巡逻队的视线,进入雷族领地的心脏区域寻找作战地点。

荆棘屏障摇晃起来,白翅冲进了营地:"影族边界没看到什么!"

蕨毛和冬青爪跟在她身后跑了进来,冰爪和栗尾紧随其后。

火星看着他们说:"风族猫分开行动了,现在还在我们的领地上。"

冬青爪惊得瞪大了眼睛。

"他们没离开?"栗尾倒吸了一口凉气。

"是的。"火星走进了空地,"我需要三支战斗巡逻队出去搜寻他们;第四支巡逻队留在这里,保卫营地。"他转头看向自己的老朋友,"灰条,守护营地的重任就交给你了。"

灰条点点头。

"我会领导第一支战斗巡逻队,黑莓掌,你领导第二支,尘毛领导第三支。"

猫武士

所有的雷族猫都聚集在他们的族长身边。叶池和松鸦爪也站在巫医巢穴外面,聆听火星的指示。火星扫视着每张不安的面孔,承诺道:"雷族会守住每寸领地的。蜡毛、狮爪、莓鼻、蛛足、罂粟霜,你们跟我一起出发。"接着他转向黑莓掌和尘毛,"你们自己决定巡逻队的成员。叶池、松鸦爪跟猫后和幼崽们一起留在营地。亮心、白翅,你们跟他们待在一起。炭爪、香薇云和冰爪,你们也一样。"

炭爪看起来想要争辩,但最终还是忍住了。

可冰爪就不像她那么聪明了。"可是我……"她开始抱怨。

火星狠狠地瞪着她:"难道你认为,幼崽和长老不值得我们守护?"

"当……当然不是了!"冰爪退了回去。

尘毛和黑莓掌开始组建巡逻队,用尾巴示意被选上的猫站出来。雷族猫如同遇到岩石的水流,分成两队围在两位武士身边。

"大家都准备好了吗?"火星问道。

黑莓掌召唤来鼠须和榛尾,然后点了点头。

"我呢?"狐爪问道。

"你当然要跟我们在一起。"站在尘毛身边的松鼠飞对他说道。

这位学徒连忙跑向自己的老师。

"我将直奔边界附近的森林。"火星宣布道。

狮爪竖起了耳朵。他究竟有没有机会去察看一下那个狐狸洞

呢？或许自己可以趁机把它封死。

"黑莓掌，"火星继续说道，"你去影族边界处，看看那个废弃的两脚兽巢穴。尘毛，你……"

这位虎斑武士向前探了探身子。

"你去湖边吧！"

狮爪马上冲到冬青爪身边："你一定要小心！"

"我会尽量小心的。"她回答道。

松鸦爪从巫医巢穴走过来，灰色的皮毛在月光下闪着微光，那双无神的蓝色盲眼，流露出一丝恐惧。"你俩一定要安安全全地回来。"他告诉他俩。

预言！松鸦爪还在担心那个预言？他们的领地都已危在旦夕了！狮爪心想。

"我们当然会回来。"冬青爪答应了，声音有些哽咽。她上前跟松鸦爪蹭了蹭脸颊。

狮爪顿时感到一丝愧疚，或许他只是为他俩担心。

育婴室的入口，米莉正用鼻子蹭着灰条的皮毛。她看起来十分疲倦，但是当她退回去时，狮爪却看到米莉的眼睛里闪着坚毅的光。为了保护自己的幼崽，她将不惜付出生命的代价。

黛西出现在米莉身后，向空地高喊道："多加小心，蛛足！"这位武士正跟莓鼻说话，没有转过身。他听没听见她的声音呢？

香薇云来到尘毛身边，快速地跟他道别，然后转身对狐爪说："记得要勇敢、坚强，一定要服从命令！"

"当然了。"狐爪点头回答道。

香薇云张嘴想再说些什么,但最终还是转身离开了,一瞬间双眼蒙上了阴云。她曾多次看着自己的伴侣尘毛出去作战,可这次更难过的是,她还要跟自己亲生的幼崽话别。

冰爪蹦跳着跑到母亲身边:"我也会变得勇敢和坚强的!"

香薇云用鼻子蹭了蹭幼崽的耳朵:"我知道。"

"狮爪!"火星的声音从通道口传来。他带领的队伍已经快要走进森林了。

"祝你们好运!"狮爪轻声对冬青爪和松鸦爪说着,然后跑出了营地,跟上了自己的族猫。

火星带领大家快速通过森林,贴着低矮的灌木丛行进。一路上,没有一只猫说话。一片黑暗中,狮爪几次险些被石头绊倒。他们正走向战争,但是狮爪的心中充满了熟悉的兴奋感,一点也不担忧。他的预感会不会是真的呢?风族猫真的是从他发现的那个狐狸洞溜进来的吗?

莓鼻在他的身后不停推搡着,狮爪却拒绝让他超过自己。

"老鼠屎!"这只奶油色的公猫突然骂道。

狮爪转身看到,莓鼻挥舞着爪子,跳到一旁。

"发生什么事了?"

"一个该死的老鼠洞,我不小心踩了进去!"

"你还好吧?"

莓鼻将酸痛的爪子小心翼翼地放在地面上,长舒了一口气:

天蚀遮月
TIANSHIZHEYUE

"还好没扭伤。"

其余的雷族猫已经冲到了前面。

"我们最好赶上队伍。"狮爪轻声说道。

他加快步伐往前走了几步,回头看莓鼻是否跟了上来。

风族猫的气息在空气中弥漫着,离边界越近,气味就越浓烈,几乎每片树叶、每根枝杈,都被这种气味熏臭了。狮爪的心跳不由自主地变快了。为什么他没早点对那个隧道采取一些措施呢?他早该向火星报告,或者直接把它堵死的。

一声怒吼吓了他一跳。

"一群狐狸心肠的胆小鬼!"火星暴怒。

狮爪冲出灌木丛,看到雷族族长正站在那片茂密的荆棘丛边上,狐狸洞就隐藏在荆棘丛里。雷族猫都围了上去。尽管透过树丛照射下来的月光不是很亮,可地面上的风族猫爪印依然清晰可辨。森林下的地面被踩得泥泞不堪,显然风族猫一直从这里进进出出。

"他们肯定已经在这里出没好久了!"蜡毛大吼道。

火星弯下身子闻了闻爪印:"我敢确定,他们今晚来过这里。"

蛛足从荆棘丛里钻了出来,几天前狮爪也是从这儿出来过。"这里面有一个隧道。"他报告道,"我没走下去太深,不过里面到处都是风族猫的臭气。这个隧道可以通往他们的领地。"

"看来我们必须赶紧把它封死。"火星命令道,"那样他们就再也无法通过这里进入我们的领地了。"

"或者离开这里。"蜡毛低声道。

罂粟霜神情紧张地四处张望着:"但是他们已经在里面了。"

"我们下次再对付他们。"火星保证。他叼起一根枯死的树枝,将它塞入荆棘丛的缝隙中。"我们待会儿再把隧道的入口封死。"他说道,"现在只要把这个洞堵住就足够了。"

蜡毛转过身,开始用腿把泥土一点一点地踢进缝隙中,其他猫也照做起来。狮爪也拾起一根断枝,使劲推入火星的树枝旁。其他猫掀起的土块打在他的身体上。为什么自己几天前不这么做呢?

火星把狮爪推到一旁。"你和罂粟霜在这儿警戒。"然后,他朝其他猫点点头说道,"我们继续去查看边界。"他带领大家悄悄离开了荆棘丛,每只猫都像追捕猎物一样,轻手轻脚地潜行着。不过这次的猎物,是风族猫。

狮爪站在阻塞通往荆棘丛道路的树枝旁,扫视着整片森林,胡须一动不动。

罂粟霜在离他不远的地方来回走着,不停地抽着鼻子。

狮爪瞥了她一眼:"你看到什么了吗?"

她张开口刚想回答,这时,他俩前方几条尾巴远的灌木丛传来沙沙的声音。她一下子呆住了。

一个黑影朝她奔来。

是夜云!

"有猫偷……"狮爪的提醒刚喊到一半,兔泉忽然从荆棘丛下方一跃而出,将他扑倒在地。狮爪挣扎着站起来,再次发出尖厉的叫声。只见风族武士如潮水般从阴影中涌出。

第十三章

森林里突然刮起大风,树枝发出咯吱咯吱的声音,落叶雨点般打在正在森林里穿行的冬青爪和其他雷族猫的身上。

这里好黑呀!

她朝头顶看去,叶丛外面没有一点星光,云层密布,遮住了月亮。

蕨毛的尾巴拂过她的脸颊。他就在冬青爪前面几爪子远的地方,但冬青爪却几乎看不清他的身影。

"跟紧点!"蕨毛轻声说道。

巡逻队正缓慢地在森林中前进,小心翼翼地探着路。风族猫很可能就隐藏在什么地方,正等着雷族巡逻队的到来。

"嗷!"队伍后方传来鼠须的惊叫,把冬青爪吓了一跳。

"你没事吧?"冬青爪回头低声问道。

"我被荆棘划到了眼睛。"

冬青爪停下脚步,在黑暗中努力睁大眼睛,查看着鼠须的伤口。鼠须的眼部四周已经有血流了出来,受伤的地方已经肿胀起来。

猫武士

鼠须用爪子拂掉脸上的血滴，说道："我没事。"

"继续前进！"蕨毛对他俩喊道。

冬青爪退到鼠须身边给他带路，加快脚步往前走，感觉就像闭着眼睛跑。她的爪子先踩在落叶上，接着是泥巴，再后来就是盘根错节的树根。冬青爪闻闻空中的气味，脑子里不断想象着所在的位置，心越跳越快。她想，这应该就是松鸦爪平常的感觉吧。

当她的爪子碰到坚硬的石头时，她才意识到，巡逻队已经来到了那条废弃的两脚兽小道。这里杂草丛生，冬青爪不得不小心一些，免得被绊倒。

"彼此靠近些！"黑莓掌提醒道。黑暗中冬青爪只能依稀辨认出他的影子。"风族猫如果这个时候突袭我们，是很容易得手的。"

风族猫到底想干什么啊？这个问题一直困扰着冬青爪。难道想占领我们全部的领地吗？那我们应该去哪儿？我们不应该受到这样的对待！其他族群拒绝帮助的时候，只有雷族愿意帮助别的猫。如果不是雷族收容了他们，黛西、米莉、暴毛和溪儿都只能成为独行猫了。在很久以前，火星还是宠物猫时，如果蓝星没有将他带回雷族，火星也绝不可能有能力拯救雷族，以及所有族群。

可是为什么其他族群却对此横加指责呢？

就因为武士守则排斥宠物猫、独行猫和泼皮猫？

当这个可怕的答案在冬青爪心中闪过时，她发觉爪下的地面似乎在微微颤动。她的族群一直忽视了这条武士守则。她朝前方

天蚀遮月
TIANSHIZHEYUE

望去，只能依稀辨认出废弃的两脚兽巢穴，在黑漆漆的天空下若隐若现。它看起来似乎正在她的面前摇摆着。

"有埋伏！"

黑莓掌的吼叫将冬青爪拉回现实，她这才意识到，那个巢穴并没有摇摆，而是被一大群风族武士的黑影笼罩着。他们从巢穴的各个出口鱼贯而出，黑暗之中，风族黑灰色的皮毛如幽灵般闪动。

"大家散开！"黑莓掌命令道。

去哪儿啊？冬青爪努力想分辨出黑莓掌用尾巴发出的指示。可天太黑了，她什么都看不清。接着，风族猫对黑莓掌发起了攻击，他随即消失在一堆阴暗的皮毛中。她惊恐地看着，两位风族武士鼬毛和烬足从昏暗中冲出来，眼中闪着嗜血的光芒，径直向她扑来。冬青爪感觉自己的爪子僵住了。接着，她摔倒在地，当爪子扎进她的身体时，她感到火辣辣的疼。

想想你学过的战斗技能！

愤怒如闪电穿透了她，她跳了起来，伸出利爪朝袭击自己的敌猫扑去。她抓在鼬毛的鼻子上，感到血溅到了自己的皮毛上。

鼠须出现在她的身边，半睁着受伤的眼睛，扑向烬足。冬青爪再次狠狠地攻击着鼬毛。蕨毛和裂耳厮打在一起，滚了过来，冬青爪不得不向后跳了一下。鼬毛看到了机会，一跃而起，重重地打在她的脸颊上。冬青爪摇晃着向后退去，爪子在石头小道上不停打滑，最后重重地摔在地上。风族武士落在她的身上，嘴唇

猫武士

后缩嘶吼着,眼中闪出胜利的光芒。冬青爪竭力克服着内心的恐惧,血在耳朵内咆哮着。冬青爪扭动着身体,及时地躲过了风族武士尖锐的牙齿,并且伸出后腿,使劲一踢。

击中了!冬青爪踢中了鼬毛的肚子,鼬毛摇摆着向后飞去。她猛扑上前去,牙齿狠狠咬进了他的后腿。

"干得漂亮!"蕨毛正好来到她的身边,他用后腿站着,一掌将鼬毛打翻在地。冬青爪再次猛扑过去,牙齿咬进鼬毛的另一条后腿,尝到了鲜血的味道。风族武士哀号一声,狼狈地朝阴影里逃去。

冬青爪也用后腿站起来,扫视着整片战场。

刺掌正与两只风族猫战在一起。他攻击一只风族猫时,另一只猫突然俯冲到他的身下,咬住了他的腿。

两脚兽巢穴前方,云尾雪白的皮毛闪着微光,风族武士将他团团围住。他的皮毛太惹眼,所以才暴露了自己。

冬青爪身边的鼠须突然尖叫起来。烬足将他死死地按在了地上。由于眼睛受伤,鼠须几乎看不见东西,只能绝望地挥舞着爪子。

"我去支援他。"蕨毛低声对冬青爪说,"你去帮云尾!"

冬青爪向前冲去,可是黑莓掌忽然出现在云尾身旁。雷族副族长奋力抓起两只踏在云尾背上的风族猫,就像弹开两片枯叶一般,把他们扔了出去。看到冬青爪也来帮忙,他的眼睛亮了起来。

"我们寡不敌众。"他低声说道,"你去找黑星求援!"

天蚀遮月
TIANSHIZHEYUE

"我?"冬青爪倒吸了一口凉气。她该如何代表雷族去劝说影族族长出兵呢?

"快去!"黑莓掌大吼道,"黑星一定会愿意与我们为邻,而不是风族这帮狐狸心肠的混蛋!"

这时,两位风族武士已经爬了起来,正准备扑上来报仇。黑莓掌瞥了冬青爪一眼,喊道:"赶快!"他的身影随即消失在两只激愤的风族猫的皮毛中。

冬青爪转身就逃,恐惧在她的血液中涌动。她该怎么独自穿过影族领地呢?我的族猫需要我!想到这里,冬青爪顿觉勇气倍增。况且,她还有一身黑色皮毛做掩护。

冬青爪快速穿过两脚兽小道旁的幢幢黑影,钻进森林。她嗅到了影族边界的气味。她之前从没来过这里,该怎么找到他们的营地呢?

她继续仔细嗅着,依靠气味辨别行进的方向。她察觉到爪子下的森林地面上,落叶逐渐由宽大湿滑的叶片,变成了尖锐的松针。四周低矮的灌木丛慢慢稀疏起来,随着地貌由茂盛的阔叶林变为针叶林,森林中的树干也变得细而光滑。空气中弥漫着影族猫的强烈气味,冬青爪脊背上的毛竖了起来。她一定已经越过边界了。冬青爪低伏着身体,心中默默感谢星族带来的黑暗。她可不想被巡逻队抓到,她想直接赶到营地,将自己的来意告诉黑星。冬青爪紧贴着树木,在林间穿梭着,心里默默祈祷树影能将她彻底掩藏起来。

影族的营地到底在哪儿？冬青爪的心跳得更厉害了。她抬起头，闻了闻空中的气息，影族猫的气味如潮水般涌进鼻孔。她俯下身闻了闻地面的气息，心中燃起了希望。一条充满气味的小路！无数影族猫都从这里走过，它一定是通向影族营地的。

冬青爪的爪子颤抖着，循着这条气味小路前行。她抬头望去，一大片阴影正悬在头顶上空，一丛黑莓挡在了路上。这儿就是影族的营地吗？冬青爪放慢脚步，竖起了耳朵。她听见了微弱的叫声：一只小猫正哭叫着，黑莓的叶子正在沙沙作响。

这里一定就是影族营地了。

她走上前去，分开黑莓丛，想找到营地的入口在哪里。

"谁在那里？"一声大吼吓了她一跳。头顶的松树枝晃动起来，冬青爪朝暗处定睛一看，一只猫挡住去路。原来是藤尾。冬青爪认出了她那白色和玳瑁色相间的皮毛——她们在森林大会上见过。

冬青爪恐惧得无法呼吸，她开口解释道："我是雷族的冬青爪。黑莓掌派我来的，我必须和黑星谈谈。"

藤尾小心翼翼地凑上前来，闻着冬青爪的气味，胡须不停地抽动着。她又扫视了一圈森林，问道："你们巡逻队的其他猫在哪儿？"

"只有我一个。"冬青爪发现黑莓墙上有一道缝隙。那就是营地的入口吧？藤尾是在执行警戒任务吗？

"没有武士会派一位学徒到别族的领地上来。"藤尾吼道。

天蚀遮月
TIANSHIZHEYUE

冬青爪急得将爪子插进了铺满松针的地面。"我必须找黑星谈谈。"她重复道。我的族猫就要被撕成碎片了！她心里焦急地说道。

"你是想分散黑星的注意力，好让雷族进攻我们吗？"藤尾讥笑着，"你以为我们有那么傻？"

冬青爪的耐心耗尽了。她撞开这位影族武士，朝黑莓墙上的缝隙飞奔过去。藤尾立刻追了上去，但冬青爪的速度更快，她猛地扎进通道，闯入了影族营地。

"看在星族的分上，到底……"一只体形庞大的虎斑公猫转过身，看见了冬青爪。她滑了几步，终于在空地上停住了脚步。

"黑星在哪儿？"她问道。

公猫的毛竖了起来，惊讶得睁大了眼睛。

"冬青爪！"一个熟悉的声音在她的身边响起。

冬青爪转身看到了褐皮，顿时放松下来。"你一定要帮帮我啊！"她颤抖的声音里透着绝望。

"慢点儿说！"褐皮安慰她。

"没时间慢慢说了。"冬青爪喘着粗气，"风族袭击了我们，黑莓掌的巡逻队数量不够，所以他派我前来求助！"

褐皮愣住了。"快跟我来。"她领着冬青爪穿过空地，示意她跟着自己，再次钻过黑莓丛上的一处缝隙。冬青爪眨眨眼睛，竭力想看清昏暗中有些什么。

"黑星。"褐皮朝巢穴深处的一块阴影说道，"雷族需要我们的帮助。"她用尾巴蹭蹭冬青爪的身体。冬青爪猜,她是在让自己开口说话。

"黑星,"冬青爪深深地低下头,"很抱歉,我未经允许闯进了你的营地,只是因为这事关雷族的生死。风族入侵了我们的领地。他们的猫遍布我们的森林,我们已经无法应付。你一定要帮助我们,否则风族就会把我们赶出领地的。"

黑星从阴影中走了出来,惊讶地瞪大了双眼。"把黄毛叫来。"他轻声对褐皮说。

这只影族母猫快速跑了出去,巢穴里只剩下冬青爪和黑星。

"风族来了多少武士?"他问道。

"看起来除了长老和幼崽,所有的风族猫都来了。"

"他们现在在哪儿?"

"黑莓掌正在废弃的两脚兽巢穴跟风族的一队武士作战。"冬青爪竭力让自己的声音不再发抖,"火星跟踪一支风族队伍去了边界,尘毛去湖边追踪第三支了。"

一个声音从入口处传来了。"听起来,这像是一次计划周密的侵略。"黄毛悄悄走进巢穴,褐皮跟在她的身旁。

冬青爪转身,面对着影族副族长说:"的确如此。我们完全没有防备。"

黄毛抽抽胡须。"雷族失去警惕了,嗯?"她的话语里有戏谑的意味吗?

冬青爪气得竖起了毛:"就在你说话的时候,我的族猫很可

能已经战死了!"

黄毛眨了眨眼睛。"没错。"她坐在族长的身旁,"事态非常严重,我们绝不能让任何一个族群失去家园。"

冬青爪凝视着黑星。为什么他就不能说点什么呢?

黄毛接着说道:"猫族一直有四个族群。一星似乎已经忘了这一点。如果其中一个消失了,另外三个就不可能生存下去。"她眯起了眼睛,"不过,影族应该冒着失去武士性命的风险,去为雷族而战吗?"

快同意!冬青爪的眼睛依旧盯住黑星,求你了,快同意吧!

黑星站了起来:"我们会去的。"

冬青爪终于放松下来。

"黄毛会组织一支巡逻队的。"

要快一点啊!冬青爪想恳求他再快点儿,但是褐皮却用尾巴尖儿拂了一下她的嘴唇。"我现在就和冬青爪一起出发。"她说道,"我会尽我所能提供帮助,直到其他猫抵达。"

黑星眯起了眼睛。他是在怀疑褐皮的忠诚吗?认为她只担心哥哥黑莓掌和她以前的族猫?

别管那么多了,赶紧出发就好!

黑星点点头:"很好!"

褐皮低头致意,然后快步走出了巢穴。

"非常感谢你!"冬青爪向褐皮道谢,然后跟着她快速离开,差点儿被褐皮爪边来回蹦跶的幼崽给绊倒。

"小曙、小焰，闪开！"褐皮呵斥道。

第三只幼崽在她面前跳来跳去，尖叫着："我们也想参战！"

"小虎，你是不是又在偷听了？"褐皮瞪着这只深棕色虎斑幼崽，眼睛里充满了慈爱。

冬青爪看着这群幼崽毛茸茸的短尾巴，忍不住从嗓子发出一声呼噜。

"对不起，他们太调皮了。"褐皮道歉说，"他们都恨不得马上成为武士。"

"我跟他们这么大时，也是这样的。"冬青爪说道。

褐皮把幼崽们朝一片紫杉丛赶去，一只白色的猫后正在那里等着。

"雪鸟，好好照顾他们！"褐皮看着她正用尾巴将他们赶进巢穴里，"千万别让他们离开营地！"

雪鸟点点头。"我知道他们所有的小把戏。"她答应道。

"再见，褐皮！"雪鸟的皮毛堵住了小曙的嘴，但她依然说道。

"我很快就回来！"褐皮承诺道。她瞥了一眼冬青爪，低声说："这可是星族的旨意！"

褐皮如同幽灵一般，飞也似的冲出了营地。冬青爪停下来，抬头望着天空，云朵变得稀疏起来，在月亮下面快速地移动着。

"星族，请帮助我们吧！"她低语着。

褐皮正在营地外面等待着："跟我来！"

天蚀遮月
TIANSHIZHEYUE

她领着冬青爪穿过树林，进入一片倾斜的旷野，一条小溪从旷野中间流过。就在几个月前，雷族刚刚将这片领地让给了影族。在绿叶季降临时，两脚兽会到这里来住上一阵子，他们住在一种奇怪的移动巢穴里。

"伏低身体。"褐皮提醒道。她俯下身，快速穿过草地。溪流在斜坡的顶端变得很窄，她从那里一跃而起，跳了过去。几处两脚兽巢穴在微风中沙沙作响，但里面除了传出几声轻响，没有任何生命的迹象。

几次心跳的时间过后，她们就进入了雷族的森林。褐皮非常熟悉这里的一草一木。她径直向前，踏上了两脚兽小道。她的爪子落在石头上，几乎听不见声音。

冬青爪竖起耳朵，突然感到非常害怕。她离开这里会不会太久，风族已经把族猫全赶走了？

一声尖叫告诉冬青爪，战斗依旧在激烈进行着。褐皮开始奔跑起来，冬青爪立即紧紧地跟在她的身后。前方的两脚兽巢穴清晰可见，武士们的吼叫声越来越大。云尾正拼力与两位风族武士交战，他白色的皮毛早已经凌乱不堪，污迹点点。蕨毛将背上的一只虎斑猫甩下来，发出一声狂怒的号叫。黑莓掌和鼠须并肩作战，将一整排风族猫逼到两脚兽巢穴的石墙边。褐皮发出一声怒吼，立即加入了激战。

冬青爪呆呆地注视着眼前的一切。难道这场战斗要永无休止地进行下去吗？她伸出爪子，冲向战场，再次为保护同伴而战。

第十四章

"我不能远远地听着战场上的声音,却什么都不做。"香薇云走过空地,在松鸦爪的身边蹲下来。哀号声和尖叫声正不断地从远处的森林里传来。

"我们需要你待在这儿,不然营地被袭击了怎么办啊!"松鸦爪提醒她。

"等待比参战更煎熬。"香薇云叫道。

"你应该时刻注意营地里的声音!"

"什么声音?"香薇云身体一僵,伸长耳朵仔细聆听。难道她听不见火星洞穴里传来的抱怨和脚步声吗?

长尾和鼠毛正跟米莉、黛西和她们的幼崽们在一起。从声音判断,洞穴里已经拥挤不堪。

"我坐在哪儿才好呢?"长尾抱怨着。

"你就待在原地。"鼠毛声音低沉地说道,"你稍微动一下,就会踩到另一只幼崽。"

一阵喵呜声响起,随后是米莉安慰的声音:"没事,小家伙们。在族长的巢穴里待着,不是很好玩吗?"

天蚀遮月
TIANSHIZHEYUE

"我要出去参战，"小蟾蜍尖叫道，"不想待在洞里！"

"你要再这么说，你母亲的毛都会变白了。"鼠毛呵斥道，"你太小了，不能去打仗。你要做的不是抱怨，而是要像小玫瑰一样，多学点儿本事！"

小玫瑰正哄比她还小的幼崽，让他们安静下来。

"你认为他们会来袭击营地吗？"黛西显得十分焦虑。

"不管发生了什么事，任何猫都不能伤害我的孩子。"米莉大声说道。但松鸦爪察觉到，她的声音里透出一丝担心。族猫正在森林里奋战，她却一点儿忙也帮不上。

灰条、白翅和冰爪正在荆棘屏障外面巡逻，守护着营地的入口。他们仔细倾听着可能的危险，忙得没时间说话。冰爪的皮毛不时蹭着树林下的地面，爪子在落叶上不停地翻动着——她一定是在练习战斗动作。

山谷的上方，亮心绕着营地不知疲倦地来回走动，偶尔会停下来听听动静。松鸦爪猜想，她一定是在检查陡峭石墙上的每一处突起，以防风族武士从那里蹿出来，发起突然袭击。松鸦爪相信，她的感官十分灵敏，虽然只有一只眼，但听力和嗅觉几乎和松鸦爪一样强大，没有哪只猫能不被察觉地从她的身边溜过去。就算他们成功了，也逃不过最后一道防线——炭爪正在空地上悄悄巡视着，她一直处于高度警备状态，身上的每根毛都竖立着。

"你确定你的腿没问题？"松鸦爪担心她一直走来走去，会有些吃不消。

"我经常游泳，腿已经强健多了。放心吧！"炭爪保证道。

"注意休息！"松鸦爪建议道。

"我会到高石台上休息的。"

松鸦爪心想，是不是应该阻止她攀爬通往高石台的落石堆。不过她说话时的语气那么坚定，所以阻止她似乎没什么意义。这时叶池那段关于獾的可怕记忆，突然闪现在他的脑海里，现在这段记忆已经成了他记忆的一部分了。獾身披黑白相间的皮毛冲过荆棘通道，挥舞着爪子，营地里传来浓浓的血腥味，幼崽们吓得嘶声大叫——炭毛就是为了保护他们才丧命的。现在炭爪还能回忆起这件事吗？如果真的还记得，不管松鸦爪说什么，也丝毫不能动摇她保护幼崽的决心。

松鸦爪听到炭爪攀爬高石台的声音，心里祈祷她千万别踩到松动的石头，不小心滑下来。他察觉到炭爪已经登上高石台，在火星巢穴的入口停了下来，心才总算放了下来。

此刻叶池正在巢穴里整理着叶子和草药。松鸦爪闻到了各类植物混合在一起的浓烈香气——她已经做了很多种草药糊，准备治疗战场上的伤员。

"这次我们已经做好了万全准备，"松鸦爪安慰香薇云，"雷族可不像一星想的那么好对付。"

香薇云不安地挪了挪爪子："告诉我你真实的想法吧！"

"什么意思？"如此多疑，可一点都不像香薇云！松鸦爪心里说道。

"鼓励族猫是你的职责,我只想知道,星族有没有给你说过关于这场战斗的事情?"

松鸦爪摇了摇头。他该怎么告诉她,星族根本没有对此发出任何警告呢?不过他不会为了维护祖灵而撒谎。为什么他们要让雷族的猫失望呢?"星族没告诉过我任何消息。"松鸦爪低声说道。

"一点儿都没有?"

"是的。"

香薇云蜷缩着身体,胡须止不住地颤抖着。

风族发动的这次袭击,星族会不会也跟雷族一样,感到非常意外?或者星族就是支持风族的神秘力量?

黑莓丛沙沙地响了起来。

"炭爪是怎么上去的?"因为担心,叶池的声音有些紧张。

"她爬上去的。"松鸦爪回答道。

叶池的毛顿时竖了起来。

"我告诉过她,让她的腿休息一下。"松鸦爪解释道,"可她只想在高石台上歇息。"他不是已经证明过,他知道怎么做能让炭爪好起来吗?为什么叶池不愿相信炭爪的腿正在康复呢?

叶池抬头朝炭爪喊道:"你下来的时候,要找只猫帮你!"

"我不需要帮忙!"炭爪说道,"我的腿好了!"

"炭爪非常聪明,知道自己应该小心的。"松鸦爪说道,"她一直都在努力锻炼,而且,她比我们更清楚自己能干什么,不能干什么。"他加重语气说,"你别忘了,炭爪一直都想成为

武士。所有会妨碍她实现这个梦想的事,她都绝对不会做的。"

叶池没有说话。

"你只需要信任她。"松鸦爪劝道。也请你信任我!他心里默默说道。

叶池叹了口气:"你能告诉我,森林中的战况吗?"

总算换了一个话题,松鸦爪松了一口气,他让听觉突破山谷的限制,全神贯注地倾听远处传来的厮杀声,试图分辨战场上的吼叫和哀号。

"尘毛的巡逻队正在湖边作战。"松鸦爪告诉叶池,"火星的巡逻队在风族边界附近被包围了。黑莓掌的巡逻队在两脚兽巢穴那里,也遭到了袭击。"

松鸦爪真希望叶池没有问起这件事,现在他满脑子都是战场上的情景——武士们厮打着,皮毛被鲜血染红了,牙齿间充满了碎片……他不由得打了个寒战。"我要去战场。"他恳求道。

叶池一愣:"不行!"

"我们的族猫正在流血。"松鸦爪抗议道,"我应该把伤员带回山谷。"他必须做些什么,来帮助雷族渡过难关。待在这里,即便风族来犯,自己也什么都做不了。

"但是天这么黑!"叶池态度很坚决。

"你觉得这对我有妨碍吗?"松鸦爪用他睁大的盲眼看着叶池,"实际上,天黑对我有利,他们看不见我,我却能通过声音认出他们。"

天蚀遮月
TIANSHIZHEYUE

他感觉叶池有些动摇:"即便是这样,你也要多加小心!"

"我不会受伤的。"松鸦爪心想,我的作用这么重要,我不会让这样的事发生的。

"的确,族猫的伤处理得越早越好。"

松鸦爪察觉到,叶池心中非常恐惧。雷族从来没有经历过这样的战斗,两个族群都在雷族的领地上,在多个地方进行着不同的战斗。他深入叶池的内心,却发现她的思绪并未被云雾遮蔽,而是被一团黑暗严密地包裹着。

那是一团未知的混沌世界。

松鸦爪站起身来:"我越早出发越好。"

叶池伸过脑袋,把鼻子压在松鸦爪的脸上。"注意安全!"她轻声说道。

松鸦爪跑出荆棘通道,察觉到了灰条因为惊讶而紧张起来的情绪。

"你要去哪里?"灰色皮毛武士问道。

"叶池说,我可以出去帮助受伤的族猫。"

灰条迟疑着。

"你需要护卫吗?"白翅建议道。

"我自己去,更容易隐藏。"松鸦爪回答道。

"放低身体!"灰条建议道,"如果听到有麻烦,就赶紧躲开。"

"我会的。"松鸦爪答应着,快步离开了山谷。

"愿星族保佑你!"白翅喊着。

猫武士

MAOWUSHI

　　松鸦爪在林子中穿行着，小心地越过树根和垂在地上的灌木。松鸦爪很想知道，此时会不会有猫陪着他。比如落叶的祖灵们，或者杀无尽部落的猫。

　　松鸦爪停下脚步。哪个战场离自己最近呢？他竖起耳朵，听到有叫喊声从湖边传来。是湖边。他决定先去查看一下湖边的战况。听到那里激烈的打斗声，他知道一定有族猫受伤了。

　　松鸦爪循着水汽飘来的方向前行，当他爬上一处低矮的石头山坡时，爪子下不停地打滑。他即将爬上坡顶时，听到斜坡的另一边传来哼声，一只猫被重重地摔在了地上。松鸦爪闻了闻空气，认出了栗尾和蜜蕨的气味。蜜蕨嘶嘶地大叫着，用爪子撕扯着敌猫的皮毛。一声吼叫划破夜空，接着传来爪子踩在铺满落叶的地面的声音。她们是在跟谁作战呢？

　　松鸦爪再次嗅着空气，以为能闻到风族猫的味道，但是这次的气味却有些不同——很潮湿，而且混杂着鱼腥味。

　　是河族猫。

　　从气味判断，这里应该有两只河族猫。

　　星族呀，河族猫在这里干什么呢？

　　松鸦爪低伏着身体，向前爬去。他悄悄钻过一丛红醋栗灌木，柔顺的叶子轻抚着他的皮毛，会把他严严实实隐蔽起来。松鸦爪继续小心地往前走着，不让红醋栗发出一点声音。

　　一只河族猫正在讥讽蜜蕨："就你这样，还配当武士？"

　　"就你还配自称是猫？"蜜蕨反驳着。很快，他俩又撞在一起，

天蚀遮月
TIANSHIZHEYUE

滚在地上厮打起来。

"对付你太容易了。"另一只河族猫嘶嘶叫道。

栗尾疼得哀号起来。

一股清新的空气涌进松鸦爪的鼻子。接着,一股河族猫发出的鱼腥味冲进了他的鼻子。松鸦爪发出一声凶猛的号叫,伸出爪子猛扑过去,将它们狠狠地插入面前那团富有光泽的皮毛里。

河族公猫发出一声尖利的惊叫。

"谢谢你,松鸦爪!"栗尾喊道。

松鸦爪朝后退了退,栗尾和蜜蕨再次向敌人发起进攻。河族猫现在进入了被动防御的状态。

"我们是很容易对付的猎物,是吗?"蜜蕨轻蔑地高喊着。紧接着一位河族武士疼痛的哀号传了过来。

"他们要跑啦!"栗尾兴奋地叫着。

"我们把他们赶回家吧!"蜜蕨吼道。她猛冲过去追赶敌猫,爪子重重地踩在地上,发出沉闷的声响。

"哎呀!"栗尾正要追上去,却踉踉跄跄地摔在地上,发出了一声尖叫。

松鸦爪从灌木丛里冲了出来:"你怎么了?"

"我的爪子扭伤了!"

松鸦爪嗅了嗅栗尾伸出的那只前爪,有些滚烫,但是并没有肿起来。他抓起那只爪子,慢慢地抬起来,然后轻轻地摇了摇。

栗尾痛得深吸一口气,但是没有叫出声。

松鸦爪把她的爪子小心翼翼地放下,告诉她说:"只是轻微的扭伤,并没有骨折。不过我还是得带你回营地。"

"我现在不能回去!"栗尾气喘吁吁地说道,"河族也开始袭击我们了!小溪下游的岸上,全是河族武士。他们是趁我们跟风族作战的时候,前来偷袭的!"她的叫声里充满了愤怒,"我们一直帮助他们,难道做错了?我们不是一直都在帮助他们吗?他们为什么要把我们从自己的领地赶出去呢?"

松鸦爪没法回答。他也不清楚为什么会发生这种事情,星族对此也没有任何警告。

"蜜蕨还好吧?"他问道。

"只是有些擦伤。"栗尾回答道,"把那两只猫赶出去之后,她就会重新归队的。"她转身准备离开,"我也应该去会合了。"

松鸦爪奔上前去,准备挡住她的去路,但已经没有必要了。栗尾刚把那只扭伤的爪子放在地上,就疼得倒吸了一口气。

"还是回去治疗一下吧!"松鸦爪说道。他撑着她的肩膀,开始领着她爬上斜坡,朝营地走去。松鸦爪瞬间想起自己搀着炭爪走过这条路时的情形,当时她在武士晋级考核中受了伤。他觉得,这似乎已经是很早很早以前的事情了。

他俩走到离营地不远的地方时,都已经气喘吁吁。松鸦爪吃力地支撑着栗尾,向前慢慢地走着。他听到灰条朝他走过来的声音,顿时松了口气。

"还是让我来吧!"灰色皮毛武士换下松鸦爪,支撑着栗尾

进入了营地。

叶池快步穿过空地,来到他们面前,爪子上抓着一大束紫草叶。"让她躺在这里!"她扔下草药,命令道。

栗尾现在总算安全了。松鸦爪转过身,准备再次出发。

"等一下!"灰条拦住他,"战斗进行得怎样了?"

"河族和风族一起发动了袭击。"松鸦爪告诉他,"我要去看看,他们已经深入我们领地多远了。"他从灰条身边走过,察觉到武士的尾巴拂了一下自己的后背。

"尽快找到火星,"灰条说道,"告诉他河族入侵的消息,不过千万别勉强!"

松鸦爪再次穿过荆棘屏障,朝领地的边界处奔去。在离边界很近的地方,他听到火星的巡逻队与风族的伏兵交战的声音。蜡毛的吼叫声响彻整片森林,绝望中透着坚毅。这说明他们依然没有被打败。

松鸦爪伏下身子,用胡须指引方向,迂回着穿过森林。此刻他吓得毛都竖了起来,警惕着远处战场厮杀声之外的其他声音。

"这该死的黑莓丛!"

一个陌生的声音突然传来,松鸦爪迅速退入一片香薇丛里。香薇叶把他遮得严严实实,松鸦爪松了口气。

"你听到了吗?"松鸦爪听到,仅有几条尾巴远的地方再次传来说话声。他呆住了。

他闻了闻空气,又是河族猫。

"听到什么？"

"沙沙的响声。"

"这种垃圾地方，所有的东西都在沙沙响。"

四只河族猫正笨拙地在林子里艰难跋涉着。有一只绊倒了，整片黑莓丛都剧烈地颤动起来。

"芦苇须，你弄出的声响还能再大些吗？"

"住嘴，藓毛！刚才是谁掉进兔子洞时，像幼崽一样哀号的？"

松鸦爪抽抽胡须。他们在这里，就像鱼儿离开了水。他等着他俩从身边过去。他们往风族边界的方向去了。

他们的目标是火星的巡逻队！

他必须先他们一步赶到那里。他悄悄地退出香薇丛，沿着狐狸的小路向前飞奔。他知道，从这里可以一直到达边界附近的小溪。这一次，他竟对这条弥漫着狐狸臭气的小路心怀感激。它使自己前进的方向更加明确，同时也很好地遮盖住了自己的气味。战斗的声音越发清晰了，松鸦爪闻到了一股血腥味，感到整片森林都充满了恐惧和痛苦。松鸦爪听到前方有扭打的声音，于是嗅了嗅空气，放慢了速度。

是狮爪。

哥哥的气味十分浓烈。

松鸦爪竖起了耳朵。狮爪正在跟两位风族武士交战。松鸦爪伸出爪子，希望自己能上前帮忙。但是从声音判断，狮爪自己能

够应付他们——其中一位武士用仅剩的三条腿来回蹦跳着,另一个则用爪子胡乱地抓着地面,准备随时撤退。

"滚回你们的营地去吧,胆小鬼!"狮爪讥笑道。松鸦爪身旁的灌木被冲开了,两位风族武士从身边跑了过去。

"狮爪?"松鸦爪低声呼唤着。

"松鸦爪,是你吗?"狮爪冲到他的身边,"你还好吧?"他喘着粗气,皮毛中透出浓烈的血腥味。狮爪的精力依然十分旺盛,好像胸中有火在燃烧。松鸦爪察觉到,他此刻正沉浸在狂喜之中。

"四只河族猫正朝这里赶来,是支援风族的。"松鸦爪警告道。

"河族?"狮爪听起来愣了一下,接着他的声音坚定起来,"我会搞定他们的。"他迅速跑开了,只留松鸦爪在原地惊讶地眨着眼睛。

"你自己打不过他们的!"松鸦爪在他的后面高喊道。

然而狮爪已经在树丛间消失了。

"松鸦爪?"火星的声音在耳边响起来,"你在这里做什么?"

"河族来支援风族了。"

火星深吸了一口气,浓浓的恐惧从他的皮毛上散发出来。"去告诉黑莓掌!"雷族族长的语气变得非常冰冷,"你能找到路吗?"

松鸦爪点点头。

"我们这里的兵力不够。"火星继续说道,"我们可能要撤退到石头山谷,在那里进行防御。"

松鸦爪的心猛地跳动了一下。这样一来，风族将得到除石头山谷之外的所有雷族领地。那就不再是守卫边境的问题了，他们不得不为生存而战。松鸦爪真希望火星告诉自己，情况其实没那么严重。但是雷族族长却转身返回了战场。

　　松鸦爪抬起鼻子嗅着，确认着自己的位置。一阵微风从湖边吹来，轻拂着他的背。前方某处传来了黑莓掌巡逻队怒吼的声音。松鸦爪穿过低矮的灌木丛，朝声音发出的地方奔去。他抽动着胡须，爪子小心翼翼地朝前迈去。他不能因为冒险而摔倒，或者弄伤自己。他必须向副族长汇报风族和河族结盟的消息。

　　鸟儿们在树上喧闹不已，仿佛正不停地讨论着下方林子里传来的战斗声。空气变得温暖起来，黎明就要来临了。

　　前方的道路突然急剧下降，松鸦爪的爪下一滑。他伸出爪尖，连滚带爬，落进坡底一片柔软的香薇丛里。前方仅仅几条尾巴远的地方，传来爪子剐擦石头的声音。武士们有的低声嘶叫，有的高声怒吼，空气中充满血腥味。

　　还有鱼腥味儿！河族猫已经到这儿了。

　　他找到黑莓掌的巡逻队太晚了！

　　松鸦爪察觉到族猫都已经疲惫不堪，身体不由得颤抖起来。他们快要撑不住了。

　　"松鸦爪？"冬青爪后退着穿过香薇丛，朝他走来。"我闻到你的气味了。"她的话听上去有些含混不清，皮毛上沾满血迹。松鸦爪已经知道，冬青爪几乎马上就要败下阵来了，可是尽管身

上伤痕累累,她的意志却依旧十分坚定。

我本应该带上旅行草药,给她补充一下体力!

"你在这儿做什么啊?"她喘着气问道。

"我是来警告你们,河族已经前来增援风族了。"

"谢谢,但是我们早就知道了。"冬青爪严肃地说道。突然她把松鸦爪往后推去。"快离开这里!"爪子落地的声音正朝他们所在的方向而来。松鸦爪闻到一只河族公猫正向他们逼近。

冬青爪喉咙里发出一声怒吼。松鸦爪察觉到,这位河族武士的皮毛上散发着充沛的体力和精力。这是一场实力悬殊的较量!冬青爪已经筋疲力尽,他必须立即施以援手。他蹲伏在她的身边,面向那只公猫,爪子不停地抓挠着地面。

接着,松鸦爪呆住了。空中传来了另一种气味。

影族猫!

褐皮正在黑莓掌不远的地方作战。难道影族也对他们发动攻击了?

两脚兽的小道上响起了阵阵脚步声,又来了好多影族猫。

松鸦爪感到一阵绝望。雷族怎么可能同时对付三个族群?难道星族已经完全抛弃雷族了吗?松鸦爪跌跌撞撞退回了香薇丛。他已经没有任何办法拯救雷族了。

一团皮毛蹭了蹭松鸦爪,原来褐皮正站在他的身边。"你在这里做什么啊?"她问道。

松鸦爪伸出前爪,对着她的口鼻猛抓过去,怒火正在他的心

中燃烧:"你怎么能进攻自己的至亲呢?"

褐皮用爪子挡住了松鸦爪的爪子。"我们是来支援你们的。"她低声嘶嘶叫着。"是冬青爪叫我们过来的!"她把松鸦爪往香薇丛深处推去,"你快回山谷去,别在这儿添乱了!"

"那冬青爪怎么办?"

"蛇尾和焦爪会帮她的。"

松鸦爪闻了闻空中的气息。两位影族武士正跟冬青爪并肩作战,他们的气味和河族猫的臭鱼味儿、血腥味儿混在一起。冬青爪的爪子按住地面,猛地跃起向前扑去。随着一声惨叫,那只河族猫逃进了树林。

"快滚吧!"褐皮呵斥着。她转过身,准备继续投入战斗。可是松鸦爪却伸出爪子,拦住了她。

"现在火星在风族边界附近,兵力不够;尘毛的巡逻队正在湖边,苦苦支撑。"

"我会派武士增援他们的。"褐皮承诺道。松鸦爪分开香薇丛,准备离开。褐皮迟疑了一会儿,说道:"等一下,你把鼠须带走,他的眼睛受伤了。"她跑开了,不一会儿带着年轻的武士回来了。

"我想留下来战斗!"鼠须抗议道。

"不行,你的眼睛受伤了。"褐皮告诉他。

"我还有一只眼睛能看见。"

"那会影响战斗的。"

天蚀遮月
TIANSHIZHEYUE

松鸦爪嗅到了血腥味。"我替你把伤口清理干净以后,你再回来作战,你的战斗力会更强。"他说道。

鼠须犹豫了一下。"好吧。"他终于同意了,"不过一定要快啊!"

褐皮转身冲进了战场。

"快点走吧!"鼠须催促着。

他俩肩并肩,沿着两脚兽小道朝营地跑去。鼠须紧紧地贴着松鸦爪的身体,指引他穿过森林边缘蔓延的灌木丛。松鸦爪的脑子里全是恐惧的叫喊声和鲜血飞溅的惨状,整座森林充斥着哭叫声、爪子挥舞声和皮毛被撕裂的声音。

四个族群在激战,而星族却什么都没告诉他。

第十五章

狮爪扑向最后一位河族武士。其他三位早已惨叫着逃进了森林,剩下的这位被逼到了一片黑莓丛前。她身后的黑莓丛十分密实,倒刺丛生,就算是雷族猫打算从那里逃生,都得三思而行。

藓毛!狮爪认出了这只在森林大会上见过的玳瑁色和白色相间的蓝眼猫。不过眼下可不是森林大会,他要让她对自己闯入雷族领地的行为感到后悔。

狮爪慢慢地靠近藓毛,她蜷伏在地,身体颤抖着。狮爪的怒火模糊了他的视线,他只能看到藓毛圆圆的、充满恐惧的双眼。

"狮爪!"火星尖锐的叫声让他浑身一僵。

藓毛趁机冲过他的身边,消失在树林里。

"看你干的好事!"狮爪转向族长,"我差一点儿就把她解决掉!"

火星的眼神里有一丝警告的意味,说道:"我想,她已经知道自己战败了。"

狮爪低头看着自己的皮毛,上面布满血迹,有些已经干了,有些还是新鲜的。他到底做了什么?战斗正酣时,他甚至都不清

楚自己是如何同敌人作战的。他只嗅到浓浓的血腥味,听到爪子撕裂皮肉的声响。

"风族怎么样了?"狮爪很想知道,其余的入侵者是否已经全被打败了。

"我们刚看到最后一只风族猫逃过了边界。"火星告诉他。

蜡毛和莓鼻从灌木丛里悄无声息地走了出来,他们的身边还跟着蛛足和罂粟霜。蜡毛身上沾满了鲜血,莓鼻的一只耳朵尖儿被扯掉了,蛛足走起路来一瘸一拐,罂粟霜的皮毛凌乱不堪,还在不住地滴血,惊恐的眼睛睁得大大的。

"其他几支巡逻队呢?"狮爪追问道,"我们这里的战斗结束了,应该去帮助他们了。"

火星抽了抽尾巴:"蛛足肚子上的伤很严重,我们先把他送回营地,再去查看其他领地的情况。"

蛛足躺在地上,腹部不停地起伏着,鲜血渗入了林子下的地面。蜡毛用鼻子碰了碰他的肩膀,将他推了起来。"加油!"他鼓励道,"我们要带你去见叶池,让她给你治伤。"莓鼻贴紧蛛足身体的另一侧。两位武士就这样支撑着受伤的蛛足,朝山谷的方向走去。

"你们送蛛足回去,我去看看其他巡逻队需不需要帮忙。"狮爪还不准备返回营地,他依然能听到远处战场传来的战斗声。他应该去那里,继续战斗。

"我不会让你独自进入森林的。"火星告诉他。火星眼睛里

闪烁的是害怕的神情吗？狮爪心想。

狮爪只得无奈地跟着族猫朝营地走去。他好几次都想冲到队伍最前面，让大家走快一些，但是都被火星叫了回来。蛛足喘着粗气，每迈一步都会发出呻吟。加快速度啊！狮爪着急地想道。

最后他们走下斜坡，向荆棘屏障走去。狮爪在入口处停下脚步，让蜡毛和莓鼻先搀扶着蛛足走进去。火星跟着走了进去。狮爪却犹豫起来，他听到身后的灌木丛沙沙作响。

狮爪惊讶得睁大了眼睛。"松鸦爪？"他的弟弟和鼠须一起从树林里钻了出来。

"你还好吧？"松鸦爪喊着，抽动着鼻子，"我闻到血腥味了。"

狮爪耸耸肩："不是我的。"

鼠须的眼睛紧闭着，已经肿得像一颗苹果那么大。

"他还好吧？"狮爪问道。

"只需要清理一下伤口。"松鸦爪告诉他。

"除了几处擦伤，这是我唯一的伤口。"鼠须自豪地说道。松鸦爪引着这位受伤的武士走进营地，狮爪跟在后面，他的爪子因为盼望战斗而发痒。

"河族来增援风族了。"松鸦爪向火星汇报着，"但是黑星也派猫来帮我们了。"

火星吃惊地眨眨眼睛："黑星会帮助我们？"

"他派了一整支巡逻队。"

火星深吸了一口气："这样一来，所有四个族群都在我们的

领地上战斗！"

松鸦爪点点头。

"你最好还是赶紧去帮叶池处理伤员。"

叶池已经蹲在蛛足身旁，把草药的叶子按在他的肚皮上来止血。

火星转身向入口处走去，挥着尾巴，朝自己的巡逻队员示意。

终于可以回战场了！狮爪迈开步子，跟着族长穿过荆棘屏障，他察觉到蜡毛紧跟在他的身后，却没有让到一边。

他们钻出通道，他的老师从他身边走过。"你应该清理一下自己的身体。"他看着狮爪凌乱污秽的皮毛说道。

"战斗结束后，有的是时间。"狮爪回答道。

蜡毛突然离开巡逻队，在他们投在地上的阴影里走着。他悄悄穿过灌木丛的时候，深色的皮毛在微风中泛起波纹。太阳正从林子里升起，爬上苍白而空旷的天空。蜡毛停下脚步，伸长了耳朵。火星示意大家停下。

"有猫正从风族领地那边赶过来。"蜡毛嘶声说。

狮爪嗅了嗅空中的气味。

的确是风族。

而且是一整支巡逻队。

狮爪一下子怔住了，他简直不敢相信，于是又闻了闻。

有石楠爪的味道！

他突然冲向这支走过来的巡逻队，丝毫没有理会火星让他停

下的命令。他像鸟儿一样，从灌木丛中穿过，爪子几乎飞离了地面。阳光透过树丛投下金黄的光芒，狮爪借着光线清楚地看到，风族的巡逻队就像一队黄鼠狼，正静静地穿过森林。他们正在朝湖边进发，毫无疑问，他们是来消灭尘毛的巡逻队的。

狮爪能听到族猫的脚步声从身后传来，他们从灌木丛中冒出来，围在狮爪的周围，和他一起冲向风族猫。

风族的巡逻队慌张地四散开去，不过行动速度并不快。蜡毛将一只棕色虎斑武士打倒在地，火星也朝一只黑色公猫扑去。狮爪从两个风族学徒之间冲过，将他们撞到一边。他们身后，石楠爪用后腿站立起来，蓝色的眼睛里闪着震惊的光芒。狮爪冲向她，咬住她后颈部的皮毛。石楠爪挣扎着，号叫着。但是狮爪没理她，只是拖着她穿过一堵香薇丛，把她扔在另一边的空地上。空地被浅绿色香薇丛包围着，看起来就像一个绿色的洞穴。狮爪扑上前，将石楠爪按在地上，爪子刺破了她的皮肤。

"你居然把隧道的事情说了出去！"狮爪嘶嘶地喊道，"真不敢相信，你居然背叛了我。我还以为你能守口如瓶，看来我真不该信任你！"

"不是我说出去的！"

狮爪怒不可遏："那为什么我们的森林里，到处都是你们族群的猫？"

石楠爪挣扎着，想摆脱狮爪的控制。她使劲扭动着身体，狠狠地咬着狮爪的前腿。

天蚀遮月
TIANSHIZHEYUE

"我没撒谎!"她咆哮道,"真的不是我!是小莎草!"

"她为什么要这么做?"狮爪不相信,"我救过她的命!"

"她跟鼬毛吹嘘,说自己发现了隧道,结果风族所有的猫都知道了。"

狮爪低头看着她,极力控制着想要将她撕碎的冲动。"我不相信你的话。"他喘着粗气说道,"我说我要成为忠诚的雷族武士,就因为这句话,你就一直不肯原谅我。"他凑到她脸跟前,当石楠爪使劲扭着身子,想要避开狮爪滚烫的呼吸时,狮爪说:"我永远不会忘记这件事。石楠爪,我将永远是你的敌人。"

他放开了石楠爪,转身穿过香薇丛,爪子因为愤怒不停地颤抖着。他真的爱过她吗?那么他当时一定不是他。现在他是三只星族选中的猫中的一只,他已经走上了石楠爪做梦都想不到的道路。

一双蓝色的眼睛在面前闪烁。"石楠爪在哪里?"鸦羽挡住了狮爪的去路。

"滚开!"

风族武士看向狮爪身后:"你对石楠爪做了什么?"

"快滚开!"狮爪朝鸦羽猛扑过去。他用爪子钩住这位深灰色武士的脖子,将他甩了出去。鸦羽的身子飞过香薇丛,重重地砸在地上。狮爪跳到鸦羽的身上,钳住他的喉咙,发疯似的撕咬起来。

突然,一排牙齿咬进了狮爪的肩膀,一双爪子扎进他的身体。

狮爪扑上前，将石楠爪按在地上。

你居然把隧道的事情说了出去！

真不敢相信，你居然背叛了我。

我还以为你能守口如瓶，看来我真不该信任你！

我没撒谎!

那为什么我们的森林里,到处都是你们族群的猫?

不是我说出去的!

真的不是我!是小莎草!

她为什么要这么做?我救过她的命!

石楠爪挣扎着,想摆脱狮爪的控制。她使劲扭动着身体。

她跟鼬毛吹嘘,说自己发现了隧道,结果风族所有的猫都知道了。

我不相信你的话。

石楠爪正在将狮爪往后拖。"快停下！"她尖叫着，"你在做什么啊？"

狮爪被她声音中的恐惧惊醒了，身子僵住了。鸦羽被他用前爪压在绿色的香薇上，鲜红的血液正从脖子上汩汩地流出来。

石楠爪冲到老师身边："鸦羽！"

"我没事。"鸦羽抬起头，摇晃着站了起来，鲜血四溅。石楠爪向后退了退。

狮爪感到十分羞愧。武士守则说，不必通过杀死一只猫来证明自己获得了胜利。如果石楠爪没有阻止他，他可能真的已经杀死了鸦羽。

我怎么变成这个样子？狮爪暗自思忖着。

突然，天空的颜色起了变化。

明亮和煦的晨光变成了一大片阴影，黎明似乎就要变成黄昏了。鸟儿陷入了沉默。战场上的厮杀和哀号声也停了下来。随着黑暗在树丛间逐渐蔓延，就连昆虫的鸣叫也消失了。

狮爪抬起了头。

太阳消失了，它被一块巨大的黑色圆盘吞没了。这个圆盘比天空中任何一片云都更阴暗，边界也更分明。

"发生什么事了？"石楠爪害怕地在狮爪耳边嘶嘶问道。可狮爪却说不出话来，他感觉自己的喉咙哽住了，爪子似乎长在了地上。四周的空气瞬间冰冷下来。头顶上，太阳已经彻底消失，整片森林变成了黑夜。

天蚀遮月

"星族杀了太阳!"一位风族武士的尖叫声响彻森林。所有的猫突然大声哭喊着,四散奔逃,被黑暗吞没的森林里充满了地动山摇的奔跑声,每棵树都被震得剧烈颤抖。

"我们必须返回营地了。"鸦羽咳嗽着说道。石楠爪目瞪口呆地站在狮爪身边,鸦羽上前拽了拽石楠爪后颈部的皮毛:"快走吧!"

瞪着眼睛的石楠爪这才转过身,跟上老师走开了。

"我永远都不会忘记。"狮爪在她的耳边嘶嘶说道。

当石楠爪消失在森林里时,狮爪望着天空,太阳那宽大的黑色圆盘边缘,渗出如血般殷红的光。

第十六章

松鸦爪把鼻子紧紧地贴在栗尾的爪子上。叶池已经用潮湿的紫草叶包扎过了,伤口似乎不再那么烫了。"感觉怎么样?"松鸦爪问道。

栗尾抬起了爪子。"感觉好多了。"她看向荆棘屏障,说道,"我该返回战场了。"

"不行!"叶池正在他们身边清理着鼠须眼部的伤口,正用湿润的苔藓擦去血迹,"影族正在支援我们。听声音,待会儿还会有更多受伤的猫送来,你就别把自己再变成伤猫了。"

"可战斗的声音已经越来越近了。"栗尾争辩道。

叶池把苔藓里的水甩掉说:"就因为这样,我们才需要你待在这儿。"

整片营地空空荡荡的,但厮杀声仍然不断地从森林里传来。松鸦爪竖起耳朵,仔细聆听着。火星的巡逻队此刻正在山谷上方与风族猫战斗。雷族已经被敌军逼到这里了吗?

"我们不把伤员送到巢穴里吗?"松鸦爪催促道。蛛足已经服下了罂粟籽,正安静地躺在里面休息,伤口也敷上了蛛丝,不

天蚀遮月
TIANSHIZHEYUE

再流血。"那里更安全些！"如果营地被敌人占领的话。

"现在太阳升起来了，这里的光线更亮一些。"叶池说道，"而且，看到我们在，我想他们也会安心些。"

松鸦爪清楚，"他们"指的是黛西和幼崽。米莉正在高石台上，将他们全都召集在一起。

"如果陌生猫来到营地里，谁能想起来，我们要做什么？"米莉问道。

"把米莉的小猫送到火星洞穴的最深处。"小玫瑰尖叫道。

"然后呢？"米莉耐心地引导着他们。

"要是陌生猫进来了，我们就跟他们待在里面。"小蟾蜍说道。

"到时候我会在哪儿呢？"

"就在洞穴外面，你会跟黛西一起守护这里。"小玫瑰说着。

鼠毛的皮毛不停地蹭着米莉身边的岩石："长尾和我会守住落石堆的顶端，阻止任何猫爬上高石台。"

"我会在落石堆下面守着！"亮心的声音从空地上空传来。

灰条和白翅仍守在荆棘通道外面。冰爪已经回到营地里面，正跟炭爪和香薇云一起练习战斗动作。

"你要当心你的伤腿，知道吗？"叶池警告炭爪，"千万不要逞英雄。"

"我不会逞英雄的。"炭爪答应道，"不过敌人进入我们营地的时候，我也绝不会躲在巫医巢穴里。"

恐惧在叶池的皮毛上闪过："我敢保证，营地不会被攻破的。"

雷族的巡逻队真的能挡住风族和河族的攻势吗?

"别忘了影族正在帮我们!"鼠须说道,"当褐皮把我拉开的时候,我正在和一个影族学徒并肩作战呢。他们都是非常优秀的战士,当时我们差一点儿就把那位风族武士打败了。"他的尾巴在地上扫来扫去。

"坐好别动。"叶池呵斥道。

很显然,鼠须正迫不及待地想回到战场。他难道不清楚,现在的情况有多严重吗?四个族群打成一团,星族并未事先警告,大家甚至都不知道战斗的真正原因。

松鸦爪朝巫医巢穴跑去。包扎栗尾伤口的叶子需要换了,他要取些新叶子,再将它们浸湿。但是他刚来到巢穴入口附近,四周的空气突然变得非常寒冷,冻得他脊背上的毛都竖了起来。

"天为什么突然黑了?"小玫瑰的声音在石头山谷上空不停地回响。

一场风暴要降临了吗?

灰条和白翅快速穿过通道。

"发生什么事了?"灰条问道。

"为什么营地突然变黑了?"黛西的声音颤抖着,"天空还亮着呢!"

"太阳正在消失!"亮心恐惧的尖叫让松鸦爪怔住了。这次不可能只是乌云遮住了太阳,森林里的鸟儿全都不叫了,连战场上的打斗声都停止了。究竟发生了什么事?

松鸦爪跑回叶池身边:"她刚才的话是什么意思?"

"有个东西正在吞噬太阳!"叶池轻声说道。

米莉的幼崽开始哭叫起来,她赶忙把他们都聚拢到身边。

叶池紧紧地贴着松鸦爪的身体。"我们要保持镇定。"她的身体仍在颤抖,不过声音却很平稳,"这可能是星族在给我们传递信息。别担心,黑暗会马上过去的!"

"什么信息?"香薇云问道。

灰条探过身子,问道:"星族要阻止我们继续战斗吗?"

"我……我不知道啊!"叶池结结巴巴地回答道,"他们之前只是把月亮藏一会儿而已,从没把太阳藏起来过。"

星族为什么现在要给我们传递信息?他们之前从未传递过任何征兆啊!

松鸦爪感觉全身的血液都被冻得凝固了。

这跟星族没有丝毫关系。日神告诉过他们,黑暗即将来临;这种黑暗是星族无法掌控的,就连他们强大的预测能力都无能为力。日神还曾试图发出警告,太阳将会消失,不过他们都没把日神的话当回事。

这时,惊恐的喊叫声从营地外传来,荆棘屏障附近响起了雷鸣般的脚步声。

入侵者已经来了吗?

灰条飞速冲向营地入口,爪子卷起了阵阵尘土。亮心紧随其后,冲了过去。

松鸦爪察觉到荆棘屏障沙沙作响，许多猫涌进了空地。他紧张得屏住了呼吸。

原来是雷族猫。

松鸦爪嗅到，从战场上归来的族猫，身体里都透着一丝恐惧，还有刺鼻的血腥味儿。受伤的猫都惶惶不安，无暇顾及各自的伤情。

"为什么会发生这种事呢？"

"太阳躲到哪儿去了？"

"星族抛弃我们了吗？"

每只猫的心里都害怕极了。

"我们可以在育婴室里躲一躲吗？"冰爪乞求着香薇云。

狮爪冲过荆棘通道，在松鸦爪的身旁停了下来。冬青爪跟在他的身后。

松鸦爪嗅了嗅他俩身上的气味，察觉到他俩伤得并不重，心情终于放松下来。"太阳真的不见了？"他问道。

"是的。"狮爪用爪子抓着地上的泥土。

"天空变得像夜晚一样黑了吗？"

"不，感觉更像黄昏。"冬青爪来到松鸦爪的身边，全身的毛都立了起来。

"太阳真的不见了？"松鸦爪一点儿也不相信。

狮爪用尾巴蹭了蹭松鸦爪的肩膀："在天上太阳原先的位置，出现了一个又细又薄的火圈，太阳的剩余部分都被遮住了。"

真扫兴，为什么我看不见！

"大家都安然无恙吧?"火星问道。

"我们都没事。"灰条咆哮着,"其他几个族群的猫都去哪儿了?"

"他们都逃回自己的领地了。"黑莓掌的声音从荆棘屏障处传来。

雷族猫的呜咽声和吼叫声此起彼伏。

"香薇云!"冰爪喊道,"你在哪儿?我看不见你!"

"大家都不要慌!"火星命令道,"我不知道发生了什么事。不过,作为武士,我们必须勇敢地面对任何事情。"

雷族猫渐渐安静下来。

火星朝叶池走去:"你能告诉我们,到底发生了什么事吗?"

叶池会提到日神的警告吗?

"星族并没有明确的预兆。"她回答道。

因为他们也不知道啊……松鸦爪伸缩了一下爪子。

"这一定是个征兆。"叶池说道,"让我们停战的征兆。"

"但是挑起战争的不是我们!"榛尾哭喊道。

"是风族猫挑起了战争。"白翅低声说道。

"为什么我们雷族要受这种罪?"香薇云号叫着。

叶池晃了晃尾巴:"不过,它使得战斗最终结束了。这一定就是星族想要看到的。"

"难道从现在开始,我们要一直生活在黑暗中吗?"刺掌声音里的愤怒甚于恐惧。

"等一下!"叶池高喊道,"天空开始变亮了,太阳回来啦!"

第十七章

　　冬青爪注视着山谷上方的树林，太阳驱散了昏暗的天色，天空重新变得蔚蓝，空气也温暖起来。狮爪在她的身边伸伸爪子，松鸦爪嗅着空中的气息。鸟儿再次欢唱起来，绿叶季末期的蜜蜂们从营地边缘的草丛飞起来，拍着沉重的翅膀飞走了。阳光暖洋洋地晒着冬青爪的皮毛，但是她的身体却依旧颤抖着——她遍体鳞伤的身体已经不受控制地颤抖起来。

　　刚才到底发生了什么事？

　　冬青爪转身想问松鸦爪。如果将太阳藏起来的是星族，那他一定知道些什么。可是松鸦爪已经跑到叶池身边，帮着她安抚和治疗神情焦虑的伤员。

　　"你的前爪能伸直吗？"叶池问蕨毛。这只金棕色的公猫试了试，却痛得缩了回去。

　　"你的肩膀扭伤了。"叶池说道，"你先去半边石那里等着。我很快就过去。"她又来到白翅身边。这位武士雪白的皮毛沾满了血，变得无比暗淡。"你有没有关节或肌肉扭伤呢？"

　　"只是有些抓伤。"白翅回答道。

天蚀遮月
TIANSHIZHEYUE

"你去武士巢穴旁边等着。"叶池命令道,"我们会尽快给你送些草药糊。"

"刺掌扭伤了一只后爪。"松鸦爪说道。

"把他扶到空地另一头,让他在高石台下方休息一会儿。"叶池告诉他。她继续看着其他猫,让榛尾和罂粟霜、白翅在一起等着。

榛尾在白翅身旁蹲伏下来:"太阳怎么会忽然没了呢?"

"那时,天空万里无云,所以不可能是云捣的鬼。"罂粟霜深吸了一口气。

"云也绝不会让太阳变得那么昏暗、寒冷。"白翅补充道。

叶池严厉地瞪着她们。"你们要舔一舔自己的伤口,不要像麻雀一样叽叽喳喳地聊天!"她推了推桦落和莓鼻,指着刺掌身边,"去那里等着!"

桦落一瘸一拐地穿过空地,肿起来的爪子在半空悬着。"我真不明白,为什么星族会把太阳从我们这里夺走啊!"他愤愤不平地说道。

莓鼻在他的身边蹦跳着,小心翼翼地抬着自己的一只后爪:"风族猫绝对不应该挑起这场战争。如果星族生了气,他们是逃不掉惩罚的。"

冬青爪瞥了一眼自己的弟弟,狮爪正在巡查雷族营地。她上前问道:"你还好吧?"

"我没事。"他说道。

他难道不想谈谈太阳消失的事吗?"你太安静了!"

"是啊。"狮爪抬头望着高石台。米莉正爬下落石堆,嘴里叼着小荆棘。她的后面跟着黛西,嘴里叼着小蟾蜍。

"我们去帮帮她们吧!"狮爪建议道,他朝高石台方向跑了过去。

他为什么还这么精力旺盛啊?冬青爪已经筋疲力尽,全身伤痕累累,虽然伤口都不深,却像被蜂蜇过一样痛。冬青爪叹了口气,只得跟了上去。

"我可以自己下去!"小蟾蜍生气地挥舞着爪子。

"别乱动,否则我们都会摔下去!"黛西费力地从嘴里挤出几个字。她跳了几下,落在地上,回头望着米莉:"你可以吗?"

米莉点点头。小荆棘的眼睛睁得圆圆的,身子正在米莉的下巴下面来回晃荡着。

今天的事可不经常发生啊!冬青爪本想把这句话告诉这只刚出生不久的幼崽,却不知道这个小家伙能不能听懂。

狮爪伸出一只前爪,扶着米莉的身体。她刚顺利地落在空地上,身后就传来石子滚落的哗哗声。"我们马上就会把其他猫带下来的。"他承诺道。

"谢谢你!"黛西把小蟾蜍放下来。他抖抖皮毛,马上跑开了。

"小心!"黛西喊了一声。她看到小蟾蜍径直朝灰条冲过去,不由得闭上了眼睛。

灰色皮毛武士连忙闪到一旁。"小家伙,你为什么不去看看

米莉的窝？去弄清楚里面有没有足够的苔藓，好吗？"他说道。

"好的！"小蟾蜍朝育婴室跑去。

灰条朝黛西眨了眨眼睛："你看，他一点儿都没被吓到。"

黛西的眼睛突然暗淡下来。"他把刚才的事情，当成了一次历险。"她叹了口气道。

"如果他真的这么认为，也不是什么坏事。"灰条从米莉那儿接过小荆棘，跟着黛西朝育婴室走去，米莉走在他的身边，他们的皮毛紧紧地挨着。

狮爪已经跳上了落石堆。冬青爪拖着疲惫的身躯，跟在他的身后，走进火星的洞穴。

里面黑得什么也看不见，冬青爪差点儿就被蹲在入口处的小玫瑰绊倒。在小玫瑰身后，长尾正哄着小黄蜂，这只灰黑色的小公猫正哭叫着找母亲。

长尾用尾巴轻轻地抚摩他："别叫啦，你会把妹妹吵醒的！"

冬青爪依稀认出蜷缩在鼠毛肚皮上睡着了的小梅花。

"别惊动她！"鼠毛用尾巴将冬青爪赶到一旁，"待会儿灰条会带她下去的。"

长尾用鼻子推了推冬青爪的肩膀，他那双盲眼睁得圆圆的，流露出一丝忧虑："你刚才看到了吗？"

他指的是太阳消失的事。

"看到了。"

"松鸦爪怎么说？"鼠毛问道。她的眼睛在昏暗中闪着亮光。

狮爪耸耸肩，回答道："他不会把从星族那里得知的消息全都告诉我们的。"

冬青爪看向狮爪的眼睛。他跟我想的是一样的吗？如果他们三个真的有特殊的能力，真的比星族还要强大，那么松鸦爪就应该知道，太阳消失预示着什么。可是狮爪却避开了她的目光。

"或许今晚他还会跟星族分享梦境。"冬青爪满怀期望地说道。

鼠毛用尾巴圈住小梅花："但愿如此吧。"

冬青爪叼起小黄蜂后颈，将他提了起来。小黄蜂吃惊地尖叫着，在空中不停地挥舞着小爪子。

小玫瑰吓得直往后退缩："我不想被你们带下去！"

"嗯，可你别无选择！"狮爪迅速叼起她，冲出了洞穴。

冬青爪用疲惫的爪子无力地抓着地面，跟着狮爪向育婴室走去。灰条正等着把小猫们集合起来，送到里面。

"小梅花睡着了。"冬青爪把小黄蜂交给他，说道。这时她突然感觉脖子上的一道伤疤疼了起来。"鼠毛说，你可以待会儿再带她下来。"冬青爪忍痛说道。

灰条点点头，消失在黑莓丛中。

炭爪一路小跑赶了过来："幼崽们都还好吧？"

"狮爪！"叶池的声音从对面的空地上传来，"你带狐爪去找些蛛丝。"她正忙着把草药糊涂抹在蜜蕨肩头的割伤上。

狐爪听到自己的名字，立刻跳了出来。"我知道一个地方，

天蚀遮月
TIANSHIZHEYUE

那里有些巨大的蛛网。"他说道,"营地入口外面,有一段中空的木头,里面全都是蛛网。"

狮爪瞥了一眼黑莓掌。雷族的副族长正站在高石台下,松鸦爪把一撮黏黏的草药糊贴到他身体一侧的伤口上。"我现在可以出去了吗?"狮爪问道,"叶池说要找些蛛丝。"

"可以,不过多加小心啊!"黑莓掌警告道。

狮爪和狐爪离开后,叶池对冬青爪说道:"巫医巢穴里的水池旁有一堆草药,你把它们带给白翅和其他猫。你之前接受过巫医的训练,所以你要示范给他们看,教他们把草药嚼碎,然后舔在伤口上。"

"我知道该怎么做。"炭爪突然说道。

冬青爪眨眨眼睛:"你怎么知道的?你又不是巫医学徒!"

叶池正在给蜜蕨的伤口绑蛛丝,这时停了下来。"她在巫医巢穴里待了很长时间,想必都看会了。"她对炭爪说道,"你跟冬青爪一起去帮忙。不过还是要小心你的腿啊!"

"我会的。"

她俩向巫医巢穴跑去,冬青爪注意到,炭爪走起路来居然不再一瘸一拐的了。"你的腿怎么样了?"她问道。

"比以前好多了。"炭爪说道,"虽然现在我还不能完成所有的战斗动作,但是用不了多久,我一定可以的。这多亏了最近的游泳练习。"她平静地补充道。

她们经过松鼠飞的身旁。这只暗姜黄色的母猫正姿势怪异地

坐在空地边缘，她的臀部没沾着地，一只后爪伸在空中。

冬青爪跟她点头致意，但是松鼠飞只是用呆滞的目光看着她。

冬青爪顿时不安起来："叶池检查过你的伤了吗？"

"还没有。"松鼠飞的声音有些颤抖。

好像有什么不对劲儿！

冬青爪朝她的身下扫了一眼，发现松鼠飞周围的沙地都被染成了暗红色。她在流血！"你受伤了！"冬青爪顿时忘掉了周身的疲惫，冲到自己母亲身边，嗅着她皮毛的气味。在她的胸部下方，鲜血正汩汩地流着。松鼠飞的前爪不停地颤抖着，当她想蹲伏下来时，发出了一声长长的呻吟。

冬青爪身后传来了匆忙的脚步声。

"怎么了？"沙风来到她的身边。

"松鼠飞在流血。"冬青爪轻声说道。她觉得自己的爪子似乎都失去了知觉。

松鼠飞又发出了一声呻吟，忽然侧着身子栽倒在地，露出了鲜血淋漓的肚子。

沙风吃了一惊。"她伤得这么重，为什么还没得到治疗啊？"她焦急地用尾巴蹭蹭冬青爪，"快去找叶池！"

冬青爪注视着自己的母亲，松鼠飞不住地喘着粗气，腹部毫无规律地抽动着。

"快去啊！"沙风把冬青爪推开了。

叶池正蹲坐在空地的另一端，咀嚼着草药。

天蚀遮月
TIANSHIZHEYUE

"松鼠飞受伤了！"冬青爪简洁地说道。叶池立刻站起身来，朝那只母猫飞奔过去。

冬青爪赶忙跟了过去。她看到叶池蹲下来，用一只爪子将松鼠飞翻了过来。她停下脚步，仔细地观察着。叶池小心翼翼地拨开松鼠飞肚皮上暗姜黄色的皮毛，一条又深又长的伤口露了出来。伤口从胸部一直延伸到后腿根，鲜血不停地从伤口流出来，她腹部下方的那块沙地上，已经形成了一片血泊。

冬青爪将鼻子紧紧地贴在松鼠飞的脸颊上。"她好像没有呼吸了。"这时母亲的眼睛合上了。"求你了，不要闭上眼睛！"冬青爪不停地乞求着。她忽然看到狮爪和狐爪回来了，口中还衔着蛛丝。感谢星族！"你们快过来！"冬青爪高喊着。

狮爪冲到母亲的身边。

"给我一些蛛丝。"叶池一把从狮爪的口中拽过蛛丝，压在松鼠飞的伤口上。她示意狐爪也带着蛛丝过来。"你到我巢穴里的水池旁，"她告诉狐爪，但是并没有抬头，"取些浸湿的苔藓，有多快跑多快！"

狮爪惊恐地望着自己的母亲。

"你也去！"叶池咆哮着说道，"快！"

狮爪和狐爪箭一般地跑开了。

松鸦爪一定是听到了这边的动静。他离开黑莓掌，爪子上沾满了草药糊，急匆匆从众多伤员间穿过。

黑莓掌看着松鸦爪，眼里闪过吃惊的光。接着他的目光越过

松鸦爪，落在了松鼠飞身上。黑莓掌猛然明白了什么，于是飞快地沿着空地边缘跑了过去，松鸦爪给他腹部涂的草药糊全都掉了下来。他在冬青爪的身边停下来："发生什么事了？"

"她的肚子受伤了。"冬青爪轻声说道。

"怎么回事？"

沙风愧疚地摇摇头："她跟我在湖边并肩作战时负了伤，当时我以为她没什么事。她身经百战，从没倒下过。"

黑莓掌在自己伴侣的身边蹲伏下来。"求求你，不要离开我！"他哀求道。

听到黑莓掌的声音，松鼠飞的眼睛睁开了一下，接着又闭上了。

黑莓掌用鼻子轻轻地推了推她："你会没事的。叶池一定不会让你死的。"

冬青爪满怀希望地注视着叶池，但是巫医依旧忙着处理松鼠飞的伤口，连头都没抬一下。松鸦爪挤到她的身边，看到叶池将新鲜的药糊敷在伤口上，他马上将蛛丝包裹在上面。

狮爪回来了，把一团滴水的苔藓放在叶池身边。叶池一把抓起苔藓，开始清洗血迹："再取一些来！"

对于冷水的刺激，松鼠飞没有任何反应，她已经处于深度昏迷状态了。

冬青爪向前探了探身子："她会没事的，对吧？"

黑莓掌开始舔松鼠飞的脸颊："亲爱的，好好休息吧，我一直会在你身边等着你醒来。"

"发生什么事了?"火星一脸震惊地俯视着松鼠飞,眼睛瞪得大大的。

"你们都往后退!"叶池突然大吼道。

血液在冬青爪的耳朵里奔腾。母亲马上就要死了!她呆呆地向后退去,紧紧地贴着黑莓掌——父亲的身体正在颤抖。

"冬青爪!"叶池直直地看着她,"到我的巢穴取些橡树叶子!"

橡树叶!橡树叶!冬青爪心里不住地念叨着,生怕自己会忘记了。她的脑子里早已乱作一团。

她来到巫医巢穴,将爪子伸进岩缝,拽出一大把叶子来。她仔细辨认着,终于将橡树叶挑了出来——其实它们很好认。冬青爪嘴里衔着叶子,飞快地跑回叶池身边。

"你要我把它们嚼成药糊吗?"冬青爪把橡树叶放在叶池身边,问道。

"让松鸦爪来吧。"

冬青爪让到了一边。狮爪正凝视着自己的母亲,眼睛里冒出愤怒的火苗。他很想知道,这是谁干的。

冬青爪觉得自己像幼崽一样不住地颤抖着。她闭上眼睛,感到沙风靠在了自己身上。

"如果还有谁能救松鼠飞一命,那一定就是叶池了。"

冬青爪依偎在沙风身上,对她带来的温暖心怀感激。这时,

叶池和松鸦爪已经包扎好了松鼠飞的伤口。

叶池抬起了头。"我已经尽力了,"她说道,"现在她能不能活下来就全看星族的了。"她拾起一团苔藓,放在松鼠飞的嘴唇上,让水滴入她的口中。

过了一会儿,松鼠飞终于吞咽起来。这是个好迹象吗?

"她需要一个温暖的窝。"叶池解释道,"但是我不敢移动她,我怕她的伤口会再次崩开。"她的目光落在冬青爪和狮爪身上,"你俩能在她的周围搭一个窝吗?"

冬青爪点点头。当然没问题!

"蕨叶、苔藓、羽毛,无论找到什么都行。"叶池说道,"松鼠飞需要温暖的环境,而且必须保持安静。"她伸出爪子,"松鸦爪,看着她,如果她有任何变化,请立即向我汇报。我不得不去看其他伤员了。"她看了看亮心。亮心的嘴里衔着一束草药,正忙着照料受伤的武士。"亮心一定应付不过来。"

火星走上前去,把鼻子贴在叶池的头上说:"我为你感到骄傲。"

"我只希望,我没有遗漏什么。"叶池低声喃喃道。

火星转身对自己的伴侣说:"你一定累坏了。去吃点儿东西,休息一下吧!"

沙风绿色的眼睛里闪着幽光:"她是我的孩子,我不会离开她的!"

冬青爪突然感觉心像刀割一样痛。她也是我的母亲,她不能

天蚀遮月
TIANSHIZHEYUE

死啊!

"来吧!"狮爪用尾巴在冬青爪的肚子上蹭了蹭,"我们给她搭个窝。"

狐爪和冰爪在一条尾巴远的地方蜷成一团。他们一直就在那儿看着吗?

"我们能帮什么忙吗?"狐爪问道。

"我们要找些东西做窝,"狮爪告诉他们,"柔软、暖和的东西都可以。"

狐爪和冰爪马上跑开了。冬青爪注意到,火星和黑莓掌正在高石台下跟灰条、尘毛和刺掌交谈。他们表情凝重,声音也压得很低。冬青爪伸长耳朵,却听不清楚他们谈话的内容。

"战斗已经结束了吧?"她问道,"还有什么好讨论的呢?"

"这场战斗还没分出胜负。"狮爪回答道,"太阳一消失,战斗就停止了。现在太阳出来了,风族很可能会回来,将他们挑起的战斗进行到底。"

"他们不能这么做!"冬青爪吃惊得竖起了毛,"星族已经告诉我们不能再打仗了!"

"藏起太阳的可不一定是星族。"狮爪嘟囔道。

狐爪飞奔回来,嘴里叼着一根巨大的羽毛。"这个可以吗?"他忍不住打了个喷嚏,羽毛一下子飞到了空中,又缓缓地飘回地面。

"不错,你给我们开了个好头。"狮爪说道,"可是我认为,我们应该再到营地外面找找,我们需要很多东西垫窝。"

猫武士

冬青爪瞥了一眼躺在身边的松鼠飞,她的身体几乎一动不动,她看起来那么弱小,身体的热量也几乎散失殆尽。松鸦爪紧紧地贴着她的身体,鼻子靠在她的鼻子上,似乎在倾听她的呼吸。

"我们走吧!"狮爪催促着,带头穿过入口,走进了森林。

冬青爪吃惊地环视着四周。这里好安静啊,好像什么都没发生过一样!阳光透过树枝洒向大地,鸟儿在林间鸣叫。几片叶子静静地飘落下来,落叶季的脚步越来越近了。许多香薇叶都变成了黄褐色,又脆又硬,并不适合铺窝。

冬青爪在狮爪的身后走着,渐渐地,疲乏再次袭来。

随处可见被踏平的草丛和挂在黑莓丛上的皮毛碎片。冬青爪想起刚刚结束的那场战斗,身上的伤口又痛了起来。

"这些叶子很柔软。"狮爪在一片翠绿的香薇丛旁停下脚步,用牙齿咬住一片叶子,使劲将它拔了起来。

冬青爪也用牙齿咬住另外一片,拽了下来。他俩齐心协力,不一会儿就收集了很大一堆。

"狐爪!"狮爪呼唤着族猫。

"我们来了!"

灌木丛一阵抖动,狐爪和冰爪钻了出来,嘴里衔着许多苔藓球。

"我想苔藓已经够了。"狮爪用爪子勾起那堆叶子,朝营地拖去。冬青爪跟在他的后面,发现叶子堆快要倒塌了,连忙上前将它们整好。此刻她已疲惫到了极点,视线也变得模糊了,眼前的森林开始摇晃。

天蚀遮月
TIANSHIZHEYUE

"不管怎样,我们最终都会赢得胜利。"当他们快要走到荆棘屏障时,狮爪喘着粗气说道。

真的吗?冬青爪半信半疑地拖着疲倦的身体,跳过地上那片浅浅的血迹。她感觉四个族群都失去了某种东西,但她并不知道那东西到底是什么。

他们来到了松鼠飞身边。松鼠飞依然一动不动地躺着,松鸦爪仍旧蜷在她身边。察觉到他们回来了,松鸦爪抬起头,站起来伸了伸四肢。"把苔藓放在她的身下吧,"松鸦爪说道,"地面太硬了。"

冬青爪取出两捆苔藓,分别放在松鼠飞的肩膀和腰部下面,然后轻轻把她肚子周围的草拍平整。母亲皮毛上面的血已经干了,变得硬邦邦的,弥漫着草药的气味。狮爪把香薇叶铺在松鼠飞的身子周围,冬青爪又把黛西从育婴室里取来的羽毛盖在松鼠飞身上,给她身体保暖。他俩的工作结束后,松鸦爪再次蹲在松鼠飞的身边,将下巴放在她的肩膀上。

"来吃点儿东西吧!"黑莓掌在猎物堆旁边招呼着他们,现在那里只剩下一些小得可怜的猎物。今天根本抽不出时间去狩猎。

狮爪走了过去,冬青爪却站着没动。她实在太累了,没力气吃东西,她的心里充满悲痛。她不愿意再离开母亲半步,就在松鼠飞的脑袋边蜷成一团,在母亲冰凉的耳朵旁轻轻地呼吸着,闭上了眼睛。

请不要让这场战斗将她从我的身边带走!

第十八章

狮爪吞下最后一口猎物。他都没怎么品尝出老鼠的香味儿,好在肚子已经不怎么饿了。狮爪抬起头,看到太阳正挂在晴朗的蓝天上,洒下温暖的光芒,心想,它还会再次消失吗?

发生什么事了?石楠爪的惊叫声突然在他的脑际回响。

他不能信任她。

他不能信任太阳。

他甚至不能信任自己和雷族。

火星安慰着每一只猫,把大家送回各自的巢穴。空地上渐渐变得空空荡荡。

松鼠飞躺在那个临时搭建的窝里,冬青爪和松鸦爪依然蜷缩在她的身旁。叶池正在给松鼠飞进行复查。

"你必须休息一下!"火星劝着巫医。

叶池摆了摆爪子:"其他伤员都怎么样了?"

"亮心会照料他们的。如果需要你的话,她会来找你的。"火星望着那只不停忙碌的独眼猫,亮心正在各个巢穴间来回穿梭,查看里面伤员的情况。

"她也需要休息啊!"叶池说道。

"你休息完了,她再休息。"

叶池眨眨眼睛,打了个哈欠,胡须不停地颤抖起来。"好吧。"她同意了,"不过,如果有什么事情,要立刻叫醒我!"说着,她看了看松鼠飞。

冬青爪凑上前去,依偎着自己的母亲,又将鼻子紧贴在她的耳朵边,好像这样就能让母亲的伤情好转。狮爪肩头的肌肉绷得紧紧的,使劲把爪子插进松软的泥土。如果他能代替母亲作战,他知道自己一定会取得胜利。他沮丧得爪子隐隐作痛。狮爪明白,松鼠飞当时必须独自应战,她别无选择。

火星用鼻子蹭了蹭狮爪的耳朵:"你也去休息一下吧!"

"我不累。"狮爪凝视着火星那双清澈的绿色眼睛。

火星眨眨眼睛,说道:"那好吧,我们去讨论一下眼下的局势。"

狮爪跟着他,来到尘毛、蜡毛、黑莓掌、云尾和沙风分食兔子的地方。

看到他俩来了,沙风抬起头,把仅剩的一口兔子肉推给了火星:"你一定很饿了吧?"

"过一会儿猎物堆满起来的时候,我一定会去吃些东西。"火星回答道。

沙风注视了他一会儿,又低头看了看兔子肉,说道:"跟别的猫一样,你也需要补充足够的体力才行。"

火星终于被说服了,他坐下来,垂下肩膀,把那些兔子肉吃

了下去:"谢谢你。"

黑莓掌坐立不安,身体侧面扎进去的荆棘令他疼痛难忍。狮爪本想大声怒吼,但还是忍住了。如果不是石楠爪背叛了自己,哪会有这么多猫受伤啊!他也坐了下来,现在是他们制订计划,向风族和河族猫报仇的时候了。这些胆小鬼,他们鬼鬼祟祟地偷袭雷族,真是让武士蒙羞。雷族一定要让他们为自己的所作所为付出沉重的代价。

"你们认为太阳还会再次消失吗?"尘毛甩了甩尾巴问道。

蜡毛还没清理爪子上的血迹,他用一只被血染红的爪子,在土里画了一条线,说道:"这也许只是个开始。"

"大家一定不能慌乱!"火星咽下了兔肉,说道,"我们必须相信,这只是一条单纯的信息,别无他意。"

这难道就是他们谈话的主题吗?消失的太阳?狮爪简直不敢相信自己的耳朵。

"如果这并非一条单纯的信息呢?"尘毛提出了疑问,"如果这是太阳开始离开的迹象呢?"

"太阳从未离开过。"沙风争辩道,"为什么它现在要离开呢?"

"以前太阳也从未在天空消失。"蜡毛指出,"可它不是在天空消失了吗?"

"这难道真的是星族在警告我们,叫我们别再打仗了?"黑莓掌说道。

天蚀遮月
TIANSHIZHEYUE

"为什么要警告我们呢?"尘毛大吼道,"我们又没有挑起战争!"

"或许就是一团奇怪的云把太阳遮住了。"云尾推测道。狮爪知道,这位武士是在两脚兽巢穴出生的,从来没有真正信仰星族。

"那么这团云是从哪里来的呢?"蜡毛问道,"它去了哪里?当时天空可是一片晴朗。"

云尾耸了耸肩:"一定是有某种原因的。"

尘毛甩甩尾巴说:"星族。除了他们,还能有谁呢?"

那有什么关系?狮爪的内心升起一股怒火。与风族的战斗还未取得最后胜利,如果他们还想在窝里睡得安安稳稳,就必须尽快永远结束它。这跟太阳毫无关系。他们必须设法尽快消灭敌人。他的爪子不停地抓挠着地面。

"你有什么要说的吗?"

狮爪这才意识到,黑莓掌正注视着自己。

我有一肚子的话想说。狮爪站了起来。"我们要好好教训风族一顿!"他大声说道,"一定要让他们尝到侵略我们的苦果!"

黑莓掌摇了摇头:"狮爪,血已经流得够多了。"

"战斗已经结束了。"火星说道,"我们现在要找出太阳消失的真正含义。"

"叶池会去月亮池跟星族交流吗?"沙风问道。

火星瞥了一眼躺在空地另一边的松鼠飞:"等伤员们好转一

些,我会让她去的。"

"真希望他们早日康复!"尘毛嘟哝着。

蜡毛的皮毛平顺下来:"越快越好。"

狮爪再次开始烦躁地抓着地面。为什么非要向他们的祖灵询问答案呢?现在不应该只是问问题,而是应该马上行动。不管怎样,这场仗都必须打。"为什么我们不能……"

他的话语戛然而止。

他打断了沙风的话。她正张着嘴,瞪着自己。

"对不起。"狮爪向后退了几步,突然意识到自己是这里唯一的学徒。

"或许你该休息了。"火星轻声建议着。

狮爪点点头,转身走开了——自己这位学徒就不插嘴了,让武士们尽情地去忧虑和担心吧。每走一步,他都将爪下的沙土踢得飞扬起来。总有一天,他们会听自己的。

冬青爪和松鼠飞还在睡觉。他在她们的身旁停下来,看着她俩的腹部一齐上下起伏着,像是在用同一只鼻子出气。松鸦爪已经睡醒,离开了这里。松鼠飞身旁的那几片香薇叶,被压得全是褶痕。

就好像是听到了狮爪内心的召唤,这时,松鸦爪叼着蘸过水的苔藓,从巫医巢穴里钻了出来。狮爪看着他从巢穴一路走到松鼠飞身旁,将润湿的苔藓放在母亲的嘴唇上。

"她会活过来吗?"狮爪轻声问道。

"我想会的。"松鸦爪没有抬头,"她的伤口没有感染。"

"星族警告过你,松鼠飞会受伤吗?"关于战斗的事,他们一点儿都没警告过你吗?狮爪期待着松鸦爪的回答,心脏越跳越快。

松鸦爪把苔藓放下来。"没有。"他把松鼠飞鼻子旁边卷起的一片蕨叶弄平整,接着说道,"到目前为止,他们从未提过任何关于太阳消失的事情,也没有提过这场战争。"

狮爪眯起眼睛,他知道自己的弟弟一定在想着什么。"你并不认为这两件事跟星族有关系,是吗?"

松鸦爪坐了下来,回答道:"是的。"

然后呢?为什么松鸦爪总这么神秘兮兮的?

"我想……"松鸦爪有些犹豫不决。

"你想说什么?"

松鸦爪抬起头:"我想有一只猫可以给出答案。"

狮爪脊背上的毛竖了起来,松鸦爪那双淡蓝色的盲眼似乎正在注视着自己,就好像他看得到似的。

"我们要找到日神。"松鸦爪开口说道,"是他说出了太阳即将消失的预言。他告诉叶池,巨大的黑暗即将降临,太阳会因此消失。我还期待着他会告诉我们更多信息,可紧接着,火星就把他送走了。"

狮爪顿时感到一阵失望。原来松鸦爪的关注点,跟那几位武士差不多啊!"你们为什么都跟太阳过不去呢?"他抽动着尾巴,

"太阳消不消失的,已经无所谓了。它现在已经出来了,我们都没受什么影响。可是别忘了,我们还要对付风族!如果我们不做好准备,他们还会……"

松鸦爪突然打断了他。"这当然很重要。"他大吼道,"风族不过是扎在我们皮肉里的一根刺,我们什么时候想把它拔出来都可以。可是太阳消失这件事,日神知道它会发生,星族却不知道!难道你还不明白这意味着什么吗?"

狮爪确实没听懂,不过他可不想承认。于是他接着问道:"那我们该怎么做呢?"

"我们必须先找到日神。"

狮爪惊讶地往后退了几步:"你别傻了!他昨天就离开了,现在可能在任何地方。而且火星也不会允许我们去找他。经过这场战斗,半数武士都受伤了。谁又知道下次入侵会在什么时候呢!"

松鸦爪的耳朵耷拉下来。"你难道忘了那个预言吗!"他大喊道,"我们掌握着群星的力量。这就使得我们比火星,甚至星族还要强大。如果日神知道太阳消失的原因,我们就必须找到他问个清楚!"

第十九章

松鸦爪真想冲上去揪住狮爪的耳朵,让他认真听自己说。你一定要明白我的意思呀!"我们必须找到日神!"

他身旁的松鼠飞突然醒了。"谁?"她深吸一口气问道。

她醒了!

松鸦爪弯下身子,将鼻子贴在母亲的皮毛上。虽然她的体温还没达到正常水平,但是已经能感到一丝暖意,伤口也没有感染。松鸦爪又把爪垫放在她的腹部,感到她的呼吸已不再急促。松鼠飞正在从受伤的休克中恢复。

"狮爪呢?"松鼠飞问道,声音听起来十分虚弱。

"我在这里。"狮爪说着,用鼻子蹭了蹭她的耳朵。

"冬青爪怎么样?她受伤了吗?"

"冬青爪也没事。"松鸦爪对她说,"我们都没事。"

香薇叶哗啦啦地响了起来,松鼠飞抬起了头:"太阳又消失了吗?"

"你看!"松鸦爪鼓励她睁开眼睛,"太阳正在发光呢!"

松鼠飞又垂下了头,说道:"星族一定是生我们的气了。"

"让他们生气的不是我们，"狮爪说道，"是风族。"

这跟星族没有关系！他拍掉母亲头上沾的香薇叶，感觉自己像在照顾一只心情焦虑的幼崽。

冬青爪也醒了过来。"她醒了吗？"她跳起来，"松鼠飞？"

"是你吗，冬青爪？"

冬青爪把鼻子拱进母亲的皮毛："我吓坏了，还以为你要死了呢！"

松鼠飞发出一声轻柔的呼噜。"小家伙，我永远不会离开你们的。"她承诺道。

一阵爪子落地声传来，松鸦爪嗅到了亮心的气味。

"我看到她动啦！"独眼武士满怀期盼地说着。

"她已经醒了。"松鸦爪告诉她，"没有发烧，呼吸也很正常。"

"要我去找叶池吗？"亮心问道。

松鸦爪摇摇头："叶池正在睡觉。要是松鼠飞的伤口不再流血，神情也不再烦躁不安，就别叫醒她了。"

"这儿为什么有这么多羽毛呢？"松鼠飞嗅着盖在身上柔软的东西，爪子虚弱地摸着身下的垫子，"还有，这些香薇叶是从哪儿来的？"

"我们给你搭了个窝。"冬青爪告诉她。

"谢谢你们。"松鼠飞的话语里充满温暖和自豪，"我真骄傲，我的孩子们都这么勇敢、善良。"

"松鼠飞，你要休息一下。"亮心提醒道，"你失血太多了。"

天蚀遮月

"好的。"松鼠飞呼出一口气,引得周围的香薇叶跟着一起颤抖。

"她闭上眼睛了!"冬青爪轻声说道,"我们走吧,别打搅她休息。"

"你们也休息一下吧。"亮心建议道,"叶池醒来之前,我会一直看着松鼠飞的。"

松鸦爪的毛竖了起来,这是个寻找日神的好时机。"谢谢你,亮心。"他装出疲惫不堪的样子。"走吧!"他冲狮爪和冬青爪喊道,"我们去睡会儿!"

松鸦爪确认已经走出亮心的听力范围,才停下了脚步。

"怎么了?"冬青爪停在他身边,"你总是一惊一乍的。"

"我们必须找到日神!"

"什么?"

狮爪叹了口气:"松鸦爪坚信,那只陌生猫知道太阳消失的原因。"

"为什么?"冬青爪的呼吸吹得松鸦爪的胡须不住地颤抖。

"因为他警告过我们,会发生这件事!"松鸦爪不等冬青爪提出另一个愚蠢的问题,就说道,"大家都以为我们在睡觉,我们正好马上去找。"

狮爪围着姐姐走了一圈。"我们必须跟他一起去。"他提醒着,"如果我们不去,他就只能自己去了。"他停下脚步,看着冬青爪,"你的体力还行吗?"

"是的。"冬青爪点点头,"我休息一下,好多了。不过等我一下。"她马上跑开了,过了一会儿,叼着一只不太新鲜的鼩鼱回来了。

松鸦爪皱起了鼻子:"你该不会要吃这个吧?"

"我饿坏了。你不饿吗?"

"不。"松鸦爪十分焦虑,根本没心思去吃东西,他想办完事后再吃,"快点吃吧。"

冬青爪开始狼吞虎咽地吃了起来。

"亮心在看着我们吗?"松鸦爪问狮爪。

"她正在照顾松鼠飞,"狮爪告诉他,"她正背对着我们。"

"空地里还有谁?"

"没有其他猫。"狮爪告诉他,"其他猫都回自己的巢穴了。"他顿了一会儿又说,"火星在高石台上。"

"不过他已经睡着了。"

狮爪惊得浑身的毛竖了起来:"你怎么知道的?"

"我能听到他的呼吸声。"松鸦爪嗅着空中的气味,闻到灰条正守卫着营地入口,"我们只能通过排便处通道溜出去。"

"不要!"狮爪叹了口气,"你确定,我们必须找到日神?"

松鸦爪抓着地面,说道:"他可能知道所有事情的答案。"

狮爪探过身子:"你是说那个预言,对吗?"

不只是预言,还有星族,还有杀无尽部落。这些秘密,还有其他哪只猫能了解呢?"我只是猜测。"松鸦爪承认道,"但是

天蚀遮月

我必须弄明白这件事!"

狮爪推了推冬青爪:"你吃完了吗?"

"完了!"冬青爪说着,继续嚼着食物。当松鸦爪领着他们沿着荆棘屏障,走向排便处通道时,冬青爪还在不停地打嗝儿。

松鸦爪用尾巴扫了扫她的鼻子:"安静!"

"对不起。"

"等一下!"狮爪发出警报,他把松鸦爪按在一片草丛后面,"亮心正在四处看呢。"

"她看到我们了吗?"松鸦爪轻声问道,心脏怦怦直跳。

狮爪屏住了呼吸。"没有。"他最后说道,"她已经去守着松鼠飞了。现在可以安全离开了。"他直起身体,向前走去。

"等等!"松鸦爪低声喊着,用尾巴阻止他向前,他知道有几只猫正朝这里走来。

狮爪在松鸦爪身边伏低身子:"什么情况?"

桦落和莓鼻正一前一后穿过排便处通道,向营地走来。

"我用一只爪子,就击败了两位风族武士。"莓鼻吹嘘道。

"他们的速度很快,不过体格太小了。"桦落说道,"只要你抓住了他们,击倒他们就很容易了。"

"他们不像河族,"莓鼻讥笑道,"河族猫只知道吃,看起来更像披着毛皮的大鱼,而不是猫!"

松鸦爪屏住呼吸,听到他们的爪子落地声经过身边,消失在武士巢穴里。

"我怎么能知道他们会穿过通道，钻到这里来呢！"狮爪嘟哝道，"隔着荆棘，我什么都看不见。"

"你的耳朵是干什么的？"松鸦爪呵斥道。

他们从排便处通道挤了出来，来到树林里。尽管排便处的臭气还残留在松鸦爪的鼻孔里，但是他心情却轻松下来。他领着冬青爪和狮爪爬上斜坡，向湖边走去。路边有一片可供藏身的荆棘，他们可以藏在后面，弄清楚该往哪里走。

"接下来呢？"他们在荆棘后停下，冬青爪催问道。

松鸦爪嗅了嗅空中的气味，他希望自己能嗅到一丝日神的气息，不过他也知道这个愿望有些渺茫。虽然日神造访雷族后，天一直没下雨，可是四个族群大战过后，森林里充满了陌生的味道，日神的气味早就无处可寻了。

"尘毛把他送到风族边界了。"狮爪提醒他。

"那里也是我第一次见到他的地方。"冬青爪兴奋地说，"当时他在荒原上。"

"那么他现在一定不在那儿了。"松鸦爪说道。

狮爪用尾巴扫着身边的叶子："为什么呢？"

"因为他已经去过那儿了。"松鸦爪确信，日神知道四大族群的全部事情，上次来找火星一定有什么目的。他还到过风族领地，也应该跟其他族群有过交流。松鸦爪只希望他不是去了河族。河族的领地在湖的另一边，走到那里太远了，他必须在族猫怀疑他们的去向前回来。"他接下来可能去了影族领地。"松鸦爪虽

然不能完全确认，但仍然坚定地说道。他担心的是，如果哥哥姐姐知道他事先没有规划好路线，他们就不会跟着他走了。

"你怎么知道的？"狮爪问道。

"我就是知道。"松鸦爪撒谎道。

"但是我们不能去影族领地！"冬青爪深吸一口气。

"你已经去过了。"松鸦爪提醒她。

"那时情况紧急！"冬青爪反驳道，"我必须去。"

"现在也是情况紧急！"

"但是我们并不能确定他就在那里。"冬青爪坐了下来，"我在影族营地时，一只陌生猫都没看到。"

"或许战斗打响时，他还没到那里。"松鸦爪说道。

狮爪用爪子捋了捋胡子："冬青爪说得对，我们不能冒险进入影族领地。战斗刚刚结束，他们会袭击我们的。"

"你害怕了吗？这可不像你！"松鸦爪嘲笑道。

"我没害怕，我是在为雷族担心。"狮爪大喊。

冬青爪长出一口气，说道："他说得对。影族现在是我们唯一的同盟，我们不能轻易激怒他们。"

松鸦爪生气地伸出爪子，使劲拍着身下的落叶。他们居然无处可去。

"为什么我们不在雷族的领地上先找找呢？"冬青爪建议道，"或许能在边界附近找到日神的踪迹。就算你说得对，他要是想去影族领地，那么他一定会穿过雷族领地，这是最便捷的路线。"

"你说得有道理。"狮爪同意了,"像他那样的独行猫,一定会巧妙地避开族群间的战争。"

"好吧。"松鸦爪点点头,走出了荆棘丛,却被地上的一根树枝绊倒了。

"我来带路。"狮爪提议道。

松鸦爪感到了一种似曾相识的挫败感,但他很快就不去想它了。他比以往任何时候都更接近预言的真相。

他们离开湖边,进入了森林,一直走到他们从未到达过的地方。爪子下的森林地面变得非常陌生,宽大光滑的橡树和山毛榉叶子,逐渐被吱嘎作响的榛子所替代。树木变得更加茂盛,松鸦爪甚至闻不到湖水的气息了。小一些的树木紧紧地依偎在一起,他们不得不在一条蜿蜒的小路上迂回前行。柔嫩的香薇丛和浆果灌木丛慢慢消失了,猎物的气味变得越发微弱,细枝不停地剐擦着他们的皮毛。

地势缓缓地上升。松鸦爪闻到了树林中山风的气息。

"我们已经到了雷族领地的边上了!"狮爪说道。

松鸦爪再次嗅了起来,发现树木间只有寥寥几处雷族猫的气味标记,而且都已经是很久以前的了。再往远的地方,就什么也闻不到了。他跟在狮爪身后越过气味标记,心跳逐渐加快。当他察觉到冬青爪紧贴着自己时,才稍微放松了一些。他有一种感觉,自己正走到世界的边缘。

狮爪停了下来:"我闻到了什么。"

天蚀遮月
TIANSHIZHEYUE

松鸦爪急忙赶上来，嗅着狮爪身边的细树枝。"就是他！"他立刻辨认出了日神的气味，"他来过这里。"公猫的气息虽然已经被微风吹散，变得非常淡，但是他绝对不会认错。松鸦爪凭借嗅觉慢慢向前走去，不一会儿又发现了一根带着日神气息的树枝！他们终于找到了日神行走的路线。

"他一定是朝影族的领地去了。"冬青爪观察着。

"如果他真的进了影族的领地，我们怎么办？"狮爪问道。

"如果真是那样，我们再想办法。"松鸦爪催促道。他心里清楚，现在绝对不能放弃寻找日神。

他们继续循着日神的气息向前行进，最后来到了边界的最高处。突然，松鸦爪嗅到了影族猫的气味。他停下来，竖起耳朵仔细听，但没听到任何影族巡逻队的声音，也没有猫在灌木丛下沙沙作响。

"只有影族的气味标记。"狮爪对他说道，"我们已经到了影族边界的最高点。"

松鸦爪感到一阵欣喜：他的猜测是正确的，日神的确去找影族猫了。但他同时也有一些担心，如果日神真的进入了影族的领地，他们该怎么办？狮爪和冬青爪愿意跟他一起越过边界吗？如果没有他们的协助，他能找到路吗？松鸦爪继续向前走着，突然意识到，影族的气味一直伴随着他们穿过了整片森林。

他们继续向前走，不时就能在这儿的树枝上、那里的树叶上，找到日神皮毛刚擦过的气息。每找到一处，松鸦爪就越发兴奋。

突然，日神的气味消失了。松鸦爪转动着身体，不停地嗅着。

什么都没闻到！

狮爪向前走了一段，嗅闻着灌木丛。"这儿也没有！"他喊道。

不！

松鸦爪冲向前，不顾一切地搜寻着，想找到一些线索。他被一块突出地面的岩石绊倒在地，爪子痛得厉害，他不得不拼命地舔着。

"你还好吧？"冬青爪来到了他身边。

"还好。"他咬牙回应着，这时疼痛缓解了，没什么大问题。

"我想，我们把他跟丢了。"冬青爪叹了口气。

松鸦爪有些慌乱："我们换个方向找。"

"他可能已经穿越影族边界了。"狮爪冷静地道。

"我们去找找看！"松鸦爪催促道。

狮爪身体一僵："不行。"

"等一下！"冬青爪说着跑开了。

"你到哪里去？"

松鸦爪话音刚落，冬青爪已经回到了他的身边。

"我找到了一缕皮毛，"她说道，"上面的皮很长，有玳瑁色和白色相间的斑纹，这一定是日神的。"

她把它扔在松鸦爪身边。松鸦爪上前嗅了嗅，正是日神的。"你在哪里找到的？"松鸦爪问道。

"就在那边的草丛里，"冬青爪回答道，"那里还能看到他

走过的痕迹，草都被压倒了。"

"可是这条路并不通往影族边界，"狮爪说道，"我记得你说过，他朝影族营地方向去了。"

"我一定是搞错了。"松鸦爪耸了耸肩。他并不在意日神去了哪里，他只想尽快找到他。松鸦爪钻进草丛，嗅闻着地上的爪印，向前追去。他将意念逐渐扩展到森林深处，希望能再次找到这只陌生猫的踪迹，但是他只感知到了陌生的气息和不熟悉的领地。

一根荆棘划过松鸦爪的脸颊，疼得他后退一步，荆棘弹回来，重新封锁了道路。

"小心！"狮爪走过去按住荆棘，让松鸦爪通过。

冬青爪用牙齿轻轻地拽住松鸦爪的尾巴，说道："让我走在前面，这里到处都是荆棘。"

松鸦爪没有争辩，让她先过去了。他激动得皮毛刺痛，他们肯定离日神很近了，自从他们离开影族边界，爪印的气息从没有像现在这么浓烈。他就要找到太阳消失的原因了。它跟那个预言有关吗？

"嗷！"冬青爪大叫着，朝后跳过来，撞在了松鸦爪身上。

狮爪在他们后面差点儿绊倒："看着你的脚下！"

"荆棘扎到了我的鼻子。"冬青爪呜咽着。

松鸦爪闻到了血的气味："你没事吧？"

"我没事。"她说道，"我只是没看到，这里太黑了。"

松鸦爪这才意识到，时间已经很晚了。他一直以为，空气变

得寒冽，是因为他们离山区越来越近了。现在太阳一定已经西下。他愧疚地发觉，疲惫犹如洪水一样几乎要把冬青爪淹没了。她今天已经打了一仗，现在他们又从石头山谷长途跋涉来到这里。松鸦爪看着狮爪，发现他依然精力充沛，似乎一点儿也不觉得累。

"或许我们应该停一会儿，"松鸦爪大声说道，"这样冬青爪就能歇一歇。"他第一次感到，自己也很疲乏。走了这么长时间，他的爪子酸痛，全身的肌肉也僵硬了。为了比星族更强大，自己付出了多么大的代价啊！但是他真的感觉自己跟其他学徒没什么两样，他仍然要做最基本的事情——吃饭和睡觉。

"狮爪？"松鸦爪再次喊起来，他突然有些担心，转身对冬青爪说，"你能看到他吗？"

"他就在你前面几条尾巴远的地方。"冬青爪说道，"他蹲伏下来了……"冬青爪的声音突然消失了。

"怎么了？"松鸦爪的心跳到了嗓子眼儿。狮爪发现了什么？

冬青爪压低声音："一个两脚兽巢穴。"她嘶嘶地说道，"就在树林那边，我能看到它。"

松鸦爪连忙跑到狮爪身边，冬青爪也跟了上去。

"它被废弃了。"他们蹲在狮爪身边时，听他总结道，"和我们领地上的那个一样。"狮爪嗅了嗅，"一半墙壁塌了，顶也没了。"

冬青爪吓得身上的毛竖了起来："我闻到了两脚兽的气味。"

松鸦爪皱起了鼻子，这个气味是很久之前的。"它们离开这

里有一段时间了。"他说道。

"快点!"狮爪催促着,他低伏着身体朝前爬去,"跟上!"

松鸦爪跟在后面,紧贴着冬青爪。他意识到,沿着布满荆棘的道路往前走的时候,他是多么需要冬青爪的引导。松鸦爪试着想象自己周围的森林,但是最终他只看到一片漆黑。风低吟着穿过林子,吹得树枝哗哗作响。松鸦爪竖起耳朵,想听到鸟的鸣叫,但是他什么都没听到。它们一定是睡着了。他闻了闻,没有一丝猎物的踪迹,甚至连老鼠也没有。松鸦爪既沮丧,又迷惑,只得继续跟着冬青爪向前走。他觉得自己彻底瞎了。

爪子下慢慢变成了铺满小鹅卵石的地面,接着又变成平整光滑的石块,一直拂动着耳边毛发的微风也停止了。

"我们走进了两脚兽巢穴?"松鸦爪问狮爪。他的声音怪异地回荡着。

"刚到入口。"狮爪轻声回答道。

"你看到什么东西了吗?"松鸦爪闻到前方飘来阵阵臭气,十分厌恶地抽了抽胡须。

"这里空荡荡的。"狮爪小声说道。

松鸦爪的心沉了下去。他们到底还要走多远,才能找到日神?他感觉冬青爪转过身,浑身的毛都竖了起来,不由一惊。

一个低沉的声音从他们身后传来。

"你们是在找我吗?"

第二十章

冬青爪看着日神，突然意识到她和她的伙伴身上有多脏。他们的皮毛皱皱巴巴，沾满了落叶和苔藓的碎片。尤其是她和狮爪，爪子上全是血渍。日神注视着他们，歪了歪有着三种颜色的脑袋，身上的白斑在夕阳下呈现出粉色。他的眼睛闪着淡黄色的光芒，就像阳光映照下的琥珀。

他会不会因为被跟踪而生气呢？

他看起来并没有生气。

他甚至没有一丝惊讶，只是对他们平静地眨了眨眼睛，然后朝他们低头致意。

"我就知道你们会来的。"他的声音就像年景好的时候才能找到一点儿的蜜糖，他看着松鸦爪，继续说道："我知道，黑暗降临后，你一定会十分好奇。"

松鸦爪走上前去："你怎么知道黑暗要来了呢？"

日神抽了抽胡须："它吓到你了吗？"

"当然。"

"即便我已经告诉了你它会来？"

天蚀遮月
TIANSHIZHEYUE

他的目光非常坚定，充满热情。一时间，冬青爪感觉自己的目光呆滞起来，周围的森林变得模糊不清。她能看到的，只有日神的双眼。

冬青爪眨着眼，身体颤抖了一下。我只是太累了，冬青爪安慰自己。

松鸦爪抬起下巴，挑衅地看着日神："你来雷族，就是为了警告我们吗？"

日神的尾巴尖儿甩了甩。"发出警告不是我的职责。"他走到鹅卵石小道边凌乱的草地上，用爪子清理出一块地方，然后坐了下来。他用粗大的棕白色尾巴扫了扫草地，然后将它放在身前。

"来吧。"他朝另一侧歪歪脑袋，示意他们也一起坐下，"如果我们要聊天，就得先坐舒服些。"

松鸦爪向前走了几步，抚摸着草地，冬青爪有些警惕地跟了过去。日神一直注视着他们。这片草地上的叶子很长，质地却很柔软。冬青爪学着日神的方法，拍平一块地，坐了上去。

狮爪却一直在门口徘徊，浑身的毛都竖着。

"坐在这里！"冬青爪喊道。她用尾巴将身边清理干净。

狮爪盯着这只陌生猫，走上前来，坐在冬青爪身边。

"你弟弟似乎不信任我。"日神观察着狮爪。

"你不是族群猫。"狮爪回答道。

日神眨眨眼，问道："你会信任所有的族群猫吗？"

"当然不会。"狮爪高喊起来，"不过我至少可以猜到他们

在想些什么。"

"别忘了，是你们来找我的。"日神不高兴地说道，"你觉得这公平吗？你们先是打扰我，然后又因为无法读懂我的想法责怪我。"

狮爪眯上了眼睛："我想是有点不公平。"

冬青爪察觉到身边的松鸦爪有些坐立不安，他在草地上不停地蹭着前爪。

日神一定也注意到了："你有什么事要问我，对吧？"

"你知道那个预言的事吗？"松鸦爪开口道。

冬青爪吃惊地睁大了眼睛。这个预言只有火星知道，而火星甚至都不知道他们几个是否知道。狮爪也疑惑地抽动着耳朵，为什么松鸦爪要把自己内心最深处的秘密，分享给一只完全陌生的猫呢？

不过他成功预言了太阳消失的事情。

日神忽然摇动尾巴尖儿："这跟你们三个有关，对吧？"

松鸦爪点点头："'你的族群里将有三只猫，掌握着群星的力量，他们都是你的至亲。'"

"看来你们就是'至亲'了。"日神低声呢喃着，再次低下头，向他们表示敬意。

松鸦爪就像幼崽一样，激动得浑身颤抖。冬青爪惊讶地看了他一眼，看来松鸦爪真的相信这只猫能解答星族不愿解答，或者不能解答的问题。冬青爪感到一阵战栗顺着脊柱传遍全身。或许

这个预言真的超过了星族能预估的范畴了。

冬青爪感到一阵难受，心也越跳越快。不过转念间她又把这种想法丢在了一边。在这个世界上，没有什么能凌驾于星族之上，也没有什么能凌驾于武士守则之上。

日神突然搅乱了她的思绪。"预言对你们仨来说，意味着要承担巨大的责任。你们仨太年轻了。"他淡黄色的眼睛同情地睁着。

松鸦爪使劲儿抓着草地："我可以进入其他猫的梦境，进入他们的记忆。"

但是日神却凝视着狮爪："那你呢？我能看见你的心里有东西在燃烧。"

狮爪的尾巴颤抖起来。

日神的声音柔和起来："是不是有什么东西让你害怕了呢？"

"在战斗中，我可以毫发无伤。"狮爪坦白道，声音听起来就像一只乳臭未干的幼崽。

冬青爪盯着自己的爪子。她的特殊能力又是什么呢？她知道这种力量是存在的，她能感觉到它就在自己体内。不过她唯一能确定的事情——就像自己身上的伤疤一样确定——是她必须坚决捍卫武士守则，她坚信武士守则与四大族群生死攸关。

作为一只独行猫，日神会理解吗？他又怎么理解将全体猫族凝聚在一起的武士守则的重要性呢？冬青爪抬起头看着他，满心期望他淡黄色的目光看着自己。但是日神却把脑袋歪向一边，闭

上了眼睛。

"当然了，你们必须继续磨炼这些能力。"他说话的声音很轻，好像这件事对他来说是无关紧要的，"你们要倾听自己内心的声音，遵从自己的直觉。对其他猫而言，直觉只能帮他们寻找食物和居所。而你们的直觉，说不定会帮你们取得更大的成就。"

松鸦爪挥了挥爪子，赶走了落在鼻子上的一只蚊子，问道："太阳消失跟我们有没有关系？"

冬青爪眨了眨眼睛。她从来没想过，那个预言会跟太阳突然消失存在着某种联系。于是她向前探了探身子，竖起了耳朵。

"或许有！"日神的尾巴扫了扫草地。

冬青爪感觉身边的狮爪身体突然一僵。"什么关系？"狮爪问道。

"也许你们就是蔽日的阴影，有一天，你们还会遮住天空中的所有星星。到那时，所有的猫就再也看不见星族，只能仰望你们了。"

冬青爪深吸一口气："这是不是说，我们几个的死期不远了？"

日神摇摇头："当然不是。你们只会比你们的武士祖灵拥有更强大的力量。光明总会回来的，就像太阳会重归天际一样。不过这光明是你们的，在你们的掌控之中。"

我们的光明？

松鸦爪看起来就像是一只受惊的老鼠，尾巴直直地挺在身后。

"可……可是如果我们能掌控这种光明……"冬青爪在脑中

搜寻可以表达内心恐惧的词语，但现在，她的思绪已是一片混乱，"如果我们掌控了它……"

日神向前探了探身子，似乎在等着她说话。

"武士守则该怎么办？"她最后说道，"它还会不会适用呢？"

"这完全取决于你们。"日神轻描淡写地说道，"你们是破坏它，还是保留它，一切都看你们的了。"

破坏武士守则！

冬青爪顿时一阵晕眩。"我们的力量，绝对不会比武士守则的威力还强大。"她轻声说道。

松鸦爪走到冬青爪前面。"日神，"他抬头看着公猫，"你必须跟我们一起回去，我们需要你做我们的老师。"他听起来很迫切。

"我？"日神停顿了一会儿，然后把尾巴灵巧地围在爪子周围，"你们不需要我。预言会按既定的轨道运行。"他像是在述说一件最简单不过的事。

"可是你比其他猫知道的多多了。"松鸦爪坚持说道，"你早就知道太阳会消失，你一定能帮助我们的。"

"不过我不可能住在你们的领地上，"日神说道，"火星是不会同意的。"

狮爪向前迈了一步，眼睛闪闪发亮："你可以住在领地的外面。我们可以给你建个巢穴，每天去拜访你，给你带吃的。"这时，一只蝙蝠从他们头顶飞过。

猫武士

冬青爪依然没有从内心的恐惧中解脱出来。比武士守则还强大的力量！她感到松鸦爪在身边推了推自己。

"你也希望他跟我们一起回去，对吧？"松鸦爪问道。

冬青爪用自己听得到的声音说道："可……可是这会妨碍我们完成学徒的职责吗？"她的思绪依旧一团混乱，但是基本常识驱使她问出了这个问题。这只陌生猫究竟会教给他们什么呢？他们已经掌握了各自的老师所能教授的全部知识，但是他们仍然想学到更多东西。如果命中注定，他们的力量比武士守则还要强大，那他们一定需要更为超群的老师。

"求你了！"松鸦爪恳求道。

日神看着两脚兽的巢穴，皱了皱鼻子说道："好吧。"

冬青爪吃惊地望着日神。他怎么这么快就改变主意了？"真的吗？"她深吸了一口气，心情顿时轻松不少。

日神点了点头："我怎么能忽视那个预言呢？你们也请求我帮助你们走上正确的道路。"

松鸦爪跳上了那条石头小道："我们出发吧！"

狮爪走在最前面，日神走在最后。松鸦爪兴奋得像只幼崽，在狮爪后面走着，还不停地催他走快点儿，好快点让日神给自己上第一堂课。见惯了自己弟弟做巫医学徒时心不甘情不愿的样子，现在见他如此激动，冬青爪有些纳闷儿，为什么自己的脑海里只有恐惧呢？

这总算是件好事，不是吗？她的力量比武士守则还要强大，

并不意味着她就必须破坏它。她拥有了力量，才能永远守护它。日神就是这么说的。这种力量比她希望的还要强大：她可以在未来的日子里，永远守卫全体四大族群的安全。

他们回到之前通往影族边界的小路，然后循着气味标记朝雷族的领地进发。天色已晚，太阳已经开始向树冠后面落下。狮爪加快了脚步，他急着把日神安顿下来，然后返回营地。族猫是不是已经开始惦记他们了？该怎么向他们解释自己消失了这么久？

这时，边界另一边的灌木丛沙沙作响，冬青爪吓了一跳。

松鸦爪停下脚步，拽拽狮爪的尾巴："小声点儿！"

他们伏下身想藏起来，但是为时已晚。

"看在星族的分上，你们在那儿干什么？"阴影中，黄毛一脸惊讶，眼睛里燃烧着怒火。

"别担心！"冬青爪轻声对日神说道，"在今天的战斗中，影族是我们的同盟。"

"你们是来侦查我们的吗？"黄毛厉声问道，"是火星派你们来的？"

松鸦爪站起身，看着标记线另一边的影族副族长。"你认为火星会派一只瞎猫来侦查你们吗？"他自嘲道。

"那你们究竟在这里做什么？"黄毛盘问道。

烟足从黄毛身后的阴影里走了出来，他盯着日神，目光徘徊在日神柔顺的皮毛和不太尖锐的爪子上。"看起来，火星又收留了一只宠物猫。"他嘲讽道。

日神皱了皱眉:"宠物猫?"

狮爪看着他:"他指的是在两脚兽巢穴里出生的猫。"他转向烟足说道:"日神不是宠物猫。"

"那他就是独行猫了。"烟足怒吼道,"他们跟宠物猫一样,在族群里都是不受欢迎的。"

一只披着蓬乱长毛的虎斑母猫出现在黄毛身边:"噢,不过雷族欢迎任何一只猫。"

狮爪亮出了爪子。

黄毛身子一僵。"闭嘴,杂毛,"她低声说道,"今天我可不想再打仗了。"她的声音听上去透着一丝恐惧。冬青爪这才注意到,影族副族长的皮毛有多邋遢,一只耳朵尖儿上还有已经干了的血迹。烟足那双暗淡的眼睛里也满是疲惫。这场战斗,也让影族付出了很大代价。冬青爪看到枭爪正站在自己的族猫身后,他正害怕地抬头看着太阳渐渐地落在树冠后面。他们是在害怕一旦战斗开始,星族就会把太阳再次藏起来吧?

"他们不会发起攻击的。"冬青爪轻声说。她推推狮爪,用鼻子指了指太阳的方向。

狮爪似乎明白了。"走吧。"他甩甩尾巴,示意日神和同伴们,"我们回营地去。"

"等一下!"黄毛命令道。

冬青爪怔住了。这些猫果然不会让他们轻易离开。

"你们要去跟黑星解释一下,你们在我们的边界上干什么。"

天蚀遮月
TIANSHIZHEYUE

松鸦爪不服气地说道:"我们根本没越过边界!"

"你们已经离得够近了。"黄毛抽了抽尾巴,她的巡逻队突然冲过边界,将雷族猫团团围住了。

狮爪弓起背,嘶嘶地怒吼着。冬青爪也伸出了爪子。日神只是一直盯着影族猫看,他镇定的眼神似乎消磨掉了影族猫的战斗意志,他们向后退去。

"你这只独行猫是什么来历?"黄毛仔细地看着他,皮毛泛起道道波纹,"你不知道我们是武士吗?"

"我知道。"日神继续注视着她,"黑星是你们的族长,对吗?"

黄毛的耳朵平贴起来。"没错。"她谨慎地回答道。

"我很想见见他。"

冬青爪的心顿时沉了下去。他们没有时间去影族营地,火星随时都会发现他们不见了。

松鸦爪开始朝影族边界走去。"我们还是去一趟吧。"他说道,"想想看,日神可以从影族那里学到多少东西啊。"

他可以告诉我们影族的秘密!或许这个主意一点儿都不坏。跟他们可能获得的信息相比,火星生气似乎已经不那么重要了。冬青爪跟在松鸦爪身后,高兴地看着影族武士一脸疑惑的表情。她贴着弟弟的肩膀,引导他穿过陌生的林地,走在光线昏暗的小路上。狮爪走在前方几步远的地方,每当看到树枝或猎物洞等障碍物时,他都会高声提醒。日神在他们身边走着,兴奋地环视着整片森林。

猫武士

黄毛一直盯着这只陌生猫。难道她后悔把日神带入影族领地的中心地带了？

过了一会儿，冬青爪开始认出了周围的地形。一条斜坡向上通往山顶。她顺着小路往前走，上次她就是沿着这条路来向黑星求援的。冬青爪穿过森林，又向前走了几步，立即认出了围绕着影族营地的黑莓墙。

花楸掌正在营地入口警戒，他那身暗姜黄色的皮毛是这片漆黑森林里的唯一亮色。他一脸惊讶地望着正走向营地的巡逻队，但是黄毛只径直带着"囚犯"走了过去。

雷族猫走进营地的时候，藤尾和蟾足吓得跳了起来。蛇尾和焦爪站在空地中央盯着日神，丝毫没有掩饰脸上的震惊。

"他是谁啊？"焦爪小声说道。

蛇尾嗅了嗅空中的气息："他不属于任何族群，我可以肯定。"

"其他猫都在哪儿？"狮爪在冬青爪的耳畔低声问道。

冬青爪环视着整个营地，觉得非常冷清。"白天的战斗太激烈了，他们一定在歇息。"她猜测道。

"在这儿等着。"黄毛命令道，接着就消失在黑星的巢穴里。

营地另一边的黑莓丛沙沙地响了起来，冬青爪认出那里是影族育婴室的入口。雪鸟正在那儿呼唤着褐皮的幼崽，小焰、小曙和小虎全都跑了出来，眼睛里都闪着兴奋的光芒。

"冬青爪！"小焰率先跑到她的身边，跳着抓住了她的尾巴。冬青爪转身调皮地拍拍他的耳朵，跟他打着招呼。

天蚀遮月

小虎在狮爪身旁蹦跳着。"我长高了吗?"这只幼崽一边问着,一边使劲伸直了身体。

小曙跳向小虎,一下子把他撞倒在地。"你肯定长高了,你吃得那么多!"她用后爪在小虎背上打了好几下。这时她看到了日神,立即停了下来。小曙放下爪子,盯着这只陌生猫:"他是谁啊?"

小虎循着她的目光看过去。"他在这儿做什么呢?"他皱着眉,抬起头望着冬青爪。"你为什么来这里?"难道他在担心,这些雷族猫会再次带走自己的母亲?

小焰在松鸦爪的周围走来走去:"你是谁啊?"

"他是松鸦爪,是我和冬青爪的弟弟。"狮爪告诉他。

小焰在松鸦爪周围绕着圈子,松鸦爪用盲眼望着前方。

"他为什么不看我呢?"小焰问道。

松鸦爪突然弯下身子。"你想让我看着你吗?"他的鼻子离小焰只有一根胡须的距离。

小焰吃惊地向后跳去:"他的眼睛……"

冬青爪有些担心地看看松鸦爪。

"我的眼睛看不见。"他的声音更加轻柔。

小焰走近了些:"那么,你是怎么来到这儿的呢?"

"我走过来的。"松鸦爪说道。

"没撞到什么东西吗?"小虎觉得有些不可思议。

"我希望你们不要那么没礼貌!"褐皮严肃的声音从育婴室

里传了出来。这只影族母猫走了出来,打着哈欠,皮毛依旧凌乱。

当她看到冬青爪的时候,惊讶地眨了眨眼睛。"你又来了!"她将目光移到了松鸦爪和狮爪身上,最后看着日神,"看在星族的分上,你们来这里干什么?"她把幼崽们往巢穴赶去,问道:"他是谁?"小虎想跳到一旁,但是褐皮熟练地用尾巴圈住了他,将他推进巢穴。"快点进去!"她命令道,"他们走的时候,你们可以出来跟他们道别。"

"可是……"小曙还想争辩。

"没什么可是。"褐皮轻轻推着幼崽们,他们这才消失在黑莓丛中。

褐皮警惕地望着日神:"你是谁?"

"我是来见黑星的。"

就在他说话的时候,黄毛从黑星的巢穴里走了出来,然后站到一旁,让自己的族长通过。黑星的白色皮毛又脏又乱,长长的尾巴无精打采地拖在身后,他穿过空地时,烟黑色的爪子显得十分沉重。

"黄毛告诉我说来了一只陌生猫。"他吼道。接着他盯着冬青爪、狮爪和松鸦爪:"她说,你们领着他正在我们的边界附近转悠。"

"我们没有领着他转悠!"松鸦爪气愤地说道,"我们当时正在回营地。"

"你们为什么会在那儿?"黑星坐了下来,注视着他们。他

的眼睛竟然有些暗淡无神，这或许是因为他是影族的族长，而他的族群刚刚卷入了一场可怕的战斗。

冬青爪走上前，说道："我们是去寻找日神的。"

黑星第一次看着这只陌生猫："我猜，这位就是日神。"

"是的。"日神低头向他致意，"我很荣幸，能见到影族族长。"

"你很了解影族吗？"一道饶有兴致的光芒从黑星的眼睛里闪过。

"我听说过很多关于你们的事情。"

黑星歪了歪脑袋："是从这三个闯入者那里吗？"

"我们没有闯进你的领地！"松鸦爪咆哮着。他用盲眼盯着黄毛，像是在逼迫她澄清事实。

狮爪向弟弟靠近了些，说道："我们正在寻找日神。"

"你是这样说的。可为什么找他呢？他就是一只独行猫，对吧？"

"我是一个旅行者。"日神纠正道。

黑星眨眨眼睛："为什么这三位学徒会对一个旅行者这么感兴趣？"

松鸦爪甩了甩尾巴："因为他曾告诉我太阳会消失，结果太阳真的消失了！"

黄毛身上的毛顿时竖了起来。藤尾和蟾足也在她身后瞪圆了眼睛。

褐皮不安地挪动了一下爪子："你预感到会发生这种事？"

日神点点头:"我看见一团巨大的黑暗笼罩了所有族群。"

"是星族告诉你的吗?"影族巫医小云走出巢穴,盯着日神问道。

日神转头看着这位巫医说:"这团黑暗与星族没一点儿关系。"

夕阳给黑莓丛涂上一层流动的琥珀色,影族的营地里一片寂静。

"那么是谁让太阳消失的呢?"黑星咆哮道。

日神穿过空地,转过身来,尾巴在铺满松针的地上划出了一道彩虹。"这是一个预兆。"他抬起下巴,皮毛上的深色斑块,在落日的最后一片余晖中熠熠闪光,肩膀上结实的肌肉在厚厚的皮毛下凸出来,"它预示着改变,不管你们愿不愿意,这个改变都会发生。"

我们是改变的一部分吗?冬青爪瞥了一眼狮爪,心里感到非常焦虑。狮爪轻轻地摇摇头,冬青爪立刻就明白了。

不要说与预言有关的任何事情。

黑星向日神走去,眼睛闪闪发亮:"什么样的改变?"

"你希望看到改变吗?"日神压低声音,耳语一般地问道。

黑星走得更近了。"我不确定,我们四大族群究竟应不应该继续待在这儿。"他坦白道。

冬青爪很想知道,影族族长是不是忘了自己身在何处。他可以如此公开地说出自己的担心吗?

但是黑星的眼睛里闪动着希望的光芒,他注视着日神,好像

天蚀遮月
TIANSHIZHEYUE

这里真有一只猫能完全理解自己一样。"星族让我们在湖边定居,这是不是一个错误?"

烟足一脸惊讶地望着藤尾,但藤尾只是耸了耸肩。小云的身子向前探了探,看起来,似乎正在怀疑自己是不是听错了。

但也有可能,他只是在等待日神的解释。

冬青爪感到心开始越跳越快。难道影族想放弃对星族的信仰?放弃遵守武士守则?

"改变并不一定就是坏事情。"日神低声呢喃道。

是的,确实如此!冬青爪的爪子深深地插进了土里,心里那个坚定的信念让她差点儿发狂。

日神的声音在空地上回响,柔和、坚定,即使处在空地边缘的猫也听得清清楚楚:"尤其是我们已经预测到了未来,并做好准备的时候。"

黑星点点头。日神接着说道:"在我们的生活中,应该有更多的路可以走。"

"一定有更容易的生活。"黑星同意道,"这里的生活太艰难了。在秃叶季,我们的食物非常匮乏;到了绿叶季,两脚兽们则把我们赶得离狩猎场越来越远。"

日神听着黑星的话,合上了眼睛,就像正在勾勒着黑星描述的画面。

"一场接一场的战斗,让我们饱尝痛苦。就连月夜时分去森林大会的旅程,也比住在森林的时候更加漫长和艰辛。"

"你真的有太多的麻烦了!"日神感叹着,仍然闭着眼睛。

"我的麻烦无穷无尽。"黑星告诉他。

褐皮向前迈了一步。"黑夜已经降临,"她的语速很快,"雷族学徒应该回家了。"她用眼神示意冬青爪,"他们的族猫一定在寻找他们。"

她是说,我们不应该离开雷族营地。冬青爪看着自己的爪子,感到既难受又愧疚,而且她并不想让我们听到黑星接下来的话。

黑星转身眨眨眼睛,好像看到他们依然在这里,心里感到很惊讶。"你说得对。"黑星用尾巴示意烟足和藤尾,"把他们送到边界。"

狮爪脑袋歪向一边:"那日神呢?"

"我必须待在这里。"日神的声音柔和而坚定。他凝视着影族族长,说道:"前提是黑星希望我留下。"

黑星毫不犹豫地回答:"当然希望!"

冬青爪盯着黑星:"但是他要跟我们一起走!"他们已经从日神那里了解到了很多东西,而且日神已经答应做他们的老师了,而不是黑星的老师!为什么一个族长还要老师呢?这样想着,她的心里就有了火气。日神已经知道了预言的事,而且他承诺要跟我们一起走!

松鸦爪向前迈了一步:"你不是答应过……"

狮爪打断了他。"我们还是走吧,省得惹更多麻烦。"他在松鸦爪的耳边低声说。

天蚀遮月
TIANSHIZHEYUE

"孩子们！"褐皮朝育婴室里喊着，小焰、小曙和小虎马上冲了出来，"我说过，你们可以出来跟来访的猫道别。"

小曙抬起鼻子看着冬青爪。冬青爪走上前去，用脸颊蹭了蹭她的头顶。小曙发出一声呼噜："再见。"

小虎弓着身子跑向狮爪："下次见面时，我一定长得更大了！"

小焰小心翼翼地靠近松鸦爪："再见。"

藤尾走过来，将小猫们推到一边。"去跟自己的族猫玩吧！"她高喊道。

当冬青爪跟着护送他们的猫穿过通道时，又回头看了看那片空地。黑星和日神正坐在一起，脑袋挨得更近了。他们的声音特别小，她什么都听不见。

第二十一章

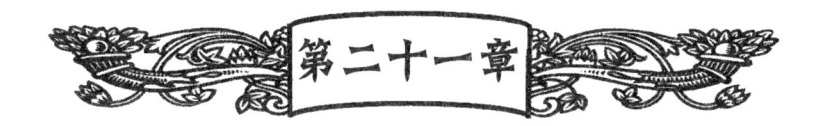

"停下!"松鸦爪跑到冬青爪和狮爪前面喊道。这时他们已经开始走下斜坡,朝雷族营地的荆棘屏障走去。

松鸦爪没理会他们的惊讶:"我们绝对不能告诉其他猫,发生了什么事,我们去了哪里。"

"当然不会。"狮爪同意道。

"不要提日神,不要提影族营地,什么都不要提!"他必须确认他们已经弄明白了。

"我肯定是不会提的。"冬青爪说道。松鸦爪能察觉到她的困惑和伤痛——与他无关,但是与日神有关。这只陌生猫已经抛弃了他们。

松鸦爪心里也对日神改变主意困惑不已,不过他不会让日神的态度左右自己。毕竟比星族力量更强大的猫,不是黑星,而是他们仨。

夜幕笼罩着整个营地。走进通道入口的时候,松鸦爪察觉到族猫们都刚刚苏醒,心情顿时放松下来。武士巢穴入口的荆棘丛沙沙作响,黑莓掌和灰条走了出来。育婴室里传来幼崽的叫声,

天蚀遮月
TIANSHIZHEYUE

冰爪和狐爪正嗅着小小的猎物堆，给自己挑选着猎物。

"你们去哪儿了？"狐爪喊道。

"出去了。"狮爪回答。

"你们抓到猎物了吗？"

松鸦爪听到狐爪的肚子正咕咕地叫着，说道："没有。"

灰条打着哈欠，穿过空地朝他们走来。"你们出去很长时间了吗？"他的声音里依然带着困意。

"没有。"松鸦爪撒谎道。他希望，没有猫注意到他们的窝一直都是空的。

"外面有没有猎物的踪迹？"黑莓掌插话。

松鸦爪耸耸肩。他一直在想其他的事情，根本就没注意猎物。

"狮爪！"蜡毛在武士巢穴外面活动身体，"我想我们应该去为族猫狩猎了，对吧？冬青爪，你可以去把蕨毛叫醒吗？你们也许可以跟我们一起去。"

松鸦爪察觉到冬青爪心里一沉，他真心对他俩感到抱歉。他们溜出巢穴的事没有猫注意到，不过现在，他们仍然要面临惩罚。"你们很快就会躺进窝里的。"松鸦爪轻声对他们说道。

"没有那么快的。"冬青爪嘶嘶地说道。

松鸦爪走向自己的巢穴，心里被深深的愧疚淹没了。毕竟是他让他俩离开营地的。松鸦爪穿过黑莓丛，呼吸着巢穴里令人舒心的气味——叶池的气息、草药的香气，还有潮湿的岩石上，一颗颗水滴正坠入水池。蛛足正在炭爪住过的窝里酣睡。同时，另

一只猫的气息从巢穴深处飘了过来。

"松鸦爪？是你吗？"

"松鼠飞？"

"我们把她带进来了。"叶池从水池边走过来,"夜晚太冷了,不能把她留在外面。"

松鸦爪身体一僵:"她的伤怎么样了?"

"我们是慢慢把她移进来的。"叶池对他说,"当时她的伤口还流着一点儿血,不过把她安顿下来后,我又处理了一下。"

松鼠飞周围的香薇叶沙沙作响:"你吃东西了吗,松鸦爪?"

"还没有。"松鸦爪正饥肠辘辘。

"你一定要吃点儿。"松鼠飞的声音里已经有了一些底气。

叶池用尾巴在地上扫了扫:"我知道该怎么照顾我的学徒。"

松鸦爪有些吃惊。老师的声音里带着刺,她对自己的病猫脾气从没这么坏过。但是松鸦爪又累又饿,无法去探究她气急败坏的原因。从声音判断,母亲正在康复,这才是他眼下最关心的事情。

他走到猎物堆旁,大口地吃着一只干瘪的麻雀,没想到羽毛卡进了嗓子眼儿,让他咳嗽不止。他咽下食物,返回巢穴。他来到母亲的窝旁,把鼻子紧紧地贴在她的皮毛上。"待会儿见,松鼠飞。如果你需要什么,随时告诉我。"

她在沉睡中动了动:"好的,松鸦爪。"

松鸦爪爬进自己的窝里,闭上了眼睛。

天蚀遮月
TIANSHIZHEYUE

"松鸦爪!"

一声急促的声音把他叫醒了。

头顶的树枝纵横交错,在星空下闪着银色的光。这里是星族的狩猎场。松鸦爪站了起来,感到沐浴着月光的柔软草地,正轻抚着自己的脚垫。

"你一直在寻找答案,对吧?"黄牙正坐在他的身边,双眼里闪着责备的光。

松鸦爪伸个懒腰,又打个哈欠:"如果我不来找答案,就不是巫医了。"

黄牙猛击了一下松鸦爪的耳朵。

"嗷!"

"我仍然是你的前辈!"黄牙盯着他说道,"我正在试着教给你重要的东西。"

松鸦爪揉了揉耳朵,气哼哼地问道:"什么东西?"

"耐心点儿!"她抖了抖自己凌乱的皮毛,"总有一天,你会知道答案的。"

"我为什么不能知道,究竟发生了什么事?"松鸦爪把爪子插进草地里,"我甚至不能有好奇心,这太不公平了!"

"好奇心必须用耐心磨炼。"黄牙坚持道,"如果没有利用知识的智慧,那么,你的知识就是无用的。而且,智慧是需要时间的。"

又是这套说辞！松鸦爪沮丧极了，你认为自己什么都懂，可总有一天，我会比你的力量还要强大！松鸦爪瞪着这只皮毛凌乱的老母猫，心里话就在舌头上滚动。黄牙也回瞪着他，下巴高高抬起，目光非常坚定。松鸦爪让自己的皮毛平顺下来，他几乎按捺不住现在就将那个预言告诉黄牙了。

黄牙凑得更近了，松鸦爪不得不强迫自己站在那里，闻着她的臭气。"为族群服务，"她嘟哝道，"信赖星族，到了适当的时候，一切都会公之于众。"

松鸦爪抬头看去，林中空地上已经挤满了猫，他们的皮毛在星光下熠熠闪光。

"记住黄牙的话。"蓝星叮嘱道。

白风俯视着他，眼睛里流露出温暖的光："她告诉你的，都是真的。"

"总有一天，所有的谜底都会揭开。"狮心甩了甩浓密的尾巴。

"我们都注视着你。"黄牙提醒松鸦爪。

松鸦爪轻轻地哼了一声。这些反射着星光的皮毛，应该就是光线玩的小把戏吧？他们只不过是一群死去很久的猫，但是他、狮爪和冬青爪，还有日神，却还健康地活着。这个理由，就足够让他们变得比星族更强大。

黄牙再次凑上前去，嘶嘶地叫着，好像知道松鸦爪内心的想法："松鸦爪，你还不知道，什么对你的族群好。记住这一点！"

第二十二章

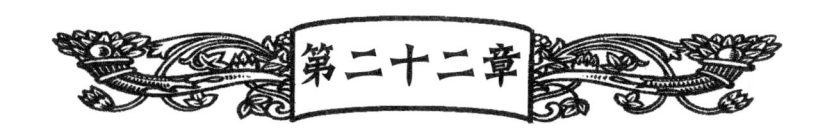

阳光叫醒了狮爪。他的眼睛眨了眨，然后睁开了。阳光透过巢穴顶照射在他的皮毛上，暖烘烘的。他躲开刺眼的阳光，在窝里翻了个身，感觉浑身的肌肉都是僵硬的。蜡毛一整天都让他在外面狩猎，加上之前的战斗和寻找日神的长途跋涉，当狮爪拖着疲惫的身体回到营地的时候，一下子就跌进了窝里。他太累了，什么也干不了，立即就闭上了眼睛。

冬青爪此时仍在熟睡。他们回来的时候，她累得走起路来磕磕绊绊的。

狮爪查看着皮毛上的抓痕。留下的唯一的战斗痕迹是些血迹和爪子上沾着的皮毛。

"冬青爪！"

炭爪的喊声传进了巢穴。狮爪从窝里爬起来，悄悄走出入口。"什么事？"他轻声问道。

"蕨毛让她去帮我清理育婴室。"炭爪说道。

"让她多睡一会儿，"狮爪看到冬青爪的老师正坐在蜡毛身边，分享着他们昨晚捕获的一只猎物，"我会跟他解释的。"

狮爪穿过空地。"我会帮炭爪清理育婴室的。"他说道。

蕨毛抬起头，咽下了食物："冬青爪还好吧？"

"她只是因为战斗累坏了。"狮爪感觉皮毛有些发烫。还没有猫知道，在战斗结束后，他们穿过了雷族大半个领地，甚至还踏上了影族领地！

"叶池检查过她的伤情了吗？"蕨毛暗淡的双眼里，满是忧虑。

"只是一点儿擦伤。"狮爪竭力想找到一个可以解释冬青爪如此疲劳的借口，"但是她休息得不好，因为她太担心松鼠飞了。"

蕨毛点点头："好吧，让她再睡会儿。你代替她去帮炭爪吧。"

蜡毛抽动了一下尾巴："但别磨蹭，我们还要参加下一个巡逻队。"

"好的。"狮爪连忙跑回炭爪身边，"你去找些新鲜的苔藓，"他说道，"我开始清理窝里的旧苔藓。"他看了看她的伤腿，"你自己去没问题吧？"

炭爪眼珠子一转。"当然了。"她转身朝营地入口走去，边走边低声嘟哝着，"我希望你们不要再把我当成三条腿的猫！"

狐爪正在育婴室外面给冰爪示范战斗动作。他背部着地，用后腿使劲朝后踢去。"接着一位河族武士想跳到我的身上，但我一个翻滚，躲开了。"他跳起来，继续说道，"然后我狠狠地咬住了他的一条后腿。我敢打赌，他现在一定还疼呢。"

冰爪一脸钦佩地看着他："真希望我也参加了这次战斗！"

天蚀遮月
TIANSHIZHEYUE

"营地不能没有猫守护！"狐爪亲切地说道。

狮爪钻过育婴室入口，黑莓丛剐蹭着他的皮毛。

黛西抬起头，眼睛里满是担心。"只来了你一个啊！"她认出来是狮爪，叹息了一声。

小蟾蜍和小玫瑰跌跌撞撞地跑向狮爪。

"你能教我们一些战斗动作吗？"小蟾蜍恳求道。

小玫瑰挥舞着爪子，好像她正在与敌人战斗："我们一定要做好准备，防止风族再来。"

黛西的毛竖了起来："他们不会再来了，是吗？上次他们来了之后，太阳都消失了。"

"我也不知道。"米莉说道。她正躺在黛西身边，给幼崽喂奶。咳嗽让她的身体动了动，把幼崽们吓坏了。小荆棘生气地叫着，拼命地挤回去，想继续吃奶。小黄蜂眼睛还未睁开，他坐起来，打了个哈欠。小梅花则蜷伏在苔藓里，睡着了。

"你应该去让叶池给看看。"黛西对她说道，"你一整晚都在咳嗽。"

"我只是感觉喉咙里痒痒的。"米莉回答道，"我很可能吞了一根羽毛。"

黛西凑过去，闻着米莉的口鼻："你有点儿发烧。"

"等我清理完你的窝，就把叶池叫来。"狮爪提议道。

小蟾蜍看起来有些沮丧："我还以为，你会教我们战斗动作呢。"

"对不起，小蟾蜍。我清理完这里，还要去巡逻。"

"这不公平！"小玫瑰抱怨着，"你们都去做有趣的事情，而我们只能待在这里，无聊死了！"

狮爪叹了口气，清理巢穴和巡逻边界都不怎么有趣。他真希望自己能回到战场，用自己爪子中蕴含的群星力量，保卫雷族的安全。"你们去找狐爪吧，他会教你们的。"狮爪看了一眼黛西，"我还要把你的旧苔藓清理出去。"

黛西缓慢地站起身，似乎不太情愿离开育婴室。"我想，我们都需要呼吸些新鲜空气。"她看着又咳嗽起来的米莉，"你还是待在这里吧！"

米莉点点头。"我很累。"她把幼崽们圈在怀里，合上了眼睛。

黛西跟着小蟾蜍和小玫瑰走出巢穴，狮爪开始整理她窝里的苔藓，将旧苔藓都清理出来。米莉的呼吸变得急促起来，她四周的空气也酸臭难闻。

狮爪用爪子把脏苔藓收在一起，然后叼在嘴里，后退着钻出育婴室，将它扔在外面。炭爪正穿过荆棘通道，嘴里衔着新鲜的苔藓。

"我还没清理米莉的窝。"狮爪对她喊道，"我想她生病了。"

灰条正在高石台下晒着太阳，连忙爬了起来："她怎么了？"

"她一直在咳嗽，"狮爪说道，"我正要去找叶池。"

灰条已经冲向了育婴室。"你快一点！"他命令着狮爪，尾

天蚀遮月
TIANSHIZHEYUE

巴不安地甩动着。

狮爪朝巫医巢穴跑去，一阵强烈的草药味透过黑莓屏风飘散出来。他把鼻子探进去，不停地眨着眼睛，让它们适应这里昏暗的环境。

"叶池？"

巫医正蹲伏在蛛足身边，爪子上全都是绿色的药糊："怎么了？"

"我想，米莉生病了。"

叶池在蛛足窝里的苔藓上蹭着自己的爪子。"我待会儿再给你上药。"她对这位武士说道。

"我现在已经感觉好多了。"蛛足保证道。

"那就好。"叶池说道，"但是你不能离开窝。你的伤口恢复得很快，但要等你的伤口完全愈合，我才能让你回到武士巢穴。"她转回来看着狮爪，"幼崽们怎么样？"

"他们看起来还好。"

叶池在水池里冲洗了自己的爪子。这时松鸦爪走进了巫医巢穴，嘴里还衔着一大把叶子。

"把它们整理好，然后晒干。"叶池告诉他，"我要去看看米莉的情况。"巫医飞快地冲出了黑莓屏风。

松鸦爪开始在洞壁上的一个缝隙旁，将叶子铺开。

"你睡得还好吗？"狮爪轻声问道。他非常想知道，星族是不是告诉过松鸦爪太阳消失的事情。

"你的意思是，我是不是做梦了？"松鸦爪喊道，"你为什么不把自己的想法直接说出来呢？"

狮爪眨眨眼睛，对松鸦爪的语气非常吃惊："你的尾巴被蓟草扎了吗？"

"对不起。"松鸦爪说道，"我一晚上都很忙碌。"

狮爪看了看巢穴深处熟睡的松鼠飞："她好些了吗？"

"正在好转。"松鸦爪说道，"不过我必须不断地为她换药，以防止伤口感染。"

"需要我去找些蛛丝吗？"狮爪问道。

"今天早上炭爪已经拿回来好多了，谢谢你。"

早上，那不就是我睡觉的时候吗？狮爪愧疚得皮毛一阵刺痛。他本应该更多地帮助族猫。他来到母亲的窝边，嗅闻着她的皮毛——那熟悉的气息，令他倍感欣慰。

"狮爪？"松鼠飞睁开眼睛，喉咙里发出一声呼噜，"你好吗？"

"我很好。"狮爪说道。

"听火星说，你在战斗中像武士一样勇猛。"松鼠飞抬起头，透过惺忪的睡眼凝视着他，"而且你的身上好像连一处擦伤都没有。"

狮爪耸耸肩说："我想，这只是运气好吧。"他的肚子咕咕地叫了起来。

"你应该去吃点东西。"松鼠飞低声嘟哝着，脑袋再次低垂

了下去。

"我会的。"狮爪轻轻地舔了舔她的耳朵,松鼠飞随即合上了眼睛。

松鸦爪仍在整理着自己带回来的叶子。

星族真的没有跟他说任何事情吗?或者,他只是不愿意告诉别的猫?"你饿了吗?"狮爪问道。或许他俩可以分享一只猎物,没准到时松鸦爪会说些什么。

松鸦爪连头都没抬:"我已经吃过了。"

狮爪叹了口气,走了出去。

冬青爪正在学徒巢穴外伸着懒腰。当她看到狮爪时,胡须抽动起来。"你为什么不叫醒我呢?"她责备着,朝他小跑过来。

"你好像太累了。"

"我没你累!"

狮爪轻蔑地哼了一声:"我只是想帮忙而已!"为什么姐姐弟弟都对自己大呼小叫的呢?"如果你急着去清理育婴室,那就快去吧。"他重重地跺着爪子,走到猎物堆旁,从最上面挑了一只鼩鼱。狮爪正蹲伏下来吃着猎物,就听到了尘毛的说话声。

"我们已经好久都没打过这样的仗了。"这位暗棕色虎斑武士正跟蜡毛和罂粟霜坐在半边石旁聊天。

"感觉森林里的旧生活又回来了。"蜡毛表示同意。

罂粟霜的眼睛睁大了:"你们以前也参加过这么激烈的战斗?"

"我们打过比这还要激烈的仗。"尘毛说道,"蜡毛,你还记得跟血族的那次大战吗?"

蜡毛的尾巴抽了抽:"当然,那才是一场名副其实的战斗!"

"那么,太阳消失了吗?"罂粟霜问道。

尘毛叹了口气:"没有。"

"真希望不要再出现这样惨烈的战斗了。"罂粟霜接着说道,"当时我要同时跟两位武士战斗!我也知道,在之前的训练中,我们练习过这个技能,可我从没想到会在实战中用到!"

"你的表现很好。"蜡毛称赞地咕噜道。

"我做得不如狮爪好。"罂粟霜叹了口气,"你们看到他了吗?他的身上连一处擦伤都没有!"

蜡毛的咕噜戛然而止:"他已经做好成为武士的准备了。"

狮爪从鼩鼱上抬起头,发现蜡毛正注视着自己。

"我已经教不了他新东西了。"淡灰色皮毛的武士站起来,"狮爪,你准备好去巡逻了吗?"

狮爪咽下食物,坐了起来:"是的。"

蜡毛朝正在武士巢穴外交谈的栗尾和白翅示意了一下。她们跳起来,跟着蜡毛朝荆棘通道走去。狮爪也连忙跟在他们后面。

树木已经开始落叶,现在森林里的光线明亮了许多——阳光正穿过树枝,洒在森林下的地面上。当他们朝风族边界行进时,狮爪落在了后面。他真的准备好成为武士了吗?他还是一只幼崽的时候,就一直梦想成为雷族历史上最伟大的武士。但是在那个

时候，这只不过是个梦。现在，他已经参加了真实的战斗。他想到鸦羽脖子上喷涌出的鲜血，以及石楠爪惊恐的表情，心里就不寒而栗。他已经用自己无法控制的强大力量，对其他猫造成了很大的伤害。难道这就是武士的真正意义？他到底能不能学会掌控自己爪子上的力量呢？

树林逐渐变暗，狮爪的身体开始颤抖起来。云朵把太阳遮住了。他能听到族猫在前方穿过时，灌木丛发出沙沙的声响。紧接着，他又听到身旁的蕨丛发出了声音——好像有什么东西在里面。他停下脚步，发现一个身影在旁边的树丛里晃动着，原来是一只带着深色斑纹的猫。

虎星！

这位武士躲在阴影里咆哮道："我看了这场战斗。"他说着从灌木丛里走出来，站在狮爪面前的小路上，"你的表现很出色，为你们的祖先增光不少。"他琥珀色的眼睛闪着亮光。

狮爪看了看虎星的身后，寻找着鹰霜的身影。

"我是独自来的。"虎星告诉他，"我没有耐心听鹰霜的冷嘲热讽。他认为你是相信那个预言的。但是我知道，你很聪明，是不会相信火星那个鼠脑子做的梦的。"

狮爪不安地动了动爪子，虎星直直地盯着他，令他十分不自在。"你看到太阳消失了吗？"狮爪问道。

"看起来似乎是四个族群，把星族给惹恼了。"虎星抽动着胡须，"那群眨着星星眼的傻瓜根本不喜欢打仗。他们可一点都

不像你。"

"蜡毛说，我已经做好成为武士的准备了。"

"真的吗？"虎星绕着他转了一圈，"你觉得你学得差不多了？"

"我已经学会了蜡毛能教给我的所有东西。"

"但是我还有很多东西没教你呢。"

狮爪眯起了眼睛。虎星真的有更多的本领吗？难道在战斗中指挥我的爪子的是他？他在战场上打败了每一位敌人，却几乎毫发无伤，这难道是因为虎星对他的训练吗？

虎星凑上前去，滚烫的呼吸喷在狮爪的鼻子上。"你还有很多东西需要向我学习，懂吗？"他逼问道。

狮爪转动着爪子。这位黑暗武士正在等待他的回答。

"我想，你可以再教我一些战斗技巧。"狮爪抬起了下巴，"但是重点是，我已经证明，我能击败任何猫。"

虎星的眼睛射出像火一样的光。"你认为自己是不可战胜的吗？"他的喉咙里发出一阵低沉的怒吼，"看来鹰霜是对的，你确实相信那个预言。"

"是的！"狮爪把爪子深深地插进土里，"你已经看到我在战斗中的表现了。你能表现得比我更好，并且让自己毫发无伤吗？"他抽了抽尾巴，"你就是在战斗中被杀的。"

狮爪转过身想要离开，他不需要一只死猫的指导！

一声怒吼划破空气。狮爪连忙转过身，却为时已晚，虎星猛

天蚀遮月
TIANSHIZHEYUE

扑上去，将他击倒在地，爪子深深地刺入了他的肩膀。狮爪拼命挣扎着，但是虎星用力地按住了他，宽大的肩膀上下起伏着。

"你认为你不再需要我了，对吗？"虎星在他耳畔嘶嘶叫着，"你就是个鼠脑子！你只不过是运气好！火星的预言已经蒙蔽了你的双眼，你就像一只依然相信育婴室故事的幼崽！"他使劲地将狮爪向下压去，狮爪的脸被压得几乎埋进了落叶堆里。"因为我，你才拥有了强大的力量，而且你只有跟我学习，才能变得更强大。"说完，虎星又推了狮爪一下，然后才跳回去。

狮爪爬了起来，转身看着他，怒火正在肚子里燃烧。但是虎星的身影正在逐渐隐去，最后从眼前消失了。

"我跟你没完！"随着最后一声嘶吼，虎星彻底消失了。

狮爪气得浑身发抖。为什么虎星如此排斥那个预言呢？

"狮爪！"前方的灌木丛里，传来了蜡毛的喊声。

狮爪赶忙跟了上去。肩膀上被虎星抓过的地方，还在隐隐作痛。他回头望了望。虎星还在看着自己吗？如果这位黑暗武士不愿让自己获得群星的力量，那他究竟想从自己身上得到什么呢？

第二十三章

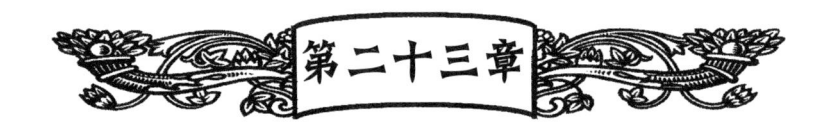

冬青爪停下梳洗，问道："你会去今晚的森林大会吗？"

松鸦爪听到她的舌头正舔过前腿。"是的。"他翻了个身，感觉自己吃得太多了。

"我也去。"狮爪踢开吃剩的松鼠残骸，伸展着身体。

战斗之后的几天，猎物堆重新变得满满当当的，他们都吃得很好。现在他们正靠在半边石旁，欣赏着日落前的美景。

冬青爪打了个哈欠："你们说，其他三个族群会去吗？"自从战斗结束以后，没在雷族领地见过风族的任何踪迹，但是风族边界附近的巡逻一直没有间断，气氛仍然很紧张。

"他们不去，就说明他们对惊扰星族的行为感到害怕了。"松鸦爪说道。

狮爪的爪子来回抓着半边石："我希望风族能去。"

"你别忘了，停战协议在今晚是有效的。"冬青爪提醒他。

"我不会打他们的。"狮爪哼了一声，"我只想让风族猫看看，我们雷族依然像以前一样强大；如果有必要，我们会再次跟他们大战一场。"

天蚀遮月
TIANSHIZHEYUE

雷族武士和学徒们身上的伤口，都在逐步康复。就连受伤较重的蛛足，也能在空地上来回走动了。只有松鼠飞还在巫医巢穴里躺着，她一直被"囚禁"在那里，心情正变得越来越焦躁不安。但是叶池依然不让她动，担心她的伤口还没完全愈合，不小心又崩开了。

松鸦爪怀疑，叶池不跟他一起去森林大会，就是因为他母亲的伤情很重。换了任何别的猫来照料松鼠飞，她都不会放心。这一段时间，她甚至都没去过月亮池，跟星族分享信息。

"如果星族真有事情要跟我分享，他们会在梦里给我说的。"叶池告诉火星。

松鸦爪抬起头，察觉灰条走出了育婴室。这位灰色皮毛武士担心得身上的毛都竖了起来。

"叶池！"灰条的声音透过巫医巢穴入口的黑莓屏风，传了过来，"米莉又开始咳嗽了。"

"我马上就来。"叶池急匆匆跑出巢穴，身上散发着艾菊的香气。

米莉患上了白咳症。黛西带着自己的幼崽们搬到了学徒巢穴，以免被传染。小玫瑰和小蟾蜍正在营地里骄傲地来回走着，好像他们已经是学徒了。

米莉吃饭还算正常，但她那永无休止的咳嗽，使得幼崽们无法入睡，也没法好好吃奶。希望艾菊能对米莉的病有帮助。

松鸦爪躺了回去，合上眼睛。他刚打了会儿瞌睡，就被冬青

猫武士

爪摇醒了。

"月亮升起来了。"她说道,"大家都准备好出发了。"

"还有我们呢!"狐爪生气的声音从她的身后传来,"为什么你们仨可以去,我、冰爪和炭爪就要留下呢?"

松鸦爪站了起来:"我保证,下次你就能去了。"

"有可能吧。"狐爪拖着沉重的爪子走开了。

当所有武士都在营地入口集合的时候,灰条却在育婴室入口附近走来走去。松鸦爪感到灰条心里就像猎物在撕扯。这位灰色皮毛武士很想跟族猫一起参加森林大会,但是一想到留下正在生病的米莉,他的心就裂成了几片。松鸦爪眨了眨眼睛。他察觉到一种似曾相识的悲痛,加剧着灰条内心的不安。这种情感,与他记忆里的银色母猫息息相关。

"灰条!"火星朝自己的老朋友跑去,"你留在这里,替我守卫营地。雷族的武士都会表现得英勇善战,不会让风族猫认为,他们已经削弱了我们的力量!"

"谢谢你。"灰条的语气轻松下来。

火星朝荆棘屏障走去,罂粟霜和蜜蕨正在那里兴奋地蹦跳着。

"很期待森林大会?"尘毛问她们。

"嗯,是的。"罂粟霜说道。这是她们第一次以武士的身份参加森林大会。

沙风在蕨毛身旁烦躁不安地来回走着:"我真想知道,风族会怎么为自己辩解。"

天蚀遮月
TIANSHIZHEYUE

"他们一定会找出理由的。"蕨毛低声说道。

"快点儿!"冬青爪推了推松鸦爪。狮爪早已在蜡毛的身边等着出发了。

火星站在营地的入口处。"一定要让风族和河族看看,我们雷族和以前一样强大。"他对族猫说道,"今晚的月亮特别明亮,这说明星族已经不生气了。"

"我敢打赌,星族一定还在生风族的气。"蛛足的声音从巫医巢穴外面传了过来。

"我们只是在守卫边界,星族不会因此惩罚我们!"火星回答。

"希望如此。"栗尾坐在武士巢穴外面,尾巴来回扫着地面。

"太阳消失把我们都吓坏了。"火星接着说道,"不过我们必须将它当成一个警示,说明这场战斗是错误的。战斗结束以后,太阳又出现了。我们必须明白一个道理,四个族群必须彼此依赖才能生存下去。"

松鸦爪歪了歪脑袋。雷族族长自信满满的话,跟叶池对他说的话截然不同。巫医依然对太阳消失的事情困惑不已,甚至心惊胆战。而且星族一直都沉默着,这更令她心神不宁了。但是她并没将这一切表现出来,看起来依然像往常一样平静。只有松鸦爪可以觉察到,叶池内心的焦虑正日益增加。

"出发吧!"火星带领族猫们走出了山谷。

落叶在他们的爪子下哗哗作响。松鸦爪打了个寒战,第一次

感到了落叶季的寒意。他贴紧冬青爪的身体，跟随着族猫往前走着。他很熟悉这条通往湖边的路线，他们正朝风族的领地走。他们只有穿过风族领地中的湖岸，才能抵达湖中央的小岛。如果他们与湖水之间保持两条尾巴长的距离，风族就无权对他们发起袭击。武士们穿越边界，悄无声息地快步走过鹅卵石滩。

"有风族猫的踪迹吗？"松鸦爪轻声问道。

"还没有。"冬青爪的毛逐渐竖了起来。

湖水突然拍到了松鸦爪的腿上，他吃了一惊，身体不由趔趄了一下。他们通常不会离湖水这么近的。

"别担心！"冬青爪安慰道，"火星只是为了以防万一，这样一来，就没有猫会诬陷我们擅闯风族领地了。"

武士们开始穿过浅水区。松鸦爪十分厌恶水浸湿爪子的感觉，却还是咬紧牙关挺住了。他嗅了嗅空中的气味——新鲜的风族气息，正从荒原上飘散下来。

"他们来了。"冬青爪提醒道。

松鸦爪紧张起来："朝我们过来了？"

"不是。他们还在远处的山坡上，正朝小岛方向走。"

冬青爪率先跳上树桥，把尾巴垂在下面。松鸦爪伸出爪子摸索着。他摸到了冬青爪柔软的尾巴尖儿，马上就明白该从哪里跳上去。

"谢谢你。"松鸦爪呼出一口气，慢慢穿过那光秃秃的树干。

树干上的树皮都几乎脱落干净了，因此整个树桥非常光滑。

天蚀遮月
TIANSHIZHEYUE

松鸦爪跟在冬青爪身后,小心翼翼地迈着爪子,直到鼻子碰到了姐姐的尾巴,才停下来。

冬青爪来到树桥的末端,这里是一些缠在一起的树根。她停下脚步,纵身一跃,就跳到了湖岸上,爪下的鹅卵石哗哗作响。

这是最难走的地方。松鸦爪深吸一口气,跟着冬青爪跳了下去。跟往常一样,鹅卵石突然碰疼了他的爪子,但是这一次,他没有失去平衡,而是稳稳地站住了。

"落地姿势完美!"冬青爪高兴地嘟哝道。

族猫们一个接一个地穿过沙沙作响的矮灌木丛,又朝树林深处进发。松鸦爪跟随冬青爪的脚步,从柔软的蕨叶旁边走过。当他们钻出树林的时候,松鸦爪突然闻到了几种强烈的气味,风族猫和河族猫已经到了。他又皱了皱鼻子,没有任何影族猫的气息。

雷族猫紧跟在一起,走到了空地的一边。

"同一族群的猫都紧紧地坐在一起。"冬青爪观察着。

松鸦爪闻了闻空中的气息。她说得对,这里没有混合在一起的气息。河族猫彼此紧紧靠着,坐在上风口上。风族猫在他们的附近不安地走来走去,但队形并没有乱。

"河族猫和风族猫居然没有聊天,这真的很奇怪。"狮爪低声说着。他浑身的肌肉都绷得紧紧的,似乎已经做好了战斗的准备。

"影族猫哪儿去了?"罂粟霜焦急地问道。

"希望他们马上就到。"蜜蕨的声音里透着一丝不安。

狮爪的喉咙里突然发出一声吼叫。

"安静!"蜡毛大声呵斥道。

狮爪马上默不作声。但是松鸦爪却察觉到,愤怒正从他的皮毛上散发出来,就像太阳一样滚烫。

松鸦爪眯起眼睛,将自己的全部注意力都聚焦在狮爪身上。他感到哥哥的身体里有一股炽热的怒气,像光柱一样发射出来。接着松鸦爪意识到,这股怒气指向了风族猫的阵营,一直停在了石楠爪的身上。松鸦爪认出了石楠爪的声音和她身上微弱的蜂蜜香气。他吃惊地抽动着尾巴,狮爪的怒气暴烈到令他吃惊的程度,几乎可以点燃石楠爪的皮毛。不过这位风族学徒渐渐地似乎也察觉到了什么,她开始下意识地在族猫中来回走动着。

这时,空地另一头的灌木丛沙沙地响了起来。影族猫一定来了。松鸦爪闻了闻空气,顿时怔住了。影族来参加会议的并不是一群猫,而是只有——

"只有黑星和日神来了!"冬青爪的声音比耳语大不了多少。

"他们其余的猫在哪里?"一只风族猫在空地的另一边嘶嘶地问道。

"看在星族的分上,那只猫是谁?"一只河族猫小声说着。

当影族族长黑星走到空地中央,日神也轻轻踩着沙质地面来到他身后时,所有的猫都变得不安起来。

松鸦爪察觉黑星的心情异常平静,这再次令他惊讶不已。那天他们在影族营地里遇见他时,这位影族族长的心里还充满了失

天蚀遮月
TIANSHIZHEYUE

落和烦恼。在这段时间里,他身上到底发生了什么?

"我带来一个消息。"黑星开口了。

"我希望影族一切都好。"冬青爪轻声说着。

"嘘!"蕨毛提醒她安静。

黑星接着说道:"影族今后不再参加森林大会了。"

空地上陷入了吃惊的沉默。即使其他猫预先设想了无数种情况,但都没有想到会是这样的。

"我们不再相信星族掌握着所有的答案。是活着的猫发现了这个湖泊,是活着的猫狩猎供养着族群,而且,也是一只活着的猫预言了太阳将会消失。"

他指的是日神。

一星大吃一惊:"就是他预言了太阳将会消失吗?"

一片惊叹声从猫群里爆发出来,就像水漫过草地一样。

"除了发出警告,我并没有做什么。"日神谦卑地说道。

"你是怎么知道的呢?"豹星问道。

"你们怎么会不知道呢?"日神反问道,"毕竟能跟星族分享信息的是你们啊!"

青面向前迈了一步,说道:"这件事,星族并没给我们发出警告。"

"星族也没告诉我。"日神说道,"我只是遵循自己的本能,依靠自身的经验,才做出了这个预言。当然了,你们也有权利选择相信自己需要的……"

"他到底在说什么啊?"冬青爪深吸了一口气,"他认为一只猫的信仰,可以像从猎物堆中选择食物一样,任意挑选吗?"她的皮毛发烫,紧挨着她的松鸦爪也感觉到了。他往后缩了一下,自顾自地沉浸在失望之中。

日神原本是来帮助我们的!他对影族做了什么?

这时干燥的地面上,响起一阵轻柔的脚步声。

"他们离开了。"狮爪叹了口气,"我猜,这意味着日神再也不会帮我们了。"

黑星和日神穿过香薇丛,离开了会场,剩余的猫们开始发出恐惧的低语声——

"他是谁?"

"他从哪里来?"

"他说的是真的吗?"

松鸦爪察觉到,他周围的雷族猫也开始不安起来。每只猫都蹭着彼此的皮毛,心里透出浓浓的恐惧。

火星来到空地中央。"我们必须保持镇定!"他对大家说道。

"镇定?"一星轻蔑地反问道,"火星,这件事就连你都无法改变。"

火星气得皮毛颤抖:"我从没说过我能改变!"

"我们不能再吵了!"豹星插话道,"眼下最重要的事实就是,我们现在只剩三个族群了。"

"三个族群!"灰脚惊得倒吸了一口气,风族副族长在族长

们身边来回走着，"可我们一直都是四个族群！"

"如果影族不再信仰星族，"雾脚说道，"这是不是意味着，他们不再是武士了？"

"他们放弃了武士守则？"冬青爪的呼吸变得越发急促。

他们放弃的可不只是武士守则！松鸦爪抬头望着天空："月亮还在天上吗？"

"在，而且非常明亮，也非常清晰。"狮爪回答道。

星族干什么呢？难道他们一点儿都不关心发生的事吗？

"这是一个让我们心焦的时刻。"豹星说道，"我们甚至都不能指望太阳一直在天空照耀了。黑星居然对星族失去了信念，这真是太令我震惊了。"

她的话让整个空地充斥着刺骨的寒意。没有一只猫站出来对她的话提出异议；也没有一只猫敢说，他们现在的信仰，是值得拼死守护的。日神曾警告过太阳会消失，结果就真的发生了，这已经让星族颜面尽失。猫们惊恐地窃窃私语着，然后一只接一只的猫开始离去，渐渐地都消失在灌木丛中。

"走吧！"看着雷族猫也准备离开了，狮爪推了推冬青爪。

冬青爪跟跟跄跄地走着，似乎已经忘了怎么走路。松鸦爪上前紧紧地贴着她的身体，引导着她穿过香薇丛中的小路。

"影族猫真的不再是武士了吗？"罂粟霜问道。

"我想，这应该由星族来决定。"桦落告诉她。

松鸦爪排队等待通过树桥的时候，努力不去听族猫们焦虑的

我带来一个消息。

影族今后不再参加森林大会了。

我们不再相信星族掌握着所有的答案。是活着的猫发现这个湖泊,是活着的猫狩猎供养着族群,而且,也是一只活着的猫预言了太阳将会消失。

就是他预言了太阳消失吗?

一片惊叹声从猫群里爆发出来,就像水漫过草地一样。

除了发出警告,我并没有做什么。

这件事,星族并没给我们发出警告。

星族也没告诉我。

我只是遵循自己的本能,依靠自身的经验,才做出了这个预言。当然了,你们也有权利选择相信自己需要的……

他到底在说什么啊?他认为一只猫的信仰,可以像从猎物堆中选择食物一样,任意挑选吗?

日神原本是来帮助我们的!他对影族做了什么?

我猜,这意味着日神再也不会帮我们了。

黑星和日神穿过香薇丛,离开了会场,剩余的猫们开始发出恐惧的低语声——

他是谁?

他从哪里来?

他说的是真的吗?

说话声,免得乱了自己的心神,他必须静下来想一想。但是族猫们说个没完没了,松鸦爪的脑海里全是噪音。

"我们发动战争的时候,星族就把太阳藏了起来,"尘毛大吼道,"现在黑星不再信仰他们了,他们会怎么做呢?"

"可他们并没有遮住月亮啊!"蕨毛指出。

刺掌跳上了树桥:"或许星族会抛弃所有的族群吧!"

松鸦爪在树桥上走着,武士们的说话声像飞舞的蜜蜂一样,在他的脑子里嗡嗡作响。太阳消失的事情,还有日神的事情,星族至今依然只字未提,或许他们真的不愿再守护族群了。

松鸦爪沿着风族领地的湖岸向前走着,察觉狮爪的尾巴碰了碰自己的肩膀。"走慢点儿!"狮爪轻声说道。

松鸦爪放慢了脚步,让后面的族猫先走,直到离开了族猫的听力范围。冬青爪站在松鸦爪身边,爪子不安地在鹅卵石滩上蹭来蹭去。

"我还以为日神会来帮助我们!"狮爪嘶嘶地说道,"没想到,他只是把事情搞得更糟了。"

冬青爪依然一脸的震惊。"他竟然让黑星放弃了武士守则。"她声音沉闷地嘟哝着。

"也许黑星本来就想放弃。"松鸦爪提醒道。

"不,一定是日神怂恿的!"狮爪的语气很坚决,"他一定是说了什么话,让黑星相信,星族没有什么用。"

冬青爪突然踢了一脚鹅卵石。"我并不关心日神说了什么。"

天蚀遮月

她厉声说道,"他们绝对不能放弃对星族的信仰,否则族群就没有存在的意义了。武士守则将我们引领到这里,也是它给了我们食物和居所。"她声音中的恐惧,逐渐变成了愤怒,"它让我们有了安全感!"

"但是日神预言了太阳的消失,"狮爪提醒她,"星族却没有。"

"听话里的意思,你也要背弃星族了吗?"冬青爪胸中的怒气突然爆发,松鸦爪甚至认为,她接着就会扑向狮爪。但她只是气呼呼地喘着粗气,头也不回地走了。

狮爪赶忙追了上去:"我不是那个意思!"

松鸦爪没去追他们。这里的鹅卵石滩很松软,他的爪子陷了进去。湖水轻柔地拍打着湖岸,凉爽的微风正从湖面吹过来。松鸦爪抬起头,任凭微风拂动着自己的胡须。

月光斑驳的倒影,在湖面闪出粼粼的波纹。

他居然能看到!

我一定是在做梦吧。

身边的鹅卵石被踩得翻动起来,一只猫正和他一起往前走着。

是黄牙。

她的呼吸让四周的空气都变得难闻起来,但是松鸦爪对她的到来依旧感到高兴。"你看到刚才发生的事情了吗?"他问道。

"当然。"

松鸦爪的心跳顿时加快了:"那你打算怎么办?"

黄牙把鹅卵石踩得嘎吱作响。她叹了口气,当她开口说话的

时候，声音听起来既苍老又疲惫："我们一定要认真考虑是否要开始战斗。"

面对影族的这件事情，难道星族甚至都不打算试一下，就承认失败了吗？松鸦爪转身看着黄牙，感到恐惧正如潮水般袭来。但是黄牙的身影正从他的身边消失。所有的一切都被阴影覆盖住了，接着世界再次陷入黑暗。松鸦爪听到前方传来族猫的说话声，赶紧跟了上去。

他的思绪飞转着、碰撞着，就像被狂风吹动着的树叶一般。黄牙最终还是将他最想知道的事情告诉了他。

星族已经放弃了，他们已面临绝境。

松鸦爪、狮爪和冬青爪最终也必将听从命运的安排。

第二十四章

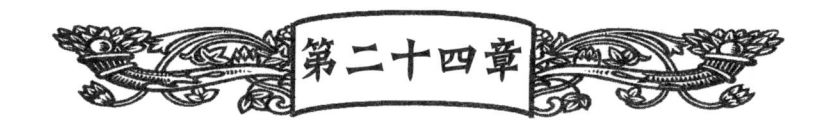

狮爪正在做梦。

他梦见自己被鲜血淹没,周围血流成河。浓稠而温暖的鲜血冲刷着他的皮毛,灌满了他的鼻孔,推着他一路向前,直到将他冲到一堵粗糙的石墙上才停下来。

救命啊!

他挣扎在深红色的波涛中,使劲挥舞着爪子,肌肉紧绷到极限,竭力抵抗着洪流的拉扯。他的肺快爆炸了,嘴里充满了血液的味道。

血色的洪流拖着狮爪,穿过一重重狰狞的岩石,然后奔涌而去,只留下浑身湿透喘着粗气的狮爪。

狮爪的眼睛眨了眨,睁开了,看到高高的石头洞顶上,一道银光从缝隙里射进来,在洞穴的石墙上投下昏暗的亮斑。狮爪踉跄着站起来,这才察觉自己的皮毛又湿又重。透过宽大的石头地面的缝隙,他凝视着刚才那片巨大的血泊。他突然瞥见一个身影正躺在那里,爪子扭断了,尾巴无力地耷拉在地,脑袋后仰着,胡须上滴着血。

是石楠爪！

狮爪跌跌撞撞跑到她的身边，怒火在他的皮毛下涌动。他咆哮一声，翻动着她的身体，但石楠爪只是静静地躺在地上。

她已经死了。

狮爪看着她，胸中升起一种满足感。

你这是罪有应得！

就是她引起了那场战争，最后让太阳消失了。现在四个族群已经分裂，并且背叛了星族，星族也抛弃了他们。

他伸出爪子，弹出爪尖，爪尖又长又锋利，胜过了荆棘的刺。爪子划过洞穴的地面，在石头上留下了道道划痕。热血充满了他的耳朵，他全身滚烫，就好像正在战斗一般。没有敌人能将他打败，甚至没有任何敌人可以让他流一滴血。

让战斗快些来吧！没有什么能伤害我！我的力量比星族还要强大！

"快放开！"狐爪愤怒的声音把他吵醒了，"你把爪子扎进我的后背了！"

狮爪翻了个身，跳出了窝。"对不起。"他仍然睡意蒙眬，但是那个梦让他十分不安。他摇摇晃晃走出巢穴，感到十分难受。

石楠爪走了，我竟然很开心！

他走进空地，仍然心怀恐惧。

我曾经爱过她。

清晨的阳光倾泻在他的皮毛上，但是他却在发抖。恐惧如寒

天蚀遮月
TIANSHIZHEYUE

冰般飞速传遍全身。他下意识地舔着胸口，发现那里没有血腥味，皮毛也没被血染成红色，这才放松下来。

"早上好啊，瞌睡虫！"冬青爪正叼着一团苔藓，朝长老巢穴走去。

狮爪没有理她，蹲坐在那里舔梳着皮毛。他感觉刚才的梦已经玷污了他。他真的愿意变得比星族还强大，哪怕流更多的血也在所不惜？

云尾正在高石台下给炭爪做常规训练。"跳！低头！翻滚！"他命令道。

炭爪练习完战斗动作，四只爪子完美地落在地上。

"你的腿感觉怎么样？"云尾提醒道。

炭爪发出咕噜咕噜的声音。"跟我那三条腿一样好！"她在老师身边来回转着圈儿，尾巴在空中不停地摇晃着，"已经完全好了！"

米莉又在育婴室里咳嗽起来，她的幼崽们不住地叫着，黛西竭力安抚他们："没关系，小甜心们，待会儿再来吃奶。"

沙风摇晃着学徒巢穴外的树枝："醒醒，狐爪，你这只睡鼠！"

荆棘屏障一阵晃动，灰条走进了营地。

云尾抬起头："有没有风族猫的踪迹？"

"没有。"灰条回答，"边界已经被重新标记过，没有猫擅闯进来。"

尘毛和白翅跟着灰条走到猎物堆旁。

白翅在昨晚剩下的猎物中翻找着:"巡逻队出发了吗?"

"还没有。"沙风叫道,"不过我们马上就出发。"她再次晃动着学徒巢穴入口的枝条,"等我把狐爪从窝里叫出来就走。松鼠飞受了伤,狐爪还以为自己就什么都不用干!"她望向狮爪,"你想跟我们去狩猎吗?"

狮爪停下舔梳。"想。"或许在森林里跑一跑就能理清思绪。至少可以假装自己跟其他学徒一样,哪怕这段时间很短。

叶池走出巢穴。松鸦爪打着哈欠,跟在她的后面。

"我们还需要些金盏花,"叶池说道,"松鼠飞的伤口愈合得不错,虽然现在没有感染,但我们还是要做些准备,有备无患嘛。"她神情紧张地抬起头,看着正从山谷边缘冉冉升起的太阳。

"我早上会采些回来的。"松鸦爪伸展着身体,尾巴也跟着颤动起来,"湖岸边有一大片金盏花。"

"我想,今年只能采这么一次了。"叶池叹了口气。

"那我尽可能多采一些。"

细小的石子雨点般从高石台上滚落。火星正坐在洞穴外面,舔梳着皮毛。明亮的晨光照在他的身上,他那姜黄色的皮毛顿时变成火焰的颜色。他飞快地揉了一下耳朵,然后俯视整个营地。"请所有能独自狩猎的猫,在高石台下集合!"他高喊着。

沙风抬起头,一脸的惊讶。

狮爪疑惑地伸直了身体:我们不用去狩猎了吗?

武士巢穴入口沙沙作响,蕨毛和桦落走了出来,睡眼惺忪的

天蚀遮月
TIANSHIZHEYUE

罂粟霜和莓鼻跟在他们后面。狐爪也拖着困倦的身子,摇晃着走出了学徒巢穴。

"总算出来了!"沙风训斥着狐爪,"我正准备进去拽住你的尾巴,把你拖出来呢!"

冰爪跟在弟弟身后跑了出来。"不好意思。"她道歉说,"我昨晚吵得他没睡好,我们本想等你们从森林大会上回来再睡的。"

沙风看着火星:"你们马上就能听到森林大会上的消息了。"

这时族猫集合完毕,狮爪来到高石台下。尘毛抖抖胡须,将睡意赶走。刺掌坐在他的身边,帮他择着皮毛上的苔藓。松鼠飞也来到了空地边缘。叶池向她投来极为严厉的目光,好像是在说,她应该好好待在窝里。

冬青爪溜到狮爪身边,轻声问道:"你认为火星会说些什么呢?"

狮爪猜想,冬青爪指的是森林大会。火星如何将黑星背弃星族的消息告诉自己的族猫呢?

松鸦爪从族猫中间穿过,在狮爪身旁坐了下来:"希望你昨天睡得比我好。"

狮爪盯着自己的爪子,石楠爪失去意识的尸体在他眼前闪过,他感觉自己的爪子正在发烫。

"这次森林大会和我们期待的不同。"火星的话语把狮爪从仇恨的幻象中惊醒过来,"影族没有来。"

族猫中顿时爆发出一阵惊呼。

亮心竖起了耳朵："他们出什么事了？"

"影族猫是不是生病了？"云尾大叫道。

火星没有理会这些问题，接着说道："黑星是跟一只叫日神的独行猫一起来的，他告诉我们，影族将不再追随星族。"

鼠须看上去很疑惑："这话是什么意思啊？"

火星低头看着这位年轻的武士："影族不再相信，星族能解决所有的问题。他们已经对武士祖灵们失去了信心，今后将永远退出森林大会。"

火星抬高声音，盖过了雷族猫发出的恐慌低语声："独行猫日神的出现，促使黑星做出了选择。不过我仍然希望星族最终依然能对影族产生影响。我坚信星族会通过小云和黑星沟通。星族以前从未令我们失望过。或许星族放任黑星那么做，是有原因的。我确信星族一定会让黑星重新回归族群。所有的事情都会有个好结果的。还记得太阳是怎么消失的吗？最后它又回来了，依然那么温暖。我相信，黑暗也一定会过去的。"

当全体族猫都注视着火星时，狮爪想起了日神的话：光明总会回来的，就像太阳会重归天际一样。不过这光明是你们的，在你们的掌控之中。

那个血淋淋的梦依然萦绕在狮爪的脑海。他真的做好接受这种力量的准备了吗？他真的配得上这种力量吗？

第二十五章

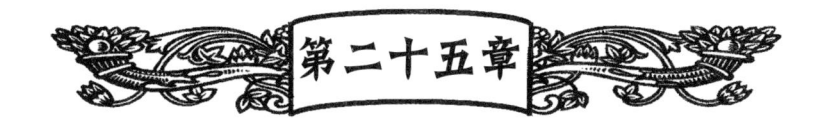

他自己都不相信自己说的话。

松鸦爪抬起头面对火星。火星根本就不确定,黑暗会不会过去。

他察觉到狮爪的身子绷紧了,狮爪的心里也升起一团疑云,冬青爪的尾巴也在地上扫着。

"我们就不能除掉日神吗?"尘毛叫道。

"不,黑星必须自己做出选择。"火星回答。

"即使这件事给所有族群都带来了伤害?"沙风质疑道。

"我们要做的,就是一如既往地继续自己的生活。"火星宣布道,"我们应该继续照顾幼崽,关爱长老。我们继续巡逻我们的边界。从前在森林里怎么做的,在这里就怎么做。不管今后发生了什么变化,我们都会遵循星族的指引,把武士守则作为我们的行动指南。"

冬青爪缓缓地呼出一口气。"武士守则!"她低声喃喃道,"武士守则!"她在口中不停地重复着,好像那样就能找到一切问题的答案。

松鸦爪钦佩姐姐的忠诚,甚至羡慕她的无知。她居然没听出来,火星其实和族猫一样惊慌,他的话只是自我安慰。

为了雷族的稳定，火星逼着自己相信，所有事情都会向好的方向发展。

火星动了动爪子，继续说道："今天除了坏消息，我还有好消息要跟各位分享。"

松鸦爪一脸讶异地抬起头：什么好消息啊？

"我们雷族依然强大无比。我们已经在战斗中证明了自己，我们也清楚，星族一直在天上守护着我们。"他用尾巴扫了一下高石台，"我们马上要举办三位新武士的命名典礼。"

狮爪和冬青爪顿时兴奋起来，松鸦爪连忙缩了缩身子，他感觉就像坐在了两个小太阳中。

"狮爪、冬青爪、炭爪！"

火星从落石堆上跃下，爪子下的小石头噼啪作响。族猫们已经为举办命名典礼让出了空地。

蕨毛冲到冬青爪身边，用尾巴给她整理皮毛。"你表现得很棒！"他称赞道。

蜡毛也来到狮爪身边，说道："你会成为一位优秀的武士。"

"我会让你为我骄傲的。"狮爪承诺道。

松鼠飞浑身都洋溢着喜悦。叶池坐在她的身边，喉咙里也发出了兴奋的呼噜声。松鸦爪心想，她一定在为炭爪感到高兴。

云尾来到自己的学徒身边："炭爪，我之前就说过，过不了多久，你就会成为武士巢穴中的一员。"

松鸦爪闭上眼睛。在很久之前，他无数次幻想着自己能成为

武士。那个梦从未离他远去。但此刻他只能让嫉妒在心中如巨浪般袭来,又如潮水般退去。接着,他的心中又涌动起一阵骄傲:他的同窝手足都成为武士了!

"恭喜你们。"他高兴地嘟哝着。

冬青爪用鼻子蹭了蹭松鸦爪的脸颊:"谢谢你。"

狮爪也用尾巴弹了弹松鸦爪的耳朵:"我希望冰爪能信守对鼠毛的承诺,因为我今后不会再清理长老巢穴了。"

蜡毛抽了抽尾巴:"如果你的族猫窝里需要新苔藓,你还是要去换的。"

黑莓掌朝他们走了过来。"狮爪,你是不是以为,火星要任命你为新族长了?"他低语道。

"我就是开个玩笑!"狮爪抗议着。

"当然啦。"黑莓掌在儿子的身边绕着圈儿,最后在松鸦爪的身边停下来,"我为你们俩感到骄傲!"

榛尾和莓鼻也跳到了他们身边。

"你们太棒了!"榛尾说道。

"我想,我们要在武士巢穴里给你们腾出地方啦!"莓鼻取笑道。

"我庆幸,自己终于不用在那儿待着了。"鼠毛叫道,"那里一定会比塞满了八哥的窝还要吵闹!"这位长老正坐在育婴室外,小蟾蜍和小玫瑰在她身边嬉戏着。米莉从育婴室里走出来,浑身洋溢着融融暖意,嘴里还叼着一只幼崽。松鸦爪嗅到,清新

的气息正从猫后爪子上的小荆棘身上散发出来。

米莉把小荆棘放到鼠毛的两只爪子之间。"你能帮我照看她一会儿吗？我还要把另外两只带出来。"米莉的声音有些沙哑，嗓子似乎还很痛。松鸦爪想起，自己应该在命名典礼后，把剩下的最后一点儿蜂蜜给她。"我想，他们一定想看看自己生命中的第一场命名典礼。"米莉补充道。

"我不会让小玫瑰和小蟾蜍踩到她的。"鼠毛粗哑着嗓子回答道。

"喂，你说什么呢！"小蟾蜍不乐意了，"我们可没那么笨。所有猫都知道，我们一直都……"

他发觉周围安静下来，这才发现火星已经站在了空地中央。

"我，火星，雷族族长，恳请我的武士祖灵看着这三位学徒。"狮爪听着火星的话，激动地抓挠着地面，"他们刻苦训练，已经熟练掌握武士守则。我正式请求你们，让他们成为武士。"

冬青爪朝空地中央走去，狮爪赶忙跟了上去。炭爪迈着平稳坚定的步子，跟在狮爪身后。

"冬青爪、狮爪和炭爪，你们愿意遵守武士守则，保护族群，就算付出生命的代价也在所不惜吗？"

"我愿意。"冬青爪深吸了一口气，声音颤抖着。

狮爪挺直了身子，坚定地说道："我愿意。"

"我愿意。"炭爪听起来既放松又激动，简直就像刚抓到第一只猎物的猫。

天蚀遮月
TIANSHIZHEYUE

松鸦爪屏住了呼吸。他们离自己的终极使命更近了一步。

"那么我代表星族，赐给你们武士名号。"火星来到冬青爪身边，蹭了蹭她的皮毛，"冬青爪，从现在开始你就叫'冬青叶'。"他接着后退了一步，又说道，"星族会以你的善思和忠诚为荣。"

狮爪向前迈了一步。

"狮爪，从现在开始你就叫'狮焰'。星族会以你非凡的胆识和高超的战斗技能为荣。还有炭爪，"火星看到炭爪满怀兴奋地朝他走来，停了一下，接着说道，"为了纪念已经过世的武士，从现在开始你就叫'炭心'。"松鸦爪突然察觉到，火星的声音中带着一丝感伤。难道他想起炭毛了？他要是知道炭毛的灵魂正在炭心的体内闪耀，该有多好啊。"星族会以你的勇气和决心为荣。你终于成为一位真正的武士了。"

"狮焰！冬青叶！炭心！"族猫大声呼喊着，祝贺这些新武士。经过太阳消失和黑星背叛星族等事件后，雷族依然奋勇前行。

松鸦爪跟大家一起欢呼起来，他为自己的同窝猫骄傲，也为炭心感到骄傲。炭心为了能成为武士，付出了艰辛的努力。炭毛的命运被改写，她的愿望终于实现了。

可是我们的命运会怎么样呢？

松鸦爪忍不住打了个寒战。对于太阳消失事件，抗拒或漠视都是不行的。他比其他族猫都更了解，太阳的消失意味着什么。四个族群共存的时代已经接近尾声，只有狮焰、冬青叶和自己才拥有拯救他们的能力。

精彩内容抢先看

下集预告

不再信仰星族的影族陷入了混乱，众猫焦虑不安，黑星的权威也丧失了。褐皮带着自己的孩子出走到雷族，投奔哥哥黑莓掌。松鸦爪和兄姐策划着假传星族的命令，勒令影族恢复信仰，遵守武士守则。

松鸦爪在梦中来到地底隧道，出来时发现自己成了远古猫松鸦翅。松鸦翅是一名利爪，生活了几天之后，他发现这群远古猫可能是急水部落的祖先。他帮助他们走上了向山区迁徙的道路，自己却在中途脱离梦境回到了雷族。

雷族内部爆发了绿咳症，为了寻找能治疗绿咳症的猫薄荷，松鸦爪不得不求助于梦境——一只很特别的猫告诉他，跟着风走。松鸦爪了解到，风族领地有猫薄荷。他求助于狮焰。但狮焰出于对石楠尾的怨恨，坚决不肯去风族领地。

雷族营地遭遇大火，群猫仓皇逃生。松鼠飞为了救这三只猫而揭开一个秘密——她和黑莓掌并不是他们的父母……

猫武士 黛西 　　　　　　　猫武士 灰条

猫武士 裂耳 　　　　　　　猫武士 藓毛

猫武士 小云 　　　　　　　猫武士 一星